PROTEGGERE KELLI

ARMI & AMORI: ALLEANZA
LIBRO 6

SUSAN STOKER

Questo libro è un'opera di fantasia. Nomi, personaggi, luoghi e avvenimenti sono prodotti dall'immaginazione dell'autore o usati in modo fittizio. Qualsiasi somiglianza con eventi, luoghi o persone, vive o decedute, è del tutto casuale.

Titolo originale: *Protecting Kelli*

Traduzione dall'inglese di Patrizia Zecchin per One More Chapter Translations

Editing del team di One More Chapter Translations

Also by Susan Stoker

Armi & Amori: Alleanza

Proteggere Remi

Proteggere Wren

Proteggere Josie

Proteggere Maggie

Proteggere Addison

Proteggere Kelli

Proteggere Bree (6 Gen)

Game of Chance

Il protettore

Il reale

L'eroe

Il tagliaboschi

Il Rifugio

Meritare Alaska

Meritare Henley

Meritare Reese

Meritare Cora

Meritare Lara

Meritare Maisy

Meritare Ryleigh

Ricerca e soccorso Eagle Point

In cerca di Lilly

In cerca di Elsie

In cerca di Bristol

In cerca di Caryn
In cerca di Finley
In cerca di Heather
In cerca di Khloe

Silverstone
Fidarsi di Skylar
Fidarsi di Taylor
Fidarsi di Molly
Fidarsi di Cassidy

Forze Speciali alle Hawaii
Trovare Elodie
Trovare Lexie
Trovare Kenna
Trovare Monica
Trovare Carly
Trovare Ashlyn
Trovare Jodelle

Delta Duo
La forza di Gillian
La forza di Kinley
La forza di Aspen
La forza di Jayme
La forza di Riley
La forza di Devyn
La forza di Ember
La forza di Sierra

Armi & Amori: verso il futuro

Soccorrere Caite

Soccorrere Brenae

Soccorrere Sidney

Soccorrere Piper

Soccorrere Zoey

Soccorrere Avery

Soccorrere Kalee

Soccorrere Jane

Mercenari di Montagna

Difendere Allye

Difendere Chloe

Difendere Morgan

Difendere Harlow

Difendere Everly

Difendere Zara

Difendere Raven

Delta Force Heroes

Salvare Rayne

Salvare Emily

Salvare Harley

Il Matrimonio di Emily

Salvare Kassie

Salvare Bryn

Salvare Casey

Salvare Sadie

Salvare Wendy

Salvare Mary

Salvare Macie

Salvare Annie

Armi e Amori

Proteggere Caroline
Proteggere Alabama
Proteggere Fiona
Il Matrimonio di Caroline
Proteggere Summer
Proteggere Cheyenne
Proteggere Jessyka
Proteggere Julie
Proteggere Melody
Proteggere il Futuro
Proteggere Kiera
Proteggere i figli di Alabama
Proteggere Dakota
Proteggere Tex

Ace Security

Il riscatto di Grace
Il riscatto di Alexis
Il riscatto di Bailey
Il riscatto di Felicity
Il riscatto di Sarah

Una raccolta di storie brevi

Un momento nel tempo

SENZA TITOLO

Proteggere Kelli

Armi & Amori: Alleanza
Libro 6

di Susan Stoker

CAPITOLO UNO

Un giorno.

A Wade "Flash" Gordon ne bastò solo uno per ricordarsi perché non andava in vacanza al mare.

Odiava la sabbia.

Odiava il caldo.

Odiava il sale che gli si attaccava alla pelle.

Cosa alquanto ironica, considerando che era un Navy SEAL che aveva trascorso metà della sua vita, o almeno così gli sembrava, nell'oceano.

Flash bevve un sorso di birra e fece una smorfia. Era calda.

Un altro motivo per non amare la spiaggia: la birra non rimaneva fredda più di cinque minuti.

Sapeva bene che si stava atteggiando da stronzo, ma non gli importava. L'unica ragione per cui si trovava lì, seduto su una sdraio, a fissare imbronciato il dolce sciabordio delle acque azzurre al largo della costa giamaicana, era Nova, sua sorella.

Aveva dieci anni meno di lui, e Flash avrebbe fatto qualsiasi cosa per lei. L'aveva adorata fin dal momento in cui i suoi genitori l'avevano portata a casa dall'ospedale. Non gli aveva mai dato fastidio che piangesse di notte, che la sua cacca impuzzolentisse la casa, che lo seguisse ovunque quando era un adolescente. Aveva amato avere una sorellina. Avevano pianto entrambi quando lui se n'era andato di casa dopo il diploma per arruolarsi in Marina.

E nel corso degli anni era rimasto in stretto contatto con lei, con telefonate, messaggi e a volte persino lettere. Così, quando Nova aveva incontrato Charles Hepworth, Flash era tornato a casa apposta per incontrare quell'uomo e intimorirlo, per assicurarsi che capisse che se avesse ferito sua sorella se ne sarebbe pentito.

Non era rimasto molto impressionato da Chuck. Era più grande di Nova di sei anni e troppo... raffinato. Ma, d'altronde, Flash doveva ammettere di essere costantemente circondato da uomini un po' rudi.

Nonostante i suoi sentimenti per quell'uomo, quando sua sorella lo aveva chiamato per chiedergli se voleva essere il suo testimone di nozze, non aveva dovuto pensarci troppo. *Ovvio* che lo avrebbe fatto. Magari non era il più grande fan del suo fidanzato, ma avrebbe supportato Nova a prescindere.

E se le cose non fossero andate bene, sarebbe stato lì ad aiutarla a rimettere insieme i cocci.

Quando era stato organizzato quel viaggio in Giamaica come una sorta di addio al celibato, era stato invitato in quanto testimone di nozze. Aveva pensato di rifiutare, dato che non voleva assolutamente passare del tempo con gli amici di Chuck, ma Nova lo aveva implorato di andare. Era stata una delle rare volte in cui avrebbe voluto dire di no a sua sorella, se non avesse sentito la preoccupazione nella sua voce quando gli aveva parlato del resort privato in cui presumeva ci sarebbero state un sacco di belle ragazze che avrebbero potuto voler rimorchiare Chuck.

Era ovvio che avesse temuto che il suo fidanzato potesse pensare di fare la stessa cosa.

E quindi, eccolo lì.

In Giamaica, seduto in spiaggia, al caldo, a fare da babysitter... no, a *spiare* il futuro marito di sua sorella per assicurarsi che il suo eventuale flirtare non oltrepassasse alcun limite.

In quel caso, Flash non aveva alcun problema a riferirlo a Nova. Anche se ciò avrebbe potuto causarle sofferenza, non le avrebbe mai tenuto nascosti eventuali comportamenti inopportuni del suo fidanzato, ma fino a quel momento Chuck si era comportato benissimo. Stava insieme ai suoi amici Rowan, Ben e Sebastian, soprattutto al bar, e non aveva avuto rapporti con nessuna donna.

D'altronde, il posto non era molto affollato, cosa che non lo sorprese. Quel Paese era splendido, così come il terreno in cui si trovava il resort, ma stava attraversando un periodo difficile a causa della criminalità e della violenza. Il leader del suo team SEAL si era detto sorpreso che il loro comandante gli avesse concesso la licenza per andare in Giamaica, proprio *per via* di quella violenza.

Chuck e i suoi amici non erano contenti che ci fosse così poca gente al resort. Lo avrebbero voluto pieno di persone con cui fare festa. Invece, avevano trovato famiglie con bambini piccoli, qualche coppia in luna di miele e solo qualche single della loro età. Dal bar risuonarono delle forti risate e Flash si guardò alle spalle. Vide Chuck e i suoi amici seduti attorno a un grande tavolo con un gruppo di quattro donne, tutte alte, snelle, molto truccate e bionde. Gliele avevano presentate la sera prima al bar interno dell'hotel.

Erano lì per un weekend di addio al nubilato. Charlotte era la futura sposa e le damigelle sedute con lei al tavolo erano Ava, Alice e Afton. Flash aveva sbuffato tra sé e sé per il fatto che i loro nomi iniziassero tutti con la A.

Dopo essere rimasto con il gruppo per tre minuti, aveva rapidamente dedotto che niente di quelle donne lo avrebbe mai interessato. Erano più giovani e per lo più inclini a parlare di loro stesse. E le risatine...

Rabbrividì. Quelle gli avevano dato sui nervi in pochi secondi.

Così si era allontanato per godersi un drink da solo, abbastanza lontano da evitare quelle risatine stridule, pur mantenendo un occhio sulla situazione.

E ora eccolo di nuovo lì, a fissare l'acqua, a fare il guardiano, desiderando di trovarsi altrove. Avrebbe preferito di gran lunga essere a casa, a Riverton, in California, nel suo appartamento, a studiare mappe, a ripassare informazioni sui nemici, a guardare il football... a fare qualsiasi cosa tranne il babysitter di Chuck e dei suoi amici.

«Non può fare *così* schifo.»

Sorpreso dalla voce roca alla sua destra, che lo distolse dai suoi pensieri, girò la testa e vide una donna che gli sorrideva da circa tre metri di distanza, e che riconobbe. Era su una sdraio con un libro in mano e una bottiglia d'acqua infilata nella sabbia sotto la sedia.

Flash cercò di ricordare il suo nome; anche lei gli era stata presentata la sera prima...

Kelli. Kelli Colbert. Era con il gruppo delle damigelle, ma a quanto pareva, come per lui, passare il tempo al bar non faceva esattamente per lei. Aveva mollato il gruppo ancora più in fretta di Flash, andandosene proprio dal bar e optando per una serata in camera sua.

Doveva averla fissata un po' troppo a lungo, perché gli rivolse un sorriso imbarazzato e scrollò le spalle. «Scusa. Ignorami.»

«No, scusa tu. È passato così tanto dall'ultima volta che mi è stato richiesto di fare qualcosa di più che annuire e sorridere, che a quanto pare ho dimenticato come si parla alla gente.»

Lei rise sommessamente.

A un primo sguardo, la sera prima, gli era sembrata... ordinaria. Odiava pensarlo, era davvero antipatico da parte sua, ma rispetto alle sue amiche – eccessivamente preparate in tutto: vestiti, capelli, trucco – era la verità.

Quel giorno i capelli biondo cenere di Kelli erano raccolti in uno chignon disordinato sulla nuca. Aveva le guance rosse, probabilmente per il troppo sole, e indossava un costume intero nero coperto da quelli che a lui sembravano chilometri di tessuto.

A differenza delle altre donne del suo gruppo, non era alta né snella. Se Flash ricordava bene, era almeno trenta centimetri più bassa del suo metro e novanta circa. Era anche formosa... l'esatto opposto delle sue amiche magre come stecchi.

E ora... c'era qualcosa in lei che lo incuriosiva. Forse il sorriso sincero che gli aveva rivolto. Forse la sua risata. Non ne era sicuro. Ma per una volta, non era infastidito che una perfetta sconosciuta avesse iniziato a parlargli. Di solito odiava quel genere di cose.

«Come mai non sei al bar a rilassarti con gli altri?» gli

chiese, inclinando leggermente la testa.

Flash scrollò le spalle. «Non fa per me.»

«Già, nemmeno per me.»

«A dire il vero, odio la spiaggia.»

Kelli sorrise, e i suoi occhi castano chiaro sembrarono brillare. «Certo, posso capirlo. Il sole sul viso, il suono rilassante delle onde, i camerieri che ti servono con dedizione. È orribile.»

Fu il turno di Flash di sorridere. «Diciamo solo che nel mio lavoro passo un sacco di tempo a cercare di togliere la sabbia da... punti sensibili.»

Kelli si voltò di più verso di lui. «Mmm, sembra intrigante. Bagnino?»

Scosse la testa. «No.»

«Manovri una di quelle macchine che sparano sabbia nelle formazioni rocciose per estrarre il petrolio?»

Flash era un po' sorpreso. Se avesse dovuto pensare a dei lavori che coinvolgevano la sabbia, la fratturazione idraulica sarebbe stata l'ultima cosa che gli sarebbe venuta in mente. «Ritenta, sarai più fortunata» scherzò.

«Sabbiatore? Installatore di sabbiere da giardino? Navy SEAL? Giardiniere?»

Flash non riusciva a credere che avesse indovinato.

«Che c'è? Sono ancora fuori strada?» gli chiese, rivolgendogli un altro sorriso aperto e accogliente. «Va bene, non dirmelo. Ma io adoro la spiaggia. È troppo rilassante.»

«Scusa se te lo dico... ma non sembri esattamente rilassata.»

Lei sospirò. «Già.» Si guardò intorno, come per assicurarsi che nessuno potesse sentire, poi si sporse verso di lui e disse a bassa voce, per quanto poteva da quella distanza: «Non volevo fare questo viaggio.»

Flash sollevò le sopracciglia. «Anche tu?»

Fu il suo turno di sembrare sorpresa. «Nemmeno tu volevi venire?»

Lui scrollò le spalle. «Sai già cosa penso della sabbia, e non conosco i ragazzi con cui sono qui. Non proprio. Il futuro sposo è il fidanzato di mia sorella.»

«Ah... i doveri obbligatori da cognato» rifletté Kelli.

«Sì. Voglio assicurarmi che si comporti bene, così non devo prenderlo a calci nel sedere per aver fatto soffrire mia sorella. E tu?»

«La sposa è mia cugina. Le nostre mamme sono sorelle. Credo che sia stata costretta a farmi essere una delle sue damigelle. Non mi sento proprio a mio agio con le Tre A.»

Flash quasi si soffocò con il sorso tiepido di birra che stava bevendo.

Kelli sorrise. «Lo so. È infantile, ma non ci posso fare niente. Sembrano tre gemelle, si atteggiano esattamente nella stessa maniera e si scompigliano i capelli biondi nello stesso identico modo, quindi è così che le immagino nella mia testa. Comunque, sospetto che quando è stato pianificato questo viaggio, non era previsto che venissi. Credo che Charlotte me l'abbia detto immaginando che avrei rifiutato. Ma in questo caso è stata *mia* madre a far leva sul senso di colpa, così... eccomi qui. Però è chiaro che non ci ho riflettuto a sufficienza. Ho solo pensato alla spiaggia, non al fatto di dover passare il tempo con le Tre A e mia cugina.»

«Cosa fai per vivere?» le chiese Flash. Più quella donna parlava, più lo incuriosiva. Era un misto di schiettezza e timidezza allo stesso tempo.

Il rossore sul suo viso si fece più intenso. «Questo e quello» borbottò, guardando di nuovo l'oceano.

«Scusa. Non volevo essere invadente.»

Sospirò, poi si voltò di nuovo verso di lui. «Non lo sei. Io... non so cosa voglio fare da grande. Ho ventotto anni e non ho *ancora* idea di quale sia la mia passione. Ho fatto un sacco di cose: la cameriera, ho lavorato in un rifugio per animali, nell'edilizia... non esaltarti troppo, ero solo quella che teneva il cartello dello stop e dirigeva il traffico. Ho lavorato in un fast food, in un bar e come domestica. Dimmi un lavoro, e probabilmente l'ho fatto.

Attualmente faccio l'agente di viaggi. In realtà l'ho organizzato io questo per mia cugina, ma ho già capito che non fa per me. È molto stressante... cosa che posso gestire, ma i clienti cambiano idea continuamente, non sono mai soddisfatti e mi chiamano per lamentarsi anche se capita un piccolissimo imprevisto durante il loro viaggio, anche quando non è colpa mia. Ma non ho ancora trovato nient'altro che mi immagino di poter fare per il resto della vita.»

Guardò di nuovo l'oceano, e disse con voce più bassa, tanto che Flash dovette sforzarsi per sentirla: «Mio padre è morto sul lavoro quando ero un'adolescente, e poco prima che morisse abbiamo avuto una conversazione... e mi ha detto di non accontentarmi mai di niente di meno di ciò che mi avrebbe resa veramente felice. Credo sia per questo che ho sempre avuto difficoltà a decidere cosa voglio fare della mia vita. Non ho ancora scoperto cosa mi rende *davvero* felice. So che probabilmente sto prendendo le sue parole un po' troppo sul serio, ma è stata una delle ultime cose che mi ha detto. Comunque...» Si interruppe, un po' imbarazzata. «È per questo che ho cercato di glissare quando mi hai chiesto cosa faccio nella vita.»

C'erano molte cose da dire, e Flash non sapeva da dove cominciare. Così iniziò con la più importante. «Mi dispiace per tuo padre.»

«Grazie. Lavorava nell'edilizia. Era su un'impalcatura che è ceduta sotto di lui. È caduto ed è rimasto schiacciato.»

Flash aggrottò la fronte. Poi si alzò, spostò la sdraio proprio accanto a quella di Kelli e si risedette. Ora non c'erano più tre metri tra di loro. «Mi dispiace davvero.»

«Grazie. E contrariamente a quanto potresti credere, non vado in giro a raccontare la storia della mia vita a dei perfetti sconosciuti» disse con una smorfia.

«Non siamo degli sconosciuti. Ci siamo incontrarti ieri. Io sono Wade. Ma tutti mi chiamano Flash.»

«Perché il tuo cognome è Gordon» ribatté Kelli con un sorriso.

«Già.»

«Be', Flash, io sono Kelli, ma probabilmente lo sai già.»

Lui annuì. «Me lo ricordavo. E... per quanto riguarda l'occupazione, penso sia ammirevole che non ti accontenti di un impiego che non ti piace.»

Sorrise compiaciuta. «Ti va di dirlo a mia madre? Pensa che sia ridicolo che io sia così incostante.»

«Credo che sia il suo lavoro di madre.»

«È vero.»

Rimasero seduti in silenzio per un lungo momento, e Flash si rese conto di sentirsi contento per la prima volta in quel viaggio. Kelli era una ventata di aria fresca. Era realista, divertente, sincera e, doveva dirlo... attraente.

Sapeva che molti uomini non avrebbero trovato desiderabile il suo fisico, ma aveva avuto a che fare con un sacco di donne come sua cugina e le Tre A, quelle che non avevano un grammo di grasso e amavano spingergli in faccia il seno finto, desiderando passare una notte nel suo letto solo perché era un Navy SEAL.

Quelle che dicevano qualsiasi cosa pensavano lui volesse sentirsi dire, solo per poter accaparrarsi un SEAL. Le "Frog Hogs" erano estenuanti. A poco a poco lo avevano portato a mettere in discussione le intenzioni di ogni donna.

Ma Kelli... era interessante. Ed era passato un sacco di tempo dall'ultima volta che era rimasto colpito da una donna.

«Di dove sei?» gli chiese dopo un po'.

«Di Riverton, in California. Tu?»

Lo guardò a bocca aperta, sorpresa. «Davvero?»

«Sì, perché?»

«Io sono di La Jolla.»

Fu il turno di Flash di essere scioccato. «Sul serio? Non è molto lontano da dove sto io.»

«Lo so.»

«Non c'è da stupirsi che ti piaccia la spiaggia. Lì ce ne sono di meravigliose.»

Sorrise. «È così. Wow. Il mondo è piccolo.»

Era vero.

«Domani vai a quella cosa?» gli chiese Kelli.

«A quale cosa?»

Aggrottò la fronte. «Quella del tubing.»

«Non ho idea di cosa tu stia parlando.»

Per la prima volta, sembrò a disagio. «Oh, ehm... scusa. Fai finta che non te l'abbia detto.»

«No. Che cosa del tubing?»

Kelli sospirò. «Credo che Charlotte e le Tre A si stiano annoiando. Non c'è molto da fare al resort e vogliono qualcosa di più emozionante, così hanno contattato un'agenzia di tour privati e deciso che *dovevano* fare tubing sul White River. Immagino che lo abbiano chiesto anche ai tuoi amici e che loro abbiano accettato di andare.»

Flash aggrottò la fronte. Non aveva sentito parlare del fatto di uscire dalla proprietà. Se l'avesse saputo, avrebbe cercato di dissuadere i ragazzi. Sebbene tutte le persone che avevano incontrato fino a quel momento fossero state gentili e cortesi, era ben consapevole dei pericoli che si nascondevano fuori dai cancelli del lussuoso resort.

«Non sono stato molto con loro. Sono sicuro che me lo diranno appena ne avranno l'occasione.»

Lei annuì. «Mi dispiace davvero. So cosa significa essere esclusi.»

Flash non poté fare a meno di ridere. Poi, vedendo l'espressione ferita che le attraversò il viso prima che riuscisse a nasconderla, si affrettò a dire: «Non sto ridendo di *te*. È solo che non ho alcuna voglia di stare seduto su una ciambella per tutto il tempo che impiegherà a scendere quel tratto di fiume sovraffollato.»

Fu sollevato di vederla sorridere di nuovo. «Vero? Sono così bassa che di solito le mie gambe finiscono per rimanere dritte per aria, e tutto quello che riesco a fare è tenermi stretta a quella stupida ciambella.»

«Ci vai?»

Kelli scrollò le spalle. «Sì. Non vorrei, perché non sono certa che sia sicuro lasciare il resort, ma mi sento in un certo senso in dovere.»

Nemmeno Flash voleva, perché sapeva bene quanto lei che non era sicuro, ma l'ultima cosa che avrebbe fatto era lasciare che il suo futuro cognato si facesse male o venisse derubato. Sua sorella lo avrebbe ucciso se fosse successo. E poi c'era Kelli...

«Quindi... pensi che potresti voler andare?» gli chiese.

Non era difficile vedere l'interesse nei suoi occhi. Normalmente, solo quello lo avrebbe spinto a dire di no. Non faceva più sesso occasionale e non era certo alla ricerca di una scappatella in vacanza, ma in quel momento si trovava in uno stato mentale completamente nuovo. Gli *piaceva* sapere che quella donna voleva che andasse anche lui. Desiderava passare più tempo con lei. Conoscerla meglio.

«Sì» le rispose.

«Forte» disse Kelli con un sorriso timido.

«Già» concordò lui.

Un rumore alle loro spalle li fece voltare entrambi per vedere chi si stesse avvicinando. Erano Charlotte e le Tre A. Flash ridacchiò sotto i baffi; ora avrebbe chiamato sempre le damigelle con quel soprannome.

«Ehi, Kelli, andiamo con Seb, Ben, Rowan e Charles in quella piccola grotta dall'altra parte della proprietà.»

«Ehm... ok?» ribatté lei, visibilmente confusa sul motivo per cui sua cugina la stesse informando dei loro piani.

«Non volevo che ti preoccupassi di dove fossimo o che venissi a cercarci. Ci vediamo domani dopo la colazione. Il minivan ci verrà a prendere davanti al resort alle dieci. Non fare tardi.» Charlotte si voltò e lei e le Tre A tornarono impettite al bar dove i ragazzi le stavano aspettando, ancheggiando in modo esagerato.

Kelli si mise a fissare l'acqua, rifiutandosi di incrociare lo sguardo di Flash.

«È stato strano.»

Lei scrollò le spalle.

«Ehi» le disse con dolcezza.

Continuò a non guardarlo.

«Kelli» insistette, mettendo un po' più di forza nella voce.

Finalmente si voltò, e vedere i suoi occhi brillare di lacrime lo straziò.

«Che c'è?» gli chiese con un tono un po' aggressivo.

«Ti va di cenare con me?» Le parole gli uscirono di bocca prima ancora di pensare a cosa dire. Lei lo fissò con quegli occhi feriti, e Flash desiderò ardentemente fare qualcosa che li facesse brillare di nuovo divertiti.

«Visto che i ragazzi ovviamente staranno con tua cugina e le Tre A, significa che siamo liberi di fare quello che vogliamo. Ho sentito grandi cose sul ristorante che c'è qui, scommetto che potremmo persino avere un tavolo in spiaggia.»

«Ma tu odi la sabbia» disse sommessamente.

«Detesto vedere una bella donna abbattuta perché la cugina snob, sprovveduta e ovviamente stupida è stata ancora più odiosa con lei.»

Kelli sospirò. «Sa che ho prenotato la cena per tutte e cinque stasera. E quella frecciatina sul non andare a cercarla? È ovvio che non mi vuole nemmeno lontanamente vicino ai ragazzi che le sbaveranno addosso stasera.»

«Fanculo a lei» disse Flash, fregandosene di essere offensivo nei confronti di una parente di Kelli.

«Non devi badare al fidanzato di tua sorella?»

«Sa già che se fa qualcosa che non sia solo parlare con

un'altra donna, lo dirò a mia sorella così in fretta che non farà nemmeno in tempo ad accorgersene. E potrebbe avere più paura di Nova che di me.»

Kelli ridacchiò, e Flash ne fu così sollevato che i suoi muscoli si rilassarono. Non si era nemmeno reso conto di quanto fosse diventato teso.

«Cena con me, Kelli. Per favore?»

«Be', dato che me l'hai chiesto così gentilmente, come posso rifiutare?»

«Non puoi» replicò soddisfatto.

«A che ora?»

«Alle sei e mezza?»

Lei annuì. «Ok. Devo andare a parlare con la reception e dire loro di cancellare la mia precedente prenotazione.»

«Devi andare subito?» chiese, volendo prolungare il tempo in compagnia di quella donna intrigante.

«Probabilmente no. Perché?»

«Perché è una bella giornata. Potremmo restare seduti qui per un po' e godercela.»

Lo fissò per un attimo, poi annuì. «Ok.»

«Bene» replicò Flash, prima di bere un altro sorso della sua disgustosa birra calda.

«Ti dispiace se leggo? Stavo arrivando a una parte interessante.»

«Niente affatto.»

Stare seduto accanto a Kelli, a fissare le onde mentre lei leggeva, era rilassante. Per la prima volta in quel viaggio, Flash sentì la tensione che aveva sempre sulle spalle dissolversi. Ed era servito... cosa? Una bella donna che aveva accettato il suo invito a cena. Sentire il rumore delle pagine del suo libro quando le girava. Le sue risatine sommesse ogni volta che leggeva qualcosa di divertente.

Flash continuava a odiare la spiaggia.

Disprezzava ancora la sabbia.

Ma in qualche modo, era tutto più tollerabile con Kelli Colbert seduta accanto a lui.

CAPITOLO DUE

Kelli si fissò allo specchio nella sua camera d'albergo e si asciugò i palmi sudati sulle cosce, mentre cercava di decidere se quello che aveva indossato fosse appropriato per una cena con uno degli uomini più sexy che avesse mai incontrato in vita sua.

Quando la sera prima le avevano presentato Flash, lo aveva liquidato subito, pensando che fosse proprio come gli altri quattro uomini che Charlotte aveva incontrato al resort. In cerca solo di una storia di una notte.

Poi, quando si erano stretti la mano, aveva sentito come delle piccole scosse percorrerle il braccio, finendo dritte tra le gambe. Non aveva mai avuto una reazione del genere con un uomo, e la cosa l'aveva spaventata a morte. Aveva lasciato immediatamente il bar, rifugiandosi nella sicurezza della sua stanza con un buon libro.

Eppure quel pomeriggio non era riuscita a resistere alla tentazione di lanciargli occhiate furtive quando lui aveva scelto di sedersi su una sdraio non troppo lontano dalla sua. E quando aveva sospirato e fissato l'oceano con uno sguardo... malinconico, non era proprio riuscita a trattenersi dal commentare.

Era troppo schietta. Lo era sempre stata. Ma odiava i giochetti che la gente faceva nei contesti sociali. Aveva sempre preferito che gli altri dicessero apertamente quello che pensavano, le faceva risparmiare un sacco di tempo e di sofferenza.

Kelli pensava che fosse iniziato tutto dopo la morte di suo padre, quando la gente aveva cominciato a muoversi con circospezione intorno a lei, a sussurrare alle sue spalle, e ciò l'aveva fatta impazzire. E quando aveva scoperto che la sua amica, una ragazza a cui si era legata in quel periodo orribile, stava con lei solo per i soldi che aveva ereditato, aveva detto basta.

Basta essere socialmente corretta.

Basta nascondere ciò che provava.

Lei era quella che era, e se a qualcuno non piaceva, pazienza.

Ma, nonostante ciò, si era sorpresa di essersi ritrovata a confessare tutto a Flash quel pomeriggio, di avergli raccontato dei suoi numerosi lavori, del rapporto che aveva con la sua famiglia e, in pratica, di essersi resa vulnerabile davanti all'uomo affascinante che aveva incontrato solo la sera prima.

Ma lui non si era mostrato infastidito o sorpreso. Era sembrato... cosa? Interessato?

No, non poteva essere.

Ma *l'aveva* invitata a cena.

Però era successo dopo che Charlotte l'aveva umiliata.

Forse si era sentito di non avere scelta. Le aveva chiesto un appuntamento mosso dalla compassione.

Bah. Odiava essere oggetto della pietà della gente. Sì, era imbarazzante che sua cugina le avesse detto, senza mezzi termini, di non volerla intorno quando lei e le Tre A volevano provarci con i ragazzi dell'addio al celibato, ma Kelli era già stata messa in imbarazzo un sacco di volte. Sapeva come gestirlo. Sapeva di essere in Giamaica solo per un senso di colpa e del dovere. Sua madre aveva sicuramente parlato con quella di Charlotte, e sua zia aveva probabilmente corrotto la figlia per convincerla a coinvolgerla nel matrimonio e invitarla in Giamaica.

E la *sua* di madre l'aveva convinta a partecipare al weekend di addio al nubilato facendo proprio leva sul senso di colpa.

Sospirò e tornò a concentrarsi sul suo riflesso. I capelli si stavano comportando bene... in quel momento. Più tardi, probabilmente, si sarebbero increspati a causa dell'umidità, ma per ora le ricadevano appena sotto le spalle, arricciandosi un po' sulle punte. Si era messa anche il mascara e il rossetto. Aveva il viso arrossato dal sole, che era un po' troppo rotondo a causa dei dolci e dei carboidrati che le piaceva tanto mangiare, ma non poteva farci niente.

Indossava un vestito comprato a La Jolla e che all'epoca le era piaciuto molto, ma ora si chiedeva se fosse troppo stretto. Era un abito a canotta che le arrivava appena sopra le ginocchia, un po' più aderente degli indumenti che portava di solito. Si acciglio e strinse le labbra, vedendo il rigonfiamento della pancia e le braccia poco toniche.

Si era sentita carina quando aveva provato l'abito in negozio, ma era stato prima che le venisse in mente di indossarlo a cena con uno degli uomini più attraenti che avesse mai visto.

Gli occhi di Flash erano talmente verdi da intonarsi con le palme che circondavano il resort. I suoi capelli castani erano tagliati corti, e lei non era mai stata con nessuno che avesse la barba, quindi non poteva fare a meno di chiedersi che sensazione avrebbe provato a baciarlo. Sarebbe stata fonte di distrazione? Si sarebbe incastrato del cibo nella barba e nei baffi, che teneva entrambi corti?

Kelli doveva ammettere di voler far colpo su Flash, anche se era improbabile che quei pochi giorni di conoscenza avrebbero portato a qualcosa. Nonostante vivessero abbastanza vicini, dubitava che sarebbero rimasti in contatto nel "mondo reale".

Ma quella sera avrebbero cenato insieme. Non era un appuntamento, non proprio. Eppure, non poteva fare a meno di sentire le farfalle nello stomaco che di solito aveva prima di uscire con qualcuno appena conosciuto.

Scosse la testa e si allontanò dallo specchio. Si stava comportando in modo ridicolo. Era solo una cena. L'indomani sarebbero andati a fare tubing, poi il giorno successivo sarebbero tornati tutti a casa. Non avrebbe più rivisto Flash, quindi pensare a quanto fossero attraenti i peli sul suo petto, o all'effetto che avrebbero fatto i suoi baffi e la barba a contatto con le sue labbra, era solo un sogno irrealizzabile.

Guardò l'orologio e si rese conto che sarebbe arrivata in ritardo se non si fosse sbrigata. Prese la felpa, l'unico indumento caldo che aveva, e andò alla porta. Non si abbinava minimamente all'abito, ma se si fossero seduti fuori le sarebbe servita, visto che rinfrescava al tramonto. E se il fatto di mettere una felpa sopra al vestito avesse infastidito Flash, pazienza.

Lei era quella che era. Schietta, onesta... e quella sera, se non altro, non avrebbe avuto freddo.

Fece un respiro profondo, chiuse la porta della camera e si diresse verso la hall.

Dieci minuti più tardi, lei e Flash vennero condotti a un tavolo nel ristorante a cinque stelle del resort. Era quasi vuoto, probabilmente perché non era proprio economico; era l'unico ristorante non compreso nell'all-inclusive del soggiorno e il turismo era decisamente in calo nel Paese.

Flash era stupendo. Indossava un paio di pantaloni kaki e una polo verde salvia che sembrava far risaltare ancora di più il colore dei suoi occhi. Quando lui l'aveva vista nella hall, le aveva rivolto un sorriso smagliante e si era addirittura chinato a baciarla sulla guancia per salutarla. Kelli aveva inspirato discretamente mentre le era così vicino, ed era stata ricompensata dal profumo fresco del sapone che aveva usato per fare la doccia. Era stato inebriante, e avrebbe desiderato chinarsi e affondare il naso nell'incavo del suo collo più di ogni altra cosa.

Le sue dita le sfiorarono brevemente la schiena mentre il cameriere li conduceva al tavolo, e Kelli trattenne a stento il brivido che minacciava di percorrerle tutto il corpo.

«Spero che questo incontri la vostra approvazione» disse il cameriere, indicandolo.

Kelli ansimò sonoramente.

Avevano apparecchiato un tavolo nell'angolo più lontano del patio. Da lì si godeva di una vista sconfinata sull'oceano e sul tramonto imminente. Al centro c'era un vaso sottile che conteneva due rose, e i coperti erano stati disposti affiancati e rivolti verso l'acqua, anziché uno di fronte all'altro.

Anche le sedie non erano le solite che si trovavano nei

ristoranti. Erano in pelle, con sedute ampie e senza braccioli, e anche da lontano si vedeva che erano estremamente comode. Nella sua esperienza, aveva notato che nei locali mettevano delle sedie scomodissime, in modo che la gente mangiasse e poi se ne andasse, permettendo ad altri clienti di entrare, spendere e andarsene altrettanto velocemente.

Guardando la disposizione romantica del tavolo, Kelli ebbe la sensazione di poter stare seduta lì tutta la sera, e dato che il ristorante non sembrava essere affollato, forse ci sarebbe riuscita.

«È perfetto. Grazie» disse Flash al cameriere, mentre tirava fuori una delle sedie e le faceva cenno di accomodarsi.

Lei gli sorrise e vi si mise davanti. Mentre si sedeva, Flash la spinse sotto di lei. Lo fece con talmente tanta disinvoltura, che sembrava avesse fatto un sacco di pratica. E, naturalmente, quel pensiero la portò a supporre che portasse di continuo le donne a cena in locali eleganti. Lei si sentiva fuori posto, lui, invece, sembrava completamente a suo agio.

Il cameriere disse che sarebbe tornato con l'acqua e i menu, poi li lasciò soli.

All'improvviso si sentì nervosa e non all'altezza della situazione. Cosa stava facendo? Avrebbe dovuto rimanere in hotel e ordinare il servizio in camera.

«Sono sempre indeciso su quale posata usare. Perché abbiamo quattro forchette e tre cucchiai? Cosa diavolo pensano che faremo, prenderemo un boccone con una forchetta, poi la poseremo perché è sporca e ne useremo un'altra?»

La sua battuta la fece rilassare. Flash non era così a suo agio come sembrava, cosa che la fece sentire molto meglio. «Non ne ho idea. Ma penso che non ci porteranno in prigione se useremo quella sbagliata, quindi probabilmente siamo a posto.»

Lui ridacchiò, e Kelli non riuscì a smettere di guardargli la bocca.

Flash si rilassò sulla sedia, mettendo un braccio sul suo schienale; se si fosse appoggiata indietro, le sue dita avrebbero potuto sfiorarle i capelli.

Scosse la testa. Si stava comportando in modo ridicolo, come se avesse di nuovo quindici anni e fosse seduta al cinema con un ragazzo che le piaceva.

«Questo non fa schifo» disse Flash dopo un attimo.

«Nonostante la sabbia?» gli chiese.

«Nonostante la sabbia» concordò con un piccolo cenno del capo. Poi la guardò. «Grazie per essere venuta con me stasera. Ero pronto a ordinare dal servizio in camera, ma penso che questo sarà molto meglio. E ho portato il telefono, così posso scattare una foto del tramonto e mandarla a mia sorella.»

«Cosa? Non vuoi pubblicarla sui social con un centinaio di hashtag?» lo stuzzicò.

«Non uso i social, quindi no.»

Lo fissò sorpresa. «Davvero?»

«Sì. Il mio lavoro non lo permette.»

Giusto. Non aveva più scoperto cosa facesse nella vita. Avevano parlato di sabbia e lei aveva ipotizzato qualche lavoro, poi l'argomento era cambiato. «Sei una spia?» sussurrò, guardandosi intorno furtivamente.

Lui scoppiò a ridere. «No. Ma prima avevi indovinato. Sono un SEAL.»

Per una frazione di secondo le balenò nella mente l'animale paffuto, adorabile e probabilmente fastidioso per i pescatori: la foca.

«La Marina disapprova che i suoi soldati delle forze speciali pubblichino in rete cose che potrebbero rappresentare una violazione della sicurezza. Non mi dispiace, però. Non sopporto il fatto che molte persone usino quelle piattaforme per lamentarsi di ogni aspetto della loro vita, o solo per mostrare le cose belle. I due estremi sono distorsioni della realtà, ed è fastidioso.»

«Sei un Navy SEAL?»

«Sì.»

Kelli fu tentata di spingere indietro la sedia. Già prima si era sentita fuori posto, ma ora? Non era decisamente all'altezza di quell'uomo. Ma quando stava per ordinare ai suoi muscoli di fare il loro lavoro e scappare da lì, il cameriere tornò.

«Bevi vino?» le chiese Flash.

Annuì. In quel momento le sarebbero servite circa tre bottiglie per trovare il coraggio di continuare la cena.

Lui si rivolse al cameriere. «Mi dispiace, non capisco niente di vini. Può portarci una bottiglia di qualcosa di leggero e del posto?»

«Certo. Mentre date un'occhiata al menu, vi porto la bottiglia e vedete se vi piace.»

Non appena il cameriere se ne andò, Flash si sporse verso di lei. «Cambia qualcosa il mio lavoro? Vedo che sei sul punto di dartela a gambe.»

Fece un respiro profondo. Era ridicola. Era solo una cena, tutto lì. «No. Sono solo sorpresa. Non c'è da stupirsi che non ti piaccia la sabbia. Ho visto dei programmi sulla Hell Week.»

Flash sorrise compiaciuto. «Sì. E anche il leader della mia squadra si diverte un mondo a farci rotolare nella sabbia durante l'allenamento del mattino. È un sadico.»

Kelli rise, e in un attimo la tensione svanì.

Ora, tutto ciò che riguardava Flash aveva molto più senso. Per esempio il motivo per cui sua sorella si era fidata di lui per tenere d'occhio il suo fidanzato... probabilmente lo avrebbe schiacciato se solo ci avesse provato con un'altra donna; flirtare con le Tre A era una cosa, ma c'erano poche possibilità che rischiasse di fare qualcos'altro. Non con Flash intorno.

E anche quei muscoli ora avevano senso. Dava l'impressione che dalla panca piana fosse capace di sollevare... be'... molti chili. Kelli non aveva idea di quale fosse un buon numero di pesi per quell'attrezzo, ma doveva essere alto.

Emanava una sicurezza in sé che era impossibile non notare. Essere un Navy SEAL era un lavoro duro. Mentalmente e fisicamente. Era probabile che dovesse prendere sempre decisioni in una frazione di secondo, quindi doveva essere intelligente e intuitivo.

Non poteva negare di esserne incuriosita. E sì, attratta. Quale donna *non aveva* mai fantasticato di essere rapita da un uomo attraente in uniforme? Ed eccola lì, a cena con un SEAL.

Decise di godersi ogni secondo di quella serata, e gli sorrise. Poi le venne in mente un'altra cosa... si era sentita al sicuro con lui fin dall'istante in cui lo aveva incontrato la sera prima. Non era una sensazione che provava spesso. Anzi, quando aveva conosciuto Rowan, Ben e Seb, si era sentita subito a disagio. Aveva percepito i loro sguardi percorrere il suo corpo come se la stessero giudicando.

Ma con Flash era stato diverso, nonostante l'eccitazione causata della sua stretta di mano si era sentita tranquilla.

Non era un'idiota. Non tutti i militari erano persone

oneste. Ma qualcosa le diceva che Flash era qualcuno di cui poteva fidarsi, e ciò la fece rilassare ancora di più.

Il cameriere tornò con una bottiglia di vino, e dopo che entrambi lo assaggiarono e lo approvarono, lui versò a ciascuno un bel bicchiere.

La serata passò troppo in fretta per Kelli, che si ritrovò ad apprezzare immensamente la compagnia di Flash. Era facile parlare con lui e avevano argomenti di conversazione infiniti. Il tramonto fu tutto ciò che avrebbe potuto desiderare e anche di più. Scattò un centinaio di foto, e le piacque molto che lo facesse anche lui, che ne mandò subito una a sua sorella, per poi farle vedere la risposta... praticamente una pagina piena di emoji.

Chiese persino al cameriere di scattare una foto di loro due davanti al tramonto, e Kelli aveva la sensazione che quella sarebbe stata un'immagine che avrebbe stampato per conservare il ricordo di una meravigliosa serata.

Quando tirò fuori la felpa perché aveva cominciato a fare freddo, Flash scoppiò a ridere vedendo cosa c'era stampato sul retro.

Club delle mogli asociali

Non era una moglie, e non era nemmeno asociale, ma aveva trovato quell'azienda non molto tempo prima e le felpe erano perfette. Ampie e non troppo strette sul fondo – odiava quando avevano un elastico troppo stretto in vita che la faceva sembrare ancora più grossa di quanto già non fosse – e sebbene nessuna delle frasi si adattassero a lei, adorava comunque la felpa in sé.

Dopo aver mangiato, Flash le propose di fare una passeggiata sulla spiaggia, e Kelli non esitò ad accettare. Non era molto lunga da percorrere, dato che c'erano delle recinzioni su entrambe le estremità della proprietà, ma era comunque una bella serata, e dopo il cibo delizioso non le dispiaceva fare un po' di esercizio.

«Allora... hai ancora intenzione di andarci domani?» chiese a Flash. Stavano camminando fianco a fianco, senza toccarsi, ma condividendo lo stesso spazio. «A fare tubing, intendo.»

«Sì. Ho parlato con Chuck e mi ha spiegato tutto.»

«Chuck?»

Flash sorrise. «Odia quel soprannome, ma a me non frega niente. Finché non dimostrerà di essere un brav'uomo che tratterà mia sorella come la principessa che è, per me sarà Chuck.»

«Quindi finché non saranno sposati da almeno cinquant'anni?» scherzò Kelli.

«Più o meno.»

«Vorrei avere un fratello. O una sorella, se è per questo. Mia madre sperava che io e Charlotte saremmo state come sorelle, ma non era destino. Siamo troppo diverse.»

«Per la cronaca, penso che tu sia perfetta.»

Lo guardò sorpresa. Lui le sorrise, poi si voltò di nuovo nella direzione in cui stavano camminando.

«Ehm... grazie.»

Continuarono a passeggiare in silenzio, e Kelli si godette il fatto di essere a suo agio con quell'uomo. Non sentiva il bisogno di chiacchierare, di riempire il silenzio con una conversazione. Raggiunsero il confine della proprietà, poi si voltarono per tornare indietro. Con sua sorpresa, la mano di Flash sfiorò la sua...e vi avvolse le dita intorno.

«Va bene?» le chiese, guardandola.

«Sì.»

Camminarono per un po', poi lui ridacchiò e disse: «Non

ricordo quando è stata l'ultima volta che ho tenuto la mano di una donna. È bello.»

Kelli sorrise. Era vero. Era *molto* bello. Lui aveva delle mani grandi che avvolgevano completamente le sue. Anche se non avesse saputo cosa faceva per vivere, si sarebbe sentita al sicuro con Flash. Non che il resort fosse un posto pericoloso, ma non aveva dubbi che se una gigantesca creatura marina fosse emersa dall'oceano, lui l'avrebbe respinta a mani nude. O se qualcuno fosse apparso sulla spiaggia con un coltello, glielo avrebbe strappato di mano come una sorta di ninja, poi avrebbe continuato a camminare come se non avesse fatto niente di speciale.

Quando tornarono al resort, Kelli ne fu quasi delusa. Era anche confusa. Si era detta che sarebbe stata solo una cena, che non ne sarebbe venuto fuori niente. Flash era stato solo educato. Non vivevano nemmeno nella stessa città. Certo, avevano scoperto di abitare incredibilmente vicini, ma comunque...

Ora, però, dopo aver parlato per quattro ore, cenando e bevendo vino, passeggiando sulla spiaggia e tenendosi per mano... qualcosa era cambiato dentro di lei. Voleva di più. Voleva conoscere meglio quell'uomo. Voleva mangiare altre volte con lui, fare altre passeggiate, stare mano nella mano.

Cavoli, chi voleva prendere in giro? Voleva molto di più che tenerlo per mano, ma non era il tipo di donna che si gettava nel letto di un uomo al primo appuntamento. Purtroppo. Sarebbe stato facile invitarlo in camera, o accettare se l'invito fosse arrivato da lui. Ma se Flash l'avesse fatto sarebbe stata anche una delusione, perché avrebbe dimostrato di non essere chi si era immaginata fosse.

Senza dire una parola e senza lasciarle la mano, la

condusse di nuovo nella hall del resort. Era abbastanza tardi e non c'era nessuno in giro. Le luci erano state abbassate e c'era solo un dipendente alla reception.

«Mi sono divertito stasera» le disse, voltandosi verso di lei.

«Anch'io.»

«Ci vediamo domani alle dieci, giusto?»

«Mm-mm.» Kelli lo fissò. Voleva che la baciasse, ma allo stesso tempo era nervosa. Aveva le farfalle nella pancia e il cuore che le batteva forte.

«Vuoi fare colazione con me domani, prima di partire?»

Gli sorrise. «Sì.»

«Ottimo. Ci vediamo qui nella hall alle otto e mezza? Possiamo andare al buffet insieme.»

«Ok.»

Flash fece un passo avanti e si chinò, e Kelli trattenne il respiro.

Le diede un casto bacio sulla guancia, stringendole la mano. «Grazie per la fantastica serata. Ci vediamo domattina.» Poi fece un passo indietro. E un altro. Era come se non volesse lasciarla nemmeno lui.

«Ci vediamo» gli disse.

«A domani.»

Le rivolse un'ultima occhiata che lei non riuscì a interpretare, poi si voltò e si diresse a grandi passi verso uno dei corridoi che ovviamente portavano alla sua stanza.

Kelli non riuscì a distogliere lo sguardo dal suo sedere. Era perfetto.

Una volta sparito dalla sua vista, lei andò nella direzione opposta, verso la sua camera.

Dopo essersi cambiata, aver usato il bagno ed essersi infilata sotto le coperte, Kelli si rese conto che stava ancora sorridendo. All'inizio non voleva andare in Giamaica, ma fino a quel momento era stato un viaggio indimenticabile. Anche se non fosse nato nulla tra lei e Flash, avrebbe ricordato quei momenti per il resto della vita. Lui l'aveva fatta sentire divertente. Interessante. Desiderata. Solo quello lo rendeva di gran lunga superiore agli altri uomini con cui era uscita negli ultimi anni.

Si girò su un fianco e si rannicchiò contro il cuscino. Ciò che avrebbero fatto l'indomani non era la sua idea di un momento piacevole, ma ci sarebbe andata perché aveva promesso a sua madre che avrebbe fatto del suo meglio per andare d'accordo con Charlotte. E con Flash lì, Kelli si rese conto che forse si sarebbe goduta quell'uscita. In realtà, adesso non vedeva l'ora. Si addormentò con un enorme sorriso sul volto, pensando all'uomo che aveva reso la sua serata una delle migliori che avesse mai trascorso.

CAPITOLO TRE

FLASH RESISTETTE ALL'IMPULSO di camminare avanti e indietro. La notte prima gli ci era voluto un po' per addormentarsi; aveva pensato a Kelli. C'era qualcosa in quella donna che lo faceva sentire come se la conoscesse da sempre. Era amichevole, divertente e dolce. Caratteristiche che gli piacevano molto.

C'era stato un momento in cui aveva capito che voleva andarsene, ma era riuscito a metterla a suo agio, ed era più che felice che avesse superato il nervosismo e fosse rimasta a cena.

Era anche contento che fosse così alla mano. Non aveva mentito quando aveva ammesso di non avere idea di quale forchetta usare, e non sapeva davvero quasi nulla di vino, quale scegliere, solo che a volte gli piaceva berne un bicchiere o due durante i pasti. A quanto pareva, anche Kelli era così.

E aveva adorato la sua felpa.

O meglio, quello che gli era piaciuto davvero era che anteponesse la comodità alla moda. Perché la moda era un'altra cosa di cui non sapeva nulla e non aveva alcun desiderio di imparare.

Era anche una donna intelligente, e il fatto che non avesse una carriera non lo preoccupava minimamente. Prima o poi avrebbe capito cosa fare del resto della sua vita, non aveva dubbi.

Si era divertito molto in sua compagnia, e l'unica ragione per cui aveva accettato di andare a fare tubing quel giorno era perché ci sarebbe stata anche lei.

Aveva cercato di dissuadere Chuck, spiegandogli che non era sicuro uscire dal resort, pensando anche che se ci fosse riuscito, avrebbe avuto una chiacchierata simile con Kelli durante la colazione. Ma Chuck lo aveva liquidato, insistendo che sarebbe andato tutto bene.

Ma nella sua mente un dubbio continuava a tormentarlo. Aveva pensato di parlarne comunque con lei, per suggerirle di trascorrere un altro giorno in spiaggia, ma sapeva che non si sarebbe perdonato se fosse successo qualcosa al fidanzato di sua sorella. Alla fine, aveva giustificato l'uscita di quel giorno convincendosi che probabilmente Kelli era l'unica persona del loro gruppo in grado di riconoscere un pericolo, se lo avesse visto. Accidenti, il suo lavoro era scovare le cose che avrebbero potuto andare storte prima che accadessero davvero.

Così, ora, era nella hall ad aspettarla, ansioso di rivederla... e all'improvviso la vide camminare verso di lui. Indossava un ampio copricostume che le svolazzava sopra le ginocchia. Era nero, di un cotone sottile e leggero.

Per una frazione di secondo, gli passò per la mente l'immagine di lei accanto al suo letto che si sfilava il copricostume dalla testa... rivelando di non avere niente sotto.

Flash allontanò spietatamente quella visione. Non sarebbe successo nulla tra lui e Kelli. Sì, era bellissima, e provava per lei più di un normale interesse, ma erano in vacanza. E lui non era il tipo d'uomo che portava una donna a letto per un'avventura di una notte... soprattutto mentre era in licenza lontano da casa.

«Ehi» lo salutò nervosamente, sistemandosi una ciocca di capelli dietro l'orecchio. La sera prima, quando l'aveva vista nella hall, i suoi capelli erano lisci e setosi, ma con il passare della serata si erano fatti sempre più ricci. Kelli sosteneva che fossero crespi, ma lui non era d'accordo.

Quella mattina li aveva tirati indietro con un fermaglio, ma erano ancora ricci, sembravano avere una volontà propria, e ciò lo fece sorridere.

«Ehi» replicò a sua volta, mentre lei si avvicinava. «Dormito bene?»

Scrollò le spalle. «Certo. Tu?»

«Sì.» Flash le si mise a fianco e le porse il braccio. «Andiamo?»

Gli avvolse una mano intorno al gomito con un sorriso. «Faccia strada, gentile signore.»

Flash era sveglio già da qualche ora, si era allenato nella palestra del resort e poi aveva corso un paio di chilometri su e giù per la spiaggia deserta; Kevlar, il suo leader, non sarebbe stato contento se fosse tornato dalle ferie fuori forma. Non che qualche giorno di riposo avrebbe fatto molta differenza, ma si sentiva sempre meglio dopo un buon allenamento.

Entrarono nella sala da pranzo e si diressero verso il buffet allestito al centro della stanza. Mentre si avvicinavano, Kelli lasciò cadere la mano vedendo tutti i loro compagni di viaggio già riuniti intorno al cibo.

«Ehi, era ora che ti alzassi, pigrona» le disse Charlotte.

Quella mattina indossava un copricostume bianco con dei buchi piazzati ad arte, che permettevano a tutti di vedere il bikini rosso acceso che aveva sotto. Oggettivamente, Flash doveva ammettere che la donna aveva un bel corpo, ma lui preferiva di gran lunga le curve di Kelli rispetto alla figura esile della cugina.

«Ti sei alzata presto» osservò Kelli, prendendo un piatto.

Charlotte ridacchiò e, ancora una volta, quel suono diede sui nervi a Flash, che si mise dietro a Kelli e prese un piatto anche lui.

«Sì, be', sono andata a letto presto, a differenza di *altri*.» Ridacchiò, guardando una delle damigelle che la precedeva nella fila.

«Quello che succede in vacanza, resta in vacanza» disse la donna con un enorme sorriso, dando una gomitata a Ben che le stava accanto.

«Oh sì» concordò lui, fissandole il seno.

Flash avrebbe voluto alzare gli occhi al cielo. Cercò subito Chuck. Dal pomeriggio precedente non era stato molto bravo a tenere d'occhio il futuro sposo.

Era già seduto a un tavolo, con il telefono in mano e scorreva lo schermo. Solo perché non stava corteggiando una delle donne non significava che non avesse fatto sesso con nessuna di loro, ma fu comunque sollevato di trovarlo seduto da solo.

Dopo aver fatto la fila, Flash accompagnò Kelli a un tavolo libero. Posò il piatto, poi disse: «Vado a prendere dell'acqua, vuoi qualcosa? Del succo?»

«Sì, grazie. Del succo d'arancia va benissimo.»

C'erano dei camerieri in giro, ma le caraffe delle bevande si trovavano su un bancone non troppo lontano, e ci avrebbe impiegato meno a prenderle da solo che aspettare che qualcuno andasse al loro tavolo. Aveva appena preso due caraffe, una d'acqua e l'altra di succo d'arancia, quando Seb e Rowan gli si avvicinarono.

«Dov'eri ieri sera, amico? Ti sei perso tutto il divertimento» disse Seb.

«Sì, quelle ragazze sono maledettamente *sexy*. E molto arrapate» aggiunse Rowan.

«Non fa per me» rispose Flash. Non era molto più grande di quei ragazzi, probabilmente di quattro o cinque anni, ma in quel momento si sentiva decisamente vecchio rispetto a loro.

«Sul serio, quella con cui ero ha fatto cose che avevo visto solo nei porno» continuò Seb.

«La mia mi ha succhiato il cazzo così forte che oggi mi fa male» incalzò Rowan con un sorrisetto.

I due si diedero il cinque.

«Se volete scusarmi» disse Flash, facendo un passo di lato, con l'intenzione di aggirare quegli idioti che si stavano comportando come dei ragazzi di una confraternita a una festa universitaria.

«Stai con la cugina grassa?» gli chiese Seb.

Quella domanda lo fece infuriare. «Come, scusa?» disse con un tono basso e minaccioso, che avrebbe fatto capire a chiunque dei suoi compagni di squadra che era sul punto di perdere la pazienza. Ma dato che quegli uomini non lo conoscevano, non prestarono attenzione all'avvertimento che avrebbero dovuto cogliere nel suo tono.

«Sai, quella tipa che Charlotte è stata obbligata a invitare. Non voleva nemmeno che venisse. Ha detto che è una palla al piede.»

«Però ho sentito dire che le ragazze grasse sono divertenti

a letto» aggiunse Rowan, con aria maliziosa. «Che ti lasciano fare quello che vuoi visto che non ricevono mai attenzioni. È bello che tu la stia facendo divertire, così la tieni lontana da Charlotte. So che è la futura sposa, ma vedo se riesco a farmela stasera. Ben ha detto che si sarebbe preso volentieri la ragazza che ho avuto ieri sera, per vedere se è interessata a una cosa a tre con lui e la sua amica. O magari possiamo convincere Charles a divertirsi un po'.»

A Flash non era sfuggito che non avessero usato i nomi delle donne. Si chiese se le conoscessero. Se riuscissero a distinguere l'una dall'altra le ragazze di cui parlavano con tanta indifferenza, come se fossero solo dei buchi in cui infilare il cazzo.

Aprì la bocca per rimproverare quegli stronzi... quando notò qualcuno dietro di loro.

Kelli era a un metro e mezzo di distanza, immobile, con un'espressione scioccata e addolorata. Quello fu ciò lo fece *davvero* incazzare, più delle cose che avevano detto quei due stronzi. Quella donna, che appena due minuti prima stava sorridendo, ora aveva un'aria imbarazzata, come se avesse voluto essere ovunque tranne che in quella sala da pranzo.

Ma mentre la guardava, lei raddrizzò le spalle e sollevò il mento. Si avvicinò a loro e si infilò bruscamente tra i due uomini, facendoli barcollare.

«Scusate» disse, per niente dispiaciuta. Poi abbassò la voce, come se stesse rivelando un segreto intimo e oscuro. «So da fonti attendibili che prima di questo viaggio mia cugina è stata dal medico. L'ho sentita parlare con le sue amiche dei risultati di alcune analisi... qualcosa sul fatto che la clamidia impiega una o due settimane per scomparire.»

Poi prese la caraffa di succo dalla mano di Flash e tornò lentamente al loro tavolo.

Lui non riuscì a trattenere un sorrisetto, mentre Rowan e Seb iniziarono subito a sussurrare freneticamente tra loro. Seguì Kelli al tavolo, che aveva la fronte aggrottata quando lui si sedette, e si rifiutò di incrociare il suo sguardo.

«Kelli?»

«Sì?» chiese, fissando il piatto come se contenesse tutte le risposte a ogni domanda dell'universo.

«Per favore, guardami.»

Sospirò, poi sollevò lo sguardo con riluttanza. «Che c'è?»

«Sono degli idioti. Pensano con il cazzo. Non prendertela per quello che hanno detto.»

«Non hanno detto niente che non avessi già sentito prima. È assurdo che essere grassi sia un crimine più grave di tante altre cose. Tira fuori il peggio dagli altri. Tutti ti parlano alle spalle. I medici attribuiscono tutti i tuoi sintomi al sovrappeso senza nemmeno fare esami per scoprire cosa c'è che non va veramente. E per gli uomini, è come se avessimo la peste.»

«La gente è stupida» disse Flash con veemenza.

«È tutto ok» ribatté lei con un'alzata di spalle.

Ma non era tutto ok. Flash era profondamente turbato e lo era doppiamente perché Kelli aveva sentito da altre persone in passato cose simili a ciò che quei due idioti avevano detto.

«Non sono venuto qui per rimorchiare, come ovviamente hanno fatto gli altri» iniziò. «Non esco nemmeno molto con le donne. Il mio lavoro mi porta lontano da casa troppo spesso per poter essere un buon candidato per una relazione. La prima sera qui al resort, Afton ci ha provato con me. In realtà mi ha bloccato in un angolo in corridoio, mi ha messo una mano sull'uccello e mi ha invitato in camera sua. Non ho mai allontanato una donna così in fretta.»

«Certo. Buon per te» borbottò lei, distogliendo di nuovo lo sguardo.

«*L'unica* donna che ho notato da quando sono qui si è seduta accanto a me in spiaggia e mi ha detto che le cose non potevano fare così schifo.»

Gli occhi di Kelli, che erano tornati al cibo, si sollevarono per incontrare i suoi.

«In effetti, sei l'unica donna, da anni, che è riuscita ad attirare la mia attenzione.» Quell'ammissione non fu difficile da fare, e ora che l'aveva detto, Flash non poteva fermarsi lì. «Sei divertente, alla mano, è facile parlare con te, e... quello che sto per dire è decisamente inappropriato, anche se credo che Cip e Ciop abbiano già oltrepassato quel limite al riguardo, quindi sento il bisogno di chiarire questo punto, ma mi sono addormentato con il cazzo duro come una roccia la scorsa notte, pensando a come sarebbe stata la sensazione di averti sotto, sopra e accanto a me. E mi sono svegliato allo stesso modo.

Hai il corpo di una dea greca, Kelli. Formosa nei punti giusti. Non c'è *niente* che non va in te. Anzi, vederti seduta di fronte a me con quel copricostume mi fa venire voglia di togliertelo lentamente per rivelare il dono che c'è sotto... che, per quanto mi riguarda, è molto più sexy di tua cugina e delle Tre A che ostentano il loro corpo al mondo.»

Kelli aveva la bocca leggermente aperta, come se fosse sotto shock.

Aveva detto troppo. Era stato fin *troppo* volgare, ma aveva bisogno che lei capisse che tutte le stronzate che Rowan aveva vomitato sulle donne con un po' di carne intorno alle ossa non corrispondeva a ciò che pensava la maggior parte degli uomini.

«Ehm... grazie?»

Flash fece una risata sbuffando. «Penso che possiamo essere entrambi d'accordo sul fatto che le persone con cui siamo venuti in Giamaica non siano il miglior esempio di come gli adulti dovrebbero comportarsi.»

«È vero. Ma ora questo include anche me. Ho mentito su Charlotte. Non l'ho mai sentita parlare con le sue amiche di una malattia sessualmente trasmissibile.»

«Lo immaginavo. Ma dovrebbe impedire a quegli stronzi di provarci con lei e forse salvare il suo matrimonio.»

Kelli scrollò le spalle. «Non ne sono sicura. Non mi sento in colpa per quello che ho fatto. Le sta bene per aver sparlato di me alle mie spalle. Hai intenzione di parlare con Charles?»

«Oh sì, io e Chuck parleremo di sicuro» rispose. A giudicare da quello che aveva detto Rowan, sembrava che il suo futuro cognato non avesse esagerato la sera prima. Ma prevenire era meglio che curare.

Con suo sollievo, Kelli ridacchiò. «Ah, quanto vorrei essere una mosca quando avverrà quella conversazione.»

«In qualsiasi altra situazione non me ne fregherebbe un cazzo di chi si scopa quell'uomo, ma è fidanzato con mia sorella. Non gli permetterei mai di tradirla prima ancora che si sposino. Non se posso evitarlo.»

Kelli lanciò un'occhiata dall'altra parte della stanza, dove c'era il fidanzato di sua sorella, e Flash seguì il suo sguardo. Era ancora seduto da solo, sempre a fissare il telefono. Però aveva un piccolo sorriso sul volto. I suoi amici erano a un grande tavolo con le Tre A e Charlotte.

Kelli tornò a guardare Flash. «Mi sembra che non sia poi così interessato alle stesse cose dei suoi amici.»

Era d'accordo. Magari stava fingendo perché sapeva che il fratello della sua fidanzata lo stava osservando, ma non sembrava fosse così. Era completamente assorto in quello che stava succedendo al telefono. Mentre lo osservava lo vide parlare, e si rese conto che stava facendo una videochiamata con qualcuno. Probabilmente con Nova.

Flash si voltò di nuovo verso di lei. «Tutto a posto?» le chiese.

Lei aggrottò la fronte. «In che senso?»

«Non sei... turbata da quello che ti ho detto?»

Con suo grande stupore gli sorrise timidamente. «No. Come potrei esserlo, visto che ieri sera, quando sono andata a letto, ho avuto gli stessi identici pensieri su di te?»

E a quello gli diventò duro. Merda. Non aveva un'erezione spontanea da anni.

«Bene.» Poi, preoccupato che lei potesse pensare che avesse detto "bene" per la sua ammissione di aver pensato a lui a letto, chiarì subito: «Intendo bene che siamo sulla stessa lunghezza d'onda. Voglio dire... che sia tutto a posto. Bene che sia tutto a posto tra noi.»

Sembrava un idiota. Quante volte poteva ancora dire "bene" in una sola frase?

Kelli ridacchiò. «Sì, bene che sia tutto a posto tra noi» ripeté.

Flash prese la caraffa di succo d'arancia, meravigliandosi che le sue risatine non lo infastidissero come quelle delle altre donne, e le riempì il bicchiere. «Assicurati di fare un'abbondante colazione, immagino che la "merenda" che ci hanno promesso durante questa escursione farà schifo.»

«Non devi dire a una ragazza grassa di mangiare» scherzò Kelli.

Ma Flash non lo trovò affatto divertente. Allungò la mano sul tavolo e la posò sulla sua.

Lei sollevò lo sguardo, sorpresa. «Non dire così» le ordinò. «Non sei grassa. Nemmeno lontanamente. Hai le curve al posto giusto. Sei sexy da morire. Una dea greca, ricordi? E ai miei occhi questo è mille volte più sexy che avere un corpo che sembra possa essere spazzato via dal vento, o sentire il tuo stomaco brontolare perché mangi come un moscerino. Ok?»

«Ok» rispose sommessamente.

«Bene. Vedo che hai preso le patate al formaggio e pancetta. Sono fantastiche. Non so cosa ci mettono nel formaggio... crack? Perché creano dipendenza, sono davvero deliziose, mi mancherà questo posto solo per queste patate.»

Le sue parole sembrarono allentare la tensione nell'aria e Kelli sorrise. «No. È la pancetta. Tutti sanno che la pancetta rende tutto migliore.»

«È vero» concordò Flash.

Il resto della colazione passò tranquilla, per fortuna. Tutti gli altri del gruppo salirono in camera per prepararsi per l'escursione, ma loro due rimasero lì, a sorseggiare caffè e succo di frutta, parlando di tutto e di niente. E ridendo. Risero tantissimo. Flash non ricordava di essersi mai divertito così tanto con un altro essere umano. Di solito era il primo a voler lasciare il tavolo. Non era il tipo da chiacchiere inutili. Ma con Kelli... avrebbe potuto ascoltarla parlare per ore.

Alla fine arrivò l'ora di uscire per andare a fare tubing. Fu preso di nuovo dall'ansia mentre si dirigevano verso la hall. Non avrebbe portato molto con sé, solo il portafoglio, che aveva messo nella tasca del costume da bagno, con dentro un documento d'identità e una carta di credito. Anche Kelli aveva solo una piccola borsa a tracolla. Il centro di tubing avrebbe fornito gli asciugamani e, naturalmente, le ciambelle con cui avrebbero percorso il White River.

Con sua sorpresa, quando tutti iniziarono a salire sui veicoli, gli uomini andarono su un minivan e le donne su un altro; Flash aveva pensato che i "cani in calore" con cui era avrebbero approfittato di ogni occasione per stare vicino alle donne. Quando si avvicinò al minivan già carico con il suo futuro cognato e i suoi amici, sentì Seb e Rowan discutere su chi avrebbe potuto fare sesso con chi quella notte.

Allora capì: avrebbero usato il tempo impiegato per raggiungere il fiume per organizzarsi. La cosa lo disgustò ancora di più.

Flash incontrò lo sguardo di Chuck e lo fissò sorpreso quando lui alzò gli occhi al cielo.

Sembrava che, forse, avesse sottovalutato il fidanzato di sua sorella. La cosa lo fece sentire meglio, ma avrebbe comunque negato la sua approvazione finché lui non avesse dimostrato, senza ombra di dubbio, di essere fedele a Nova.

Guardando l'altro minivan Flash notò che Kelli era seduta da sola sul sedile posteriore, a guardare fuori dal finestrino, facendo del suo meglio per ignorare le altre donne... proprio come loro stavano facendo con lei.

«Vado sull'altro veicolo» disse Flash a Chuck e ai ragazzi, poi chiuse la portiera scorrevole; non aspettò di sentire i commenti volgari che il suo annuncio avrebbe sicuramente suscitato.

Corse verso l'altro minivan, aprì la portiera davanti del passeggero e saltò dentro. Non gli andava giù che si allontanassero dalla sicurezza del resort in due veicoli, uno pieno di donne e l'altro di uomini. Non era né intelligente né sicuro.

L'autista gli fece un cenno con la testa e Flash si voltò verso le donne. «Pronte?» chiese.

«Ehi, Flash!»

«Pronte!»

«Ooh, abbiamo una guardia del corpo davvero tosta!»

«Sta diventando caldo qui dentro?»

Flash ignorò i commenti e tenne lo sguardo fisso su Kelli, seduta in fondo. Lei gli rivolse un piccolo sorriso, e fu tutto ciò di cui ebbe bisogno per capire di aver preso la decisione giusta.

L'autista mise in moto e partì per uscire dall'elegante resort sulla spiaggia e dirigersi nel cuore della Giamaica. Nell'istante in cui superarono i cancelli la sua ansia si decuplicò. Era un'idea orribile, ma ormai era troppo tardi. Tutto ciò che poteva fare era superare la mattinata. Sarebbero rientrati al resort quel pomeriggio e l'indomani sarebbe tornato a casa, a Riverton.

Ma Flash si sentiva nudo. Indossare solo un paio di pantaloncini da bagno e una maglietta, senza avere con sé il suo solito assortimento di coltelli, pistole e altra attrezzatura da SEAL, lo faceva sentire completamente fuori dal suo elemento.

Fece il possibile per mettere da parte le sue paure, e si concentrò sulla memorizzazione delle strade che stavano percorrendo per raggiungere il punto in cui la compagnia di tubing/rafting avrebbe fatto scendere i clienti nel fiume. Senza rendersene quasi conto, entrò in "modalità SEAL", come la chiamavano lui e i suoi compagni di squadra: super vigile, pronto a tutto. Sperava di essere solo esagerato e paranoico, ma meglio prevenire che curare. Ciò aveva salvato la vita a lui e ai suoi compagni più di una volta. Sarebbe stato un idiota ad abbassare la guardia ora.

In un angolo della sua mente non aveva dubbi di sentirsi particolarmente protettivo a causa della donna seduta dietro di lui. Kelli gli era entrata sotto pelle nel giro di un giorno, e il pensiero che le potesse succedere qualcosa sotto la sua sorveglianza era sufficiente a renderlo ancora più teso. Lei e gli altri avrebbero trascorso una mattinata divertente, a tutti i costi.

Forse era l'unico a essere in allerta, ma andava bene così. Avrebbe vegliato su tutti loro. Era il suo lavoro.

CAPITOLO QUATTRO

Flash sembrava teso.

Kelli non poté fare a meno di notarlo, e dato che era nervoso, nemmeno *lei* si sentiva tranquilla.

Gli altri ragazzi si erano mostrati un po' imbarazzati quando, una volta arrivati al luogo di partenza della loro avventura sul fiume, avevano chiesto a Flash perché li avesse scaricati per viaggiare sul minivan con le ragazze, e lui aveva spiegato che lasciare un veicolo pieno di donne senza protezione non era la migliore delle idee, considerando i problemi che c'erano in quel Paese.

Kelli doveva ammettere di essere rimasta confusa anche lei quando al resort era salito sul sedile anteriore del loro minivan. Dopo aver sentito perché lo aveva fatto, fu pervasa da una sensazione di calore. Flash era una brava persona. E intelligente. Lei aveva fatto le sue ricerche su quel Paese quando aveva organizzato il viaggio, sapeva quanto potesse essere pericoloso, ma non si era comunque preoccupata più di tanto, dando per scontato che sarebbero stati tranquilli all'interno del resort privato.

Ora doveva ammettere di essere stata un po' nervosa fin da quando Charlotte aveva deciso di voler lasciare la proprietà. Avere Flash con sé la faceva sentire un pochino meglio. Più al sicuro.

Una volta distribuite le ciambelle tutti si divisero rapidamente in coppie, lasciando Kelli con Flash... cosa che non era esattamente un problema. Le piaceva la sua compagnia, era estremamente attratta da lui, e il pensiero di galleggiare lungo il fiume con le Tre A e Charlotte per ore non le era sembrato affatto divertente.

Tuttavia, Flash non aveva detto molto da quando erano arrivati. Si guardava continuamente intorno, come per studiare l'area, i dipendenti e gli altri visitatori, e osservando preoccupato il fiume stesso. Il suo disagio si trasferì su di lei, portandola a guardarsi intorno, ma non vide né sentì nulla di preoccupante. Però era Flash l'esperto; dopotutto, era un Navy SEAL. Probabilmente era abituato ai nemici che saltavano fuori da dietro la vegetazione e gli tendevano imboscate.

Ma lì non sarebbe successo... giusto? Erano totalmente al sicuro. Erano circondati da turisti, e il White River non era esattamente un posto sperduto in Giamaica, ma una delle principali attrazioni per chi arrivava con le navi da crociera e per chi, come loro, soggiornava in resort privati. Flash era solo paranoico... sperava.

La loro partenza sul fiume stava ritardando perché un altro gruppo di turisti era arrivato poco prima di loro, e dato che quelle persone provenivano da una delle enormi navi da crociera e quindi avevano un orario da rispettare, avevano avuto la precedenza ed erano entrati con le ciambelle nel fiume prima del loro piccolo gruppo.

Ma alla fine era arrivato il loro momento di entrare in acqua.

Le Tre A e Charlotte non ebbero alcun problema a togliersi i copricostumi, già quasi trasparenti, e a mostrare i loro corpi snelli da modelle. I loro bikini erano sexy oltre che alla moda, e Kelli poteva praticamente vedere ogni ragazzo nelle vicinanze sbavare.

«Voi andate avanti. Kelli e io chiuderemo la fila» disse Flash, prendendole delicatamente il braccio. «Ho dimenticato una cosa al capanno delle ciambelle. Torniamo subito.»

Kelli era confusa mentre osservava il resto del gruppo entrare in acqua e strillare, perché a quanto pareva era gelida, e sistemarsi sulle ciambelle per scendere lungo il fiume.

«Cos'hai dimenticato?» gli chiese, mentre Flash li riconduceva verso il capanno.

«Niente.»

Aggrottò la fronte. «Niente?» ripeté. «Allora cosa stiamo...»

«Sembrava che ti sentissi a disagio in loro presenza. Quindi sto perdendo tempo in modo che vadano un po' avanti, così non avrai un pubblico mentre ci sistemiamo nelle nostre ciambelle.»

Kelli si bloccò, non lasciando altra scelta a Flash se non quella di fermarsi.

Le lanciò un'occhiata. «Mi dispiace, ho...»

Non gli diede il tempo di finire la frase perché praticamente gli si lanciò addosso. Lui indietreggiò con un piede, ma ritrovò rapidamente l'equilibrio, la circondò con le braccia e Kelli strinse gli occhi, cercando di non scoppiare a piangere.

Non poté fare a meno di ricordare l'ultima volta che era stata su una spiaggia affollata e si era tolta il copricostume. Le era sembrato di avere gli occhi di tutti addosso, pronti a giudicarla. Non assomigliava per niente alle Tre A o a sua cugina, e si era sempre sentita a disagio in loro presenza. Lei era semplicemente... sé stessa.

Dopo averle dato una leggera stretta, Flash le posò le mani sulle spalle e la scostò leggermente. Kelli si costrinse ad alzare lo sguardo verso di lui.

«Tanto perché tu lo sappia, non c'è niente che non vada nel tuo corpo. Te l'ho già detto, hai le curve nei punti giusti, e quelle stupide probabilmente sono gelose. Quindi, qualsiasi cosa abbiano detto o diranno in futuro, è una stronzata. Ok?»

Kelli annuì, incredula. Ci sarebbe voluto molto più di un uomo attraente che diceva che gli piaceva il suo fisico per abbattere anni di condizionamento mentale sul fatto che alta e snella era molto più sexy di bassa e grossa.

Il suo sguardo tornò al fiume. Riuscirono a malapena a vedere il loro gruppo che stava per scomparire dietro a una curva del corso d'acqua. «Pronta?»

Annuì di nuovo.

Tornarono dove avevano lasciato le ciambelle. L'area che dieci minuti prima era stata piena di gente all'improvviso era stranamente vuota e silenziosa, fatta eccezione per i dipendenti del posto.

Arrivati sulla riva, Kelli fece un respiro profondo, si tolse il copricostume e lo mise in un contenitore che quelli del centro avevano sistemato vicino all'acqua, appositamente per gli effetti personali del gruppo. Rifiutandosi di guardare Flash, si avvicinò rapidamente alla ciambella e si immerse nel fiume.

Nonostante ci fosse il sole, era ancora abbastanza presto,

nemmeno le undici del mattino... e l'acqua era fredda. Inspirò bruscamente e sentì Flash ridacchiare.

«Non so di cosa tu fossi preoccupata, siamo noi ragazzi che dovremmo essere in imbarazzo. Sai cos'è l'effetto restringimento, vero?»

Kelli non poté fare a meno di ridacchiare. «Sembri il tizio di quell'episodio di *Seinfeld*.»

«Ti piace quella serie?» le chiese, mentre spingeva la sua ciambella più avanti nella corrente.

«La adoro» gli rispose con un sorriso. «E quell'episodio mi fa ridere... "Si ritira? Tipo tartaruga spaventata!".»

Quando riprese il controllo, stavano già fluttuando dolcemente lungo il fiume. Lanciò una rapida occhiata a Flash e vide che la stava fissando, e sorrideva in un modo che la portò a domandarsi a cosa stesse pensando.

Dovette trattenersi con tutta sé stessa per non ricambiare lo sguardo.

Flash era... era bellissimo. Non c'erano altre parole per descriverlo. I suoi bicipiti erano gonfi, gli addominali scolpiti e le sue cosce erano massicce. Quell'uomo era un concentrato di muscoli, pur essendo alto e magro. Riusciva facilmente a immaginarlo con indosso una muta attillata mentre si immergeva nell'acqua per fare robe da Navy SEAL.

Non aveva idea di cosa facesse durante le missioni, ma era evidente che avesse un aspetto magnifico mentre lo faceva.

Kelli si sentì di nuovo goffa e grassa. Guardandosi le dita dei piedi che spuntavano mentre cercava di sistemarsi meglio nella ciambella, poteva solo immaginare cosa lui stesse vedendo. Il suo costume intero nero la copriva il più possibile. Si era rifiutata di prenderne uno di quelli con il gonnellino; per quanto la riguardava erano antiquati.

In realtà il suo era sgambato, cosa che, secondo lei, aiutava a mascherare un po' la pancia e le cosce grosse. Dietro aveva una scollatura a U profonda, di cui ora si pentiva, perché la gomma della ciambella le stava già sfregando la pelle in modo fastidioso. Abbassando lo sguardo vide che il seno minacciava di fuoriuscire dal costume, e la pancia mostrava il suo amore per il formaggio e per i dolcetti Christmas Tree Cakes... nel periodo natalizio erano la sua rovina.

«Come diavolo fanno le ragazze a trovare pratici quei bikini?» sbottò, dimenandosi ancora una volta per cercare di trovare una posizione più comoda.

«Credo che la praticità non sia esattamente il loro primo pensiero in questo momento» disse Flash ironicamente.

«Già.»

«Rilassati, Kelli. Dovrebbe essere divertente. E calmante.»

«Devo confessarti una cosa» ammise, guardandolo di nuovo.

«Sì?»

«Non sono una buona nuotatrice.»

A quello sembrò allarmarsi.

Kelli continuò rapidamente. «*So* nuotare. È solo che, per quanto ami il sole, passare del tempo in piscina o in spiaggia non è mai stata la mia attività preferita.»

«Be', sei fortunata. Perché sono un ottimo nuotatore.»

Pensò che fosse l'eufemismo del secolo. Alzò gli occhi al cielo e fu ricompensata dal sorriso che tornò sul suo volto.

«So che non puoi dirmi niente di specifico, ma puoi raccontarmi qualcosa di quello che fai? Tipo quando sei in missione?»

L'ora successiva trascorse piacevolmente. Poteva sentire le risate e gli strilli degli altri davanti a loro, e ogni tanto si avvicinavano abbastanza da riuscire vedere il gruppo. Flash le raccontò alcune cose del suo lavoro e degli uomini della sua squadra. Rise sentendo i loro soprannomi: Kevlar, Safe, Blink, Preacher, MacGyver e Smiley. Presi singolarmente sembravano essere ragazzi divertenti, ma insieme? Aveva la sensazione che fossero tremendi.

Però fu il modo in cui Flash parlò delle fidanzate dei suoi amici a farla ingelosire un po'. Quelle donne sembravano... simpatiche. Un termine probabilmente del tutto inadeguato, ma era da molto tempo che non si sentiva parte di un gruppo affiatato di amici come quello descritto da Flash.

E non poté fare a meno di sentirsi intimidita quando le raccontò alcune delle cose che erano successe a quelle donne e di come le avessero affrontate bene.

«Remi e Kevlar sono stati davvero lasciati a morire in mezzo all'oceano?»

«Mm-mm. La cosa peggiore è che a farlo è stato uno di noi, uno dei nostri fratelli SEAL. Perché quello stronzo era geloso. *Geloso*. È ridicolo. Se voleva essere il leader di un team non doveva far altro che parlarne con il comandante, che alla fine lo avrebbe fatto succedere. Invece, quando abbandonarli nell'oceano non ha funzionato, ha rapito Remi e ha cercato di seppellirla viva, nell'errata convinzione che Kevlar sarebbe stato così sconvolto emotivamente da non essere in grado di fare più nulla, lasciando così il comando della squadra a quell'uomo.»

La furia assoluta per ciò che il suo compagno di squadra aveva fatto era chiaramente percepibile nel suo tono.

«Per fortuna Blink era nel posto giusto al momento giusto» concluse.

«È quello che è stato prigioniero di guerra in Iran, vero?»

gli chiese, affascinata dalle passate esperienze degli amici di Flash.

«Sì. Ha incontrato Josie lì. Mi piacerebbe che tutti i SEAL fossero come Blink e il resto dei miei amici, ma purtroppo non è così. Anche l'ex di Maggie era in Marina, e quello stronzo l'ha rinchiusa in una cassa e poi ha fatto in modo che la nostra squadra la lanciasse fuori da un elicottero in Ucraina.»

Kelli lo guardò a bocca aperta. «È orribile!»

«Già. Ma MacGyver ha incontrato Artem, Borysko e Yana grazie a quella missione, e ora stanno crescendo alla grande negli Stati Uniti con lui e Addison.»

Ancora una volta, Kelli si sentì totalmente intimidita. Gli uomini e le donne della cerchia di Flash sembravano dei supereroi. Avevano tutto sotto controllo, e quando succedeva il peggio si dimostravano equilibrati e coraggiosi. Successivamente, in qualche modo, riuscivano a superare i traumi e ad avere una vita normale.

Lei urlava quando vedeva dei ragni nel suo appartamento. Dava di matto quando qualcuno passava con il rosso pensando a quello che sarebbe potuto succedere se un'altra macchina fosse passata all'incrocio nello stesso momento. E non era riuscita a trovare il coraggio di togliersi quel maledetto copricostume davanti alle Tre A e ai quasi sconosciuti con cui se la spassavano.

«A cosa stai pensando?» le chiese.

«Che non voglio incontrare i tuoi amici.»

Un silenzio assoluto accolse le sue parole impulsive, e quando guardò Flash vide che aveva le labbra strette e la fronte aggrottata.

«Non è uscito come intendevo» disse in fretta.

«E allora, cosa intendevi?» le domandò, i suoi occhi verdi sembravano trafiggerla.

«Solo che... ho ventotto anni, non riesco a controllare la voglia di mangiare i dolci Christmas Tree Cakes che ho nascosto nel freezer, non ho una carriera, non ho idea di cosa voglio fare, e se venissi abbandonata nell'oceano, gettata in una cella in un paese lontano o venduta come schiava sessuale, crollerei a terra e non sarei in grado di rialzarmi.»

«I dolci Christmas Tree Cakes sono una bomba, e chi se ne frega se non hai ancora trovato la tua passione? Non ho dubbi che la troverai. E credimi, se tu chiedessi a Maggie, a Josie o a Remi come si sentivano in quelle situazioni di merda, ti direbbero che erano completamente fuori di testa.»

Kelli ne dubitava. «Mm-mm.» Si fissò i piedi, che riusciva a malapena a sentire; la posizione in cui si trovava, cioè con il sedere infilato nel foro della ciambella, le aveva bloccato la circolazione del sangue sulle gambe.

«Guardami» le ordinò.

Obbedì senza esitazione.

«Non ho dubbi che se la situazione precipitasse ti comporteresti con grazia, coraggio e audacia. Sei resiliente, proprio come loro. Non ci conosciamo da molto, ma ho la sensazione che la tua praticità sarebbe la tua risorsa più preziosa in situazioni come le loro. Non ti faresti prendere dal panico. Resteresti calma e valuteresti tutte le tue opzioni.»

Era carino che lo pensasse, ma lei non ne era così sicura.

«Ok. Dimmi una cosa: se tua cugina in questo preciso istante si trovasse davanti una cascata alta trenta metri, cosa farebbe?»

Kelli non poté fare a meno di ridere. «Urlerebbe a squarciagola.»

«Giusto. E tu cosa faresti?»

«Scenderei da questa ciambella e nuoterei come una pazza verso la riva del fiume.»

«Esattamente.»

Lo fissò. Aveva ragione. *Era* pratica, ed equilibrata. Almeno rispetto a sua cugina e alle Tre A. Era paziente e aveva la tendenza a valutare tutte le opzioni prima di prendere una decisione; a volte faceva impazzire sua madre il fatto che non riuscisse a scegliere in fretta.

«Potresti avere ragione» ammise.

«Ovvio che ce l'ho» ribatté Flash con quel suo sorriso sexy.

«Qualcuno ti ha detto che sei un po' arrogante?» lo prese in giro.

«Me lo dicono in continuazione.»

Kelli alzò gli occhi al cielo, ma si sentiva un po' meglio. Inoltre, non c'era il rischio che incontrasse i suoi amici. Lei e Flash erano come due navi che si incrociavano nella notte. In quel momento si stavano divertendo insieme solo perché erano entrambi molto diversi dalle persone con cui avevano viaggiato. L'indomani, una volta tornati a casa, sarebbe finito tutto. Sarebbero tornati alle loro vite e non avrebbero più avuto motivo di parlarsi.

Sentirono di nuovo le grida delle ragazze davanti a loro, e guardando in quella direzione Kelli vide che nel punto in cui stavano per passare l'acqua non era più piatta e tranquilla, ma agitata.

«Sembra che stiamo arrivando alla parte più emozionante del giro, quella di cui ci hanno parlato i dipendenti del centro» commentò Flash.

Lei annuì, ma dato che la sua ansia all'improvviso stava aumentando e tutto ciò a cui riusciva a pensare era che avrebbe potuto cadere da quella stupida ciambella e annegare, non riusciva a parlare.

Un attimo prima stavano galleggiando pigramente lungo il fiume, e quello successivo stavano rimbalzando tra le creste bianche. Non c'era da stupirsi che le ragazze stessero strillando. Anche lei ne sentì uno salirle in gola.

«È fantastico!» esclamò Flash.

Ora era leggermente dietro di lei, ma Kelli non riusciva a guardarlo. Era troppo concentrata a tenersi stretta alla ciambella e a non morire.

Non sapeva da quanto fossero nelle rapide, ma quando Flash improvvisamente imprecò con un tono che non gli aveva mai sentito usare prima, si guardò alle spalle per vedere cosa stesse succedendo.

Vide la sua ciambella dirigersi dritta verso un'enorme roccia in mezzo alle rapide, e un attimo dopo sentì un forte scoppio.

Poi lui scomparve sotto le acque impetuose del fiume, proprio davanti a lei.

«Flash!» gridò.

Ma era già sott'acqua. E non c'era niente che potesse fare, non con la velocità con cui il fiume la trasportava.

Lo cercò comunque freneticamente intorno a sé, ma non lo vide da nessuna parte. Il panico minacciò di sopraffarla, però fece del suo meglio per mantenere la calma. Il suo primo istinto fu di gettarsi fuori dalla ciambella, ma sarebbe stato stupido. Non aveva mentito sul fatto di saper nuotare, ma in acque del genere si sarebbe trovata molto in difficoltà.

«Flash!» urlò di nuovo, sperando che in qualche modo lui riuscisse a rispondere.

Passarono dei lunghi minuti, durante i quali non sapeva se lui fosse vivo o morto. Poteva essere ancora sott'acqua, intrappolato contro una roccia dalla corrente, senza possibilità di liberarsi dalla sua morsa.

Proprio mentre le rapide iniziavano a placarsi, notò qualcosa davanti a sé.

Socchiuse gli occhi e si sforzò di vedere, cercando di individuare qualsiasi cosa fosse...

Lì! Lo vide di nuovo.

Era Flash! Ora si trovava davanti a lei.

Il sollievo che le attraversò il corpo la rese quasi debole. Senza la ciambella, si era ovviamente mosso molto più velocemente nell'acqua. Lo vide portarsi verso la riva e Kelli usò freneticamente le braccia per cercare di avvicinarsi a lui.

Nel giro di pochi secondi i suoi muscoli iniziarono a farle malissimo, ma in qualche modo riuscì ad avvicinarsi alla riva sinistra del fiume. Pensò di essergli passata proprio accanto, invece lui la vide. Era strisciato fuori dall'acqua e stava tossendo forte, ma tornò subito dentro e afferrò la sua ciambella un attimo prima che lei lo oltrepassasse.

Con i movimenti frenetici che faceva le sembrava di essere un pesce che si dimenava a terra, ma riuscì a scendere dalla ciambella non appena l'acqua fu abbastanza bassa da permetterle di stare in piedi.

«Oh, mio Dio, Flash, stai bene? Cos'è successo?» gli chiese, tenendosi al suo braccio mentre lui la portava sulla riva. Non le era sfuggito che per essere un uomo che un minuto prima aveva vomitato un polmone e che secondo lei aveva rischiato di morire, camminava benissimo e non tossiva più. Anzi, ora addirittura sorrideva.

«Maledizione, è scoppiata la ciambella» disse.

«Quello lo *so*» ribatté lei con un po' di impazienza. «Ma dopo? Cos'è successo?»

«Le rapide mi hanno rigirato per un po', ma poi sono riuscito a mettere i piedi davanti a me e a seguire la corrente. Ed eccomi qui.»

Kelli fece scorrere lo sguardo su e giù per il suo corpo. Aveva qualche graffio sul busto, un brutto taglio sul bicipite, i capelli gli pendevano sugli occhi... ma continuava a sorridere.

«Lasciami indovinare, ti sei divertito un sacco.»

Flash scrollò le spalle. «Un po' sì.»

«Pensavo fossi bloccato sott'acqua» ammise con voce tremante.

«No, sto bene.» Poi la sorprese, abbracciandola. Kelli lo strinse forte, talmente sollevata che stesse bene che si sentì cedere le ginocchia.

Dopo qualche istante, fece un respiro profondo e si tirò indietro, ma lasciò le braccia intorno ai suoi fianchi. Per la prima volta in vita sua non si sentì a disagio a stare vicino a qualcuno in costume da bagno. Non solo vicino, ma anche nel suo abbraccio. Stava fin troppo bene con Flash.

«E adesso?» gli chiese con la fronte aggrottata.

«Cosa intendi?»

«Be', abbiamo solo una ciambella. E chissà quanto siamo lontani dal punto di ritrovo.»

Flash scrollò le spalle. «Non è un problema, posso nuotare.»

«No, non puoi!»

«Sì, Kelli, posso. Davvero, non è un grosso problema.»

«No» ripeté, scuotendo la testa. «Chissà che animali ci

sono in quel fiume. Serpenti, coccodrilli, sanguisughe, piranha, parassiti... roba schifosa!»

Flash ridacchiò. «Non credo che ci siano piranha lì dentro.»

«Vabbè» ribatté lei, scuotendo di nuovo la testa. «Non puoi nuotare fino al punto di ritrovo!»

«Potremmo condividere la ciambella» suggerì lui. «Quelle erano le uniche rapide, almeno secondo le informazioni che ci hanno dato prima di entrare, dovremmo riuscire a galleggiare tranquillamente per il resto del percorso.»

«Non riusciremo a starci tutti e due» gli disse con la fronte aggrottata.

«Perché no?»

«Ehm, Flash... guardami» rispose, facendo un passo indietro e liberandosi dalle sue braccia. Il modo in cui lui si leccò le labbra mentre le percorreva il corpo con lo sguardo le fece venire i brividi. In senso positivo. Non credeva di aver mai visto un uomo guardarla come stava facendo lui in quel momento; come se stesse morendo di fame e lei fosse un hamburger in cui non vedeva l'ora di affondare i denti.

«Ti sto guardando» disse a bassa voce.

«È solo... Flash! Concentrati» gli ordinò, un po' senza fiato.

Finalmente riportò lo sguardo sul suo. «So che pensi di essere troppo grossa o qualche altra stronzata del genere, ma ti giuro, Kelli Colbert, che non sei niente di ciò che pensi. Sei minuscola.»

Lei non poté fare a meno di sbuffare.

«È così» insistette. «E non pensare che mi sia sfuggito quanto fossi a disagio seduta in quella ciambella. Sei semplicemente troppo bassa per riuscire a stare correttamente in quell'affare enorme. E non è una frecciatina, solo un dato di fatto. Posso sistemarmi dentro e tu puoi sederti in braccio.»

Kelli scosse la testa prima ancora che lui finisse di parlare.

«Perché no?»

«Flash... io... tu...» Incespicò nelle parole, incapace di togliersi dalla mente l'immagine di lei seduta in braccio a lui. Avrebbe dovuto posare il sedere proprio sopra il suo...

Il suo sguardo si posò involontariamente sul suo inguine. Anche con i pantaloncini da bagno, si vedeva che era ben dotato. L'effetto restringimento sembrava non essere un problema per quell'uomo.

Quando Flash ridacchiò, tornò con lo sguardo sul suo viso. Sapeva di essere arrossita, sentiva il calore sulle guance.

«L'altra possibilità è camminare, e dato che nessuno di noi due indossa delle scarpe è da escludere. Oppure potrei tenermi alla ciambella e galleggiare dietro di te.»

Ma Kelli scosse di nuovo la testa. Non sopportava l'idea di vederlo immerso nel fiume. Era stupido, dato che era abituato all'acqua ed era ovviamente un ottimo nuotatore, ma non riusciva a smettere di pensare ai serpenti o ai graffi sul suo corpo causati dalle rocce sommerse.

«Va bene» disse, prima di ripensarci e cambiare idea.

Flash le si avvicinò di nuovo, le cinse la vita con un braccio e le mise l'altra mano sotto il mento, sollevandolo in modo che non avesse altra scelta che guardarlo.

«Andrà tutto bene. Smettila di pensare così tanto. Se credi che per me sia un problema tenerti in braccio mentre scendiamo lungo il fiume, ti sbagli di grosso.»

«Potrei schiacciarti» sussurrò.

Flash sbuffò. «Come se fosse possibile. Non pesi più dello zaino che trasporto quando sono in missione.»

Kelli alzò gli occhi al cielo. «Dubito seriamente che il tuo zaino pesi quanto me.»

«Dai, facciamolo. Non vogliamo che gli altri si incazzino perché li abbiamo fatti aspettare. Non ci darebbero tregua se lo facessimo.»

Era vero. Kelli poteva solo immaginare le lamentele che avrebbe dovuto sopportare da parte di Charlotte se lei e le Tre A avessero dovuto stare lì ad attenderli.

Flash non si era ancora mosso. Era rimasto esattamente dove si trovava, con un braccio intorno a lei e una mano sotto il suo mento, aspettando che fosse pronta.

Così fece un respiro profondo e disse: «Ok. Facciamolo. Comunque ne ho fin sopra i capelli di questa *divertente* discesa lungo il fiume.»

«Brava ragazza!» esclamò Flash, poi la lasciò andare e si voltò verso la ciambella che prima aveva tirato fuori dall'acqua.

Mentre si chinava, Kelli non riuscì a smettere di fissargli il sedere. Era quasi bello quanto i suoi addominali. Quasi.

Voltandosi, Flash beccò il suo sguardo, ma si limitò a sorridere e tornò a fare quello che stava facendo.

Kelli pensò che avrebbe dovuto provare vergogna, ma se ne fregò. Fanculo. La situazione era completamente fuori controllo. Non aveva dubbi che sarebbe apparsa ridicola seduta sopra a Flash mentre galleggiavano lungo il fiume. Di certo Charlotte l'avrebbe presa in giro quando si fossero trovate da sole.

Pazienza. Essere presa in giro non era una novità per lei, e avrebbe preferito di gran lunga sopportare i commenti sarcastici di Charlotte per il resto della vita piuttosto che permettere a Flash di farsi male o di contrarre qualche malattia tropicale stando in acqua troppo a lungo. Non importava se la possibilità che ciò accadesse davvero fosse estremamente bassa, non avrebbe corso il rischio. Soprattutto perché ora aveva delle ferite aperte.

Scrollò le spalle e lo seguì in acqua.

CAPITOLO CINQUE

Flash era all'inferno.

Un inferno che lui stesso aveva creato, ma pur sempre un inferno.

E la cosa più bella era che si stava godendo ogni singolo secondo.

Era stato un po' difficile sistemarsi quando erano saliti sulla ciambella, ma ora che stavano di nuovo galleggiando lungo il fiume, e Kelli si era rilassata contro di lui, doveva ammettere di non aver mai provato niente di più bello che avere quella donna tra le braccia.

Lei poteva anche pensare di essere troppo pesante, ma per Flash era assolutamente perfetta. Vederla con quel costume intero nero era una cosa che gli sarebbe rimasta impressa per sempre nella mente; era mille volte più sexy dei minuscoli bikini che indossavano le altre.

La sgambatura metteva in risalto le sue cosce morbide, e gli aveva fatto immaginare a come sarebbero state avvolte intorno ai suoi fianchi. La schiena era quasi totalmente nuda, e gli era stato difficile trattenersi dal posarle una mano sulla parte bassa e infilarla sotto il tessuto, fino al sedere.

E le sue tette. Dio. Erano il sogno erotico di un uomo... pensiero veramente inopportuno, ma a quel punto gli era quasi difficile essere un gentiluomo. I suoi capezzoli erano turgidi per il freddo e ogni volta che si muoveva i seni si spostavano. Avrebbe voluto tirare giù la stoffa e succhiarglieli finché non si fosse dimenata sopra di lui.

Costringendosi a pensare ad altro, Flash si guardò intorno mentre procedevano, ma inutilmente. La donna seduta in braccio a lui catturava tutta la sua attenzione. Ogni molecola del suo corpo era sintonizzata su di lei. Si accorgeva di ogni contrazione dei suoi muscoli, di ogni respiro, di ogni volta che si leccava le labbra.

La posizione che avevano formava una sorta di croce nella ciambella; lui aveva le gambe distese in avanti, lei di lato, con un braccio intorno alle sua spalle e l'altra mano appoggiata sulla sua gamba, appena sopra il ginocchio. Pensò che stavano benissimo in quel modo e che gli sarebbe piaciuto averla avuta così vicina per tutto il giro.

Quella roccia nel fiume lo aveva colto di sorpresa e non era riuscito a evitarla, e prima ancora di rendersi conto di cosa stesse succedendo, aveva bucato la ciambella ed era affondato. Non si era fatto prendere dal panico, nemmeno quando aveva urtato con violenza alcune pietre sott'acqua. Si era semplicemente girato con i piedi rivolti in avanti e aveva assecondato la corrente finché non era riuscito a raggiungere la riva.

Non aveva avuto intenzione di spaventare Kelli, né di bere così tanta acqua di fiume, ed era stato sul punto di mancarla quando gli era passata accanto. Per fortuna era riuscito ad afferrarla.

Tutto era silenzioso intorno a loro mentre scivolavano con la corrente, ora calma, verso il punto di ritrovo. Non sentiva quelli del gruppo e capì che lui e Kelli erano rimasti sulla riva più a lungo di quanto avesse pensato.

«Sei sicuro che non ti stia schiacciando?» gli chiese un po' nervosa per quella che era probabilmente la decima volta.

«Ne sono sicuro. Sei a tuo agio?»

«Sì. Sei sorprendentemente comodo» disse con un sorriso timido.

A quelle parole, il cazzo di Flash si contrasse sotto il suo sedere.

«Ignoralo» le disse.

«Un po' dura farlo» replicò.

«È duro di certo» mormorò Flash.

Kelli ridacchiò e lui ne sentì il movimento in tutto il corpo.

Sì. Era un inferno.

Fissare la donna a cui la notte prima non era riuscito a smettere di pensare, averla distesa sopra di sé come se fosse un buffet e lui non mangiasse da mesi... era una tortura assoluta. Ma era chiaramente un masochista, e non si sentiva così vivo da anni.

Era entrato in una routine senza nemmeno rendersene conto. Faceva il suo lavoro, tornava a casa, poi tornava a lavorare il mattino seguente. Un giorno dopo l'altro. Come nel film *Ricomincio da capo*. Non avrebbe voluto partecipare a quel viaggio, ma era dannatamente felice di esserci andato. Se non l'avesse fatto, non avrebbe incontrato Kelli. Non starebbe galleggiando sul White River con una donna meravigliosa in braccio. Non avrebbe sentito le sue dita affondargli nella gamba ogni volta che la ciambella rimbalzava.

Flash stava usando entrambe le mani per manovrare, ma in quel momento gli sarebbe stato impossibile *non* toccarla, anche se fosse stata una questione di vita o di morte. Le mise una mano sulla coscia e lei sussultò al contatto delle sue dita, che erano fredde per essere state immerse nell'acqua.

«Scusa» disse. «Volevo solo rassicurarti che andrà tutto bene. Arriveremo al punto di ritrovo senza problemi.»

«Ti fanno male i tagli?» gli chiese.

«No.» La verità era che se n'era completamente dimenticato.

«Bene. Flash?»

«Sì?»

«Sono contenta di averti conosciuto. Questo viaggio sarebbe stato uno schifo senza di te a tenermi sana di mente.»

Non era troppo sorpreso che la pensassero allo stesso modo. «È così anche per me» concordò.

Se fosse stato per lui, Flash avrebbe continuato a fluttuare lungo il fiume finché non fosse confluito nell'oceano, ma come tutte le cose belle anche quella doveva finire. Infatti, vide davanti a lui il punto in cui sarebbero usciti.

Ma, stranamente, era quasi deserto. C'era un uomo seduto su una panchina e un minivan nel piccolo parcheggio coperto.

«Dove sono tutti gli altri?» chiese Kelli, che aveva ovviamente visto anche lei la zona deserta.

«Immagino che si siano stancati di aspettarci» rispose.

Ma dentro di lui ogni terminazione nervosa era in allerta. Sentiva che c'era qualcosa che non quadrava.

Cercò di convincersi che effettivamente lui e Kelli *erano*

rimasti indietro rispetto al resto dei loro compagni, e inoltre erano stati l'ultimo gruppo a entrare nel fiume quella mattina.

Eppure... non potevano essere arrivati così *tanto* dopo l'una, l'orario di partenza per il ritorno.

«Credo che dovremmo essere contenti che qualcuno ci abbia aspettati. Sarebbe stato un peccato dover fare l'autostop per tornare al resort.»

Flash rabbrividì a quelle parole. Quello sarebbe stato sicuramente lo scenario peggiore. Non voleva assolutamente fare l'autostop in quel Paese. Era sicuro che la maggior parte delle persone che vivevano lì fossero a posto, ma a preoccuparlo era la piccola percentuale di quelle disperate che avrebbero fatto qualsiasi cosa per un dollaro.

Si avvicinò il più possibile alla riva del fiume. «Ti do una mano» le disse.

Dopo che Kelli annuì, la sollevò con facilità e la tenne per un braccio, mentre lei cercava di stare in equilibrio nell'acqua che le arrivava al ginocchio. Be', a lui arrivava al ginocchio; a lei, l'acqua le lambiva...

No. Non avrebbe guardato lì. Non avrebbe guardato l'acqua che le accarezzava delicatamente la fica mentre aspettava che lui scendesse dalla ciambella.

Cazzo. Ora era di nuovo duro.

«Dai, vai, io porto la ciambella» disse Flash con voce roca.

Lei gli sorrise, poi annuì e si girò per uscire dall'acqua.

Per un attimo le fissò il sedere, immaginandola a carponi davanti a lui in attesa che la prendesse.

Flash si mosse rapidamente, rotolò fuori dalla ciambella e si immerse nell'acqua gelida, ottenendo l'effetto desiderato: il suo cazzo si ritirò.

Effetto restringimento. Sorrise, ripensando a George

Costanza e all'episodio di *Seinfeld*. Si rialzò e scosse la testa da una parte all'altra, spruzzando acqua in tutte le direzioni, poi si passò una mano tra i capelli per toglierne il più possibile. Prese la ciambella e seguì Kelli sulla terra asciutta

Lei aveva un sorrisetto malizioso mentre le si avvicinava.

«Che c'è?»

«Quando hai fatto quella cosa sembravi proprio uno spot pubblicitario.»

«Quale cosa?»

«Scuotere la testa. Le goccioline hanno brillato al sole, e dopo, quando ti sei passato la mano tra i capelli... se avessi ripreso quella scena avrei potuto venderla a qualche produttore di shampoo e farci un milione di dollari.»

Lui sbuffò. «Sì, certo.»

«Pronti voi due?» chiese il dipendente del centro.

Flash si voltò. L'uomo aveva un'espressione impaziente.

«La vostra roba è laggiù» disse, indicando una cassetta di plastica.

Flash avrebbe voluto chiedere perché avesse tanta fretta, ma si trattenne. Andò velocemente alla cassetta e tirò fuori due asciugamani. Kelli lo seguì, e senza dire una parola si asciugarono alla meglio, poi si rivestirono.

Flash doveva ammettere di essere dispiaciuto di vedere di nuovo coperte le sue curve. Per abitudine, controllò due volte il portafoglio per assicurarsi che tutto fosse ancora dentro. L'ultima cosa che voleva era che gli avessero rubato la carta di credito.

Apprezzò il fatto che Kelli facesse lo stesso con la borsa, controllando che tutte le sue cose fossero ancora lì. «Pronta?»

«Pronta» rispose con un deciso cenno del capo. «Sono pronta per buttarmi sul buffet. Anche se non credo che abbiamo bruciato molte calorie oggi, sto comunque morendo di fame.»

«Anch'io» ammise Flash, poi le tese la mano.

Kelli la guardò, poi guardò lui, e per un secondo temette che l'avrebbe rifiutata. Ma con suo sollievo, la prese.

Camminarono verso il minivan mano nella mano... e la soddisfazione che stava provando svanì quando salirono a bordo. Non aveva idea del perché fosse così in allerta, ma qualcosa non gli tornava.

Fu solo quando l'autista uscì dal parcheggio che si rese conto che non si trattava dello stesso minivan con cui erano arrivati al centro di tubing. Era più malandato, c'era spazzatura sul pavimento e i sedili non erano puliti quanto quelli dell'altro veicolo.

Flash era seduto accanto a Kelli, sui sedili dietro al guidatore, e rimase rigido mentre osservava fuori dal parabrezza. Guidare sul lato sinistro della strada era sempre un po' sconcertante. Vedere le auto andare incontro al minivan sulla carreggiata "sbagliata" dava la sensazione di essere sempre sul punto di fare un frontale.

Erano in viaggio da cinque minuti quando Flash si rese conto che stavano andando nella direzione sbagliata; invece di dirigersi verso il resort si stavano allontanando.

La brutta sensazione aumentò.

«Ehi, dove stai andando?» chiese all'autista.

«Al resort» rispose l'uomo bruscamente.

«Questa non è la strada giusta.»

«Certo che sì. Non sei di qui. Conosco una scorciatoia per farvi arrivare più velocemente.»

Kelli gli strinse la mano, ma Flash non osò distogliere lo sguardo dalla strada davanti a lui. Fece del suo meglio per memorizzare i segnali stradali, per trovare un punto di riferimento che potesse usare in seguito per tornare indietro, perché non aveva dubbi che non stessero prendendo una scorciatoia. Gli si rivoltò lo stomaco.

La situazione peggiorò quando l'autista rallentò, per poi fermarsi accanto a un uomo che si trovava sul ciglio della strada. Il tizio salì sul sedile anteriore e non appena chiuse la portiera, ripartirono. Il nuovo arrivato si voltò e incontrò lo sguardo di Flash. Poi guardò l'autista, accigliato. «Ma che cazzo? Perché ce ne sono solo due?»

«Tutti gli altri si stavano lamentando che volevano tornare al resort, non potevo dire che alcuni di loro dovevano rimanere lì.»

«Maledizione!»

«Fermate il veicolo» ordinò Flash. Ma gli uomini lo ignorarono.

«Sapevo che avresti combinato un casino.»

«Non è colpa mia!»

«Col cazzo che non lo è!»

Mentre i due litigavano, Flash li interruppe di nuovo sbraitando: «Vi ho detto di fermarvi. Subito!»

L'uomo che era appena salito si voltò, e aveva una pistola in mano. Gliela puntò dritta in faccia e disse: «Chiudi quella cazzo di bocca, se non vuoi prenderti una pallottola in testa.»

Il primo istinto di Flash fu di strappargli la pistola di mano, ma se gli fosse successo qualcosa, Kelli sarebbe rimasta da sola con quei due stronzi. Il piano migliore era starsene lì tranquillo. Quei tizi prima o poi avrebbero commesso un errore, e quando fosse successo lui sarebbe stato pronto.

«Datemi i portafogli» ordinò l'uomo, agitando la pistola verso di loro.

Era una rapina? Flash era confuso, ma non esitò a dire: «Non ho soldi con me.»

«Non importa. Portafogli. Subito!»

Flash si mosse lentamente per non allarmarlo, e portò la mano sulla tasca posteriore. Kelli allentò le dita intorno all'altra mano, ma lui si rifiutò di lasciarla andare. Provava un bisogno folle di rimanere in contatto con lei. Come se avesse la sensazione che l'avrebbe persa se l'avesse lasciata andare.

Più che vederla, la percepì armeggiare con una mano nella propria borsa, mentre lui porgeva il portafoglio allo stronzo sul sedile anteriore. L'uomo non ci guardò nemmeno dentro, lo gettò semplicemente ai suoi piedi. Fece lo stesso con quello di Kelli. I suoi sospetti che *non* si trattasse di una rapina furono confermati, e Flash si irrigidì ancora di più, se possibile. Sentì Kelli tremare accanto a lui, ma non distolse lo sguardo dall'uomo con la pistola.

E nemmeno il tizio abbassò mai l'arma. Doveva avere circa quarantacinque anni, aveva la pelle scura e i capelli neri, indossava una vecchia maglietta blu navy logora e dei bermuda... ma fu il suo sguardo vuoto a preoccuparlo. Sembrava non avere un'anima. Aveva già visto uomini così. Uomini disperati che avrebbero fatto qualsiasi cosa per raggiungere il loro obiettivo... che si trattasse di uccidere dei civili, far esplodere delle bombe o proteggere il loro capo.

Sembrava che fossero in viaggio da un'eternità, e la sua preoccupazione aumentò ancora di più quando lasciarono la città e le strade diventarono più tortuose e rurali. Presto si ritrovarono a passare in mezzo a un'area fitta di alberi, i sobbalzi del minivan erano così violenti che Flash sbatté la testa sul tetto un paio di volte.

Tuttavia, non era esattamente deluso di trovarsi lì. Aveva

un addestramento approfondito sulla sopravvivenza nella giungla e su come evitare i nemici. Se lui e Kelli fossero riusciti a scappare da quegli uomini, non aveva dubbi che sarebbe stato in grado di ritornare al resort. Probabilmente avrebbero perso il volo e dovuto occuparsi di sostituire i loro documenti d'identità e le carte di credito, ma tutto ciò era meglio che ricevere una pallottola in testa ed essere lasciati a morire nella foresta.

Quando l'uomo al volante finalmente si fermò, il silenzio riempì il minivan per un attimo.

«Fuori. E se provi a fare qualcosa, le sparo» disse l'altro tizio.

Cazzo. Quella era l'unica cosa che poteva convincerlo a collaborare. Avrebbe potuto sopportare una ferita da arma da fuoco, ma il pensiero che sparassero a *Kelli* per qualcosa che lui aveva o non aveva fatto, lo faceva stare male fisicamente.

Muovendosi piano, Flash andò verso la portiera, che venne aperta dall'autista sceso appositamente per quello. L'uomo con la pistola – chiaramente il capo del duo – puntò l'arma alla testa di Kelli mentre scendevano dal veicolo.

«Da questa parte» disse, indicando con un cenno dietro di sé.

Flash seguì l'autista, stringendo la mano di Kelli mentre si addentravano nella giungla. Quando si fermarono, stimò di aver camminato per circa ottocento metri.

«Andate dentro.»

Aggrottò la fronte, confuso. Andare dentro? A cosa? Dove?

«Ho detto, andate dentro!» urlò il capo. Flash si voltò giusto in tempo per vedere la sua mano muoversi, ma prima che potesse agire, il bastardo colpì Kelli alla nuca con il calcio della pistola.

Lei emise un grido sorpreso e di dolore, e Flash le strattonò subito la mano, tirandola verso di sé... un po' troppo tardi per evitare che venisse ferita. Kelli gemette e si portò la mano libera alla nuca.

Flash percepì l'odore metallico del suo sangue prima ancora di vederla portare la mano davanti per guardarla; le sue dita erano ricoperte di rosso.

Si voltò e ringhiò all'uomo che l'aveva colpita.

Lui si limitò a sorridere. «Vi ho *detto* di andare dentro. Dicevo sul serio. Ora... *dentro*, cazzo, a meno che tu non voglia che questa volta le spari.»

Flash guardò nella direzione indicata dall'uomo... e vide quello che sembrava un tombino per terra. Era ancora più confuso. Che diavolo ci faceva un tombino in mezzo alla giungla?

L'autista si accovacciò, e grugnì mentre spostava di lato il pesante cerchio in ghisa, rivelando un buco nero.

«Ma che cazzo?» borbottò Flash.

«È la vostra nuova casa» disse l'uomo con la pistola, quasi estasiato. «Tu e la tua amica trascorrerete dei momenti piacevoli insieme laggiù. Non ci resterete molto... sempre che otteniamo ciò che vogliamo.»

«Che sarebbe?»

«Soldi» rispose il tizio senza esitazione. «Contatteremo le vostre famiglie e diremo loro che se vorranno rivedervi dovranno trasferire i soldi su un conto bancario non rintracciabile.»

Flash non poté trattenersi, e rise.

Cosa che fece incazzare il loro rapitore.

«Cosa c'è di così divertente?»

«Tutto. Mia madre tira avanti a malapena. E non ho fratelli.» stava mentendo, ovviamente, ma non avrebbe mai coinvolto Nova in questa cosa, se poteva evitarlo.

«Nemmeno io ho parenti» mormorò Kelli accanto a lui. Flash era orgoglioso di lei, perché stava tenendo duro, soprattutto con quella ferita alla testa, ma non poteva rischiare di distogliere lo sguardo dall'uomo con la pistola. Aveva bisogno di un'opportunità. Solo una. E avrebbe potuto tirarli fuori entrambi da quella situazione.

«Allora immagino che morirete laggiù» disse l'uomo, senza sembrare minimamente preoccupato. «Ci sarà *qualcuno* disposto a pagare per riavervi. Ce n'è sempre uno. L'azienda per cui lavorate, gli amici... qualcuno.»

Quel tizio non aveva torto. In quanto Navy SEAL era in realtà una vittima di rapimento piuttosto azzeccata. Flash si infuriò al pensiero di essere effettivamente una vittima. Non si vergognava, ma era piuttosto incazzato.

Senza preavviso, l'uomo mirò a terra e premette il grilletto, sparando vicino ai loro piedi, e il piccolo urlo spaventato di Kelli gli divorò l'anima.

«Il prossimo proiettile le finisce nella gamba. Chissà quanto ci vorrà perché muoia dissanguata. Scendete in quel buco. Subito, cazzo.»

Flash si voltò e fissò il buco nel terreno. Ogni muscolo del suo corpo gli urlava di fare qualcosa, di combattere contro lo stronzo che impugnava l'arma. Mentre si preparava a farlo, un movimento davanti a lui gli fece alzare lo sguardo.

Ora anche l'autista stava puntando una pistola contro di loro.

Cazzo! Forse sarebbe riuscito a impedire a uno di sparare a

Kelli, ma l'altro avrebbe potuto far fuoco prima che lui potesse eliminarlo.

Sentendosi nudo senza il suo coltello KA-BAR, o qualsiasi altro tipo di arma, Flash fece l'unica cosa che gli venne in mente per tenerli entrambi in vita in quel momento: si voltò verso Kelli e disse: «Dai, ti aiuto a scendere per prima.»

I suoi occhi erano spalancati, e temette di aver visto in loro un po' di senso di colpa. Ma a parte la sua evidente paura, sembrava calma, e la fiducia che gli dimostrò quando gli mise la mano, ora insanguinata, nella sua, lo portò a ripromettersi di fare tutto il necessario per onorare quella fiducia. Avrebbe trovato un modo per uscirne.

Condusse Kelli al buco, e lei si sedette lasciando penzolare le gambe oltre il bordo. Flash provò a guardare sotto, ma non riuscì a capire quanto fosse profondo. Lanciò un'occhiata all'uomo armato e gli chiese: «Quanto va sotto?»

«Immagino che lo scoprirai. Sbrigatevi, non abbiamo tutto il giorno.»

Ritornò a rivolgersi a Kelli, con lo stomaco stretto, e le disse: «Girati e aggrappati al bordo. Poi ti terrò per le mani per aiutarti a scendere.»

«Ok» replicò lei, con voce un po' tremante.

Si sistemarono per fare come le aveva detto e a Flash venne voglia di vomitare. Non aveva idea di quanto in basso sarebbe caduta quando l'avesse lasciata andare. L'unica cosa che gli permetteva di mollarle le mani dopo averla fatta scendere il più possibile, era il pensiero che quegli stronzi non potevano di certo aver scavato una buca nella giungla così profonda da ucciderla una volta che fosse caduta.

Sperava.

«Pronta?» le chiese.

Lei aveva la testa piegata all'indietro per fissarlo. «Fallo» sussurrò.

Gli sembrò un tradimento quando allentò la presa, e la sentì inspirare spaventata mentre cadeva giù.

«Kelli?» la chiamò, accovacciato accanto al buco e guardando dentro preoccupato, senza però riuscire a vedere un bel niente.

«Sto bene!» disse lei un attimo dopo. «Credo che sia profonda circa tre metri.»

Flash sospirò di sollievo. «Sta indietro, sto per scendere.» Si sedette sul bordo, e prima di lasciarsi cadere dentro si voltò verso gli uomini che continuavano a puntargli contro le pistole. «Non è finita. Quando uscirò da qui vi darò la caccia e vi farò pentire di ciò che avete fatto.»

«Come vuoi, ragazzo innamorato. Se fossi in te mi godrei il poco tempo che ti rimane con la tua ragazza. Scopala per bene e duramente, perché potrebbe essere l'ultima volta che ne avrai l'occasione, se la tua gente non si farà avanti con i soldi.»

«Non hai idea di chi ti stai mettendo contro.»

«Vaffanculo!»

Flash si lasciò andare un secondo prima che un altro sparo risuonasse nella foresta intorno a loro. Colpì con violenza la superficie sottostante, e quando le ginocchia cedettero rotolò a terra per togliere il grosso del peso dell'atterraggio alle articolazioni.

Mentre i rapitori sistemavano il coperchio in ghisa, diede una rapida occhiata intorno, cercando di capire la conformazione del luogo. Sapeva che non appena il tombino fosse stato chiuso, lì dentro sarebbe stato buio pesto, e aveva bisogno di vedere con cosa aveva a che fare.

Con sua grande sorpresa, vide che si trovavano all'interno di quello che sembrava un vecchio autobus, a cui avevano tolto tutti i sedili e sostituito i finestrini con delle assi di legno. Qualcuno aveva portato quell'affare fino a lì, lo aveva in qualche modo messo in quella che doveva essere stata una buca enorme, e poi ricoperto di terra. Non aveva idea di come ci fossero riusciti, ma non aveva importanza al momento.

C'era una scatola di cartone in un angolo dello spazio altrimenti vuoto, e nient'altro. Niente sedili, niente coperte, niente che potesse usare come arma o come strumento per tirarsi fuori.

Un attimo prima che la luce dall'alto venisse oscurata, l'uomo che avevano fatto salire durante il viaggio li guardò dall'alto.

«Il nostro piano prevedeva di prendere più persone, quindi è meglio che speriate che la vostra gente ci dia i nostri soldi e che per noi sia valsa la pena aspettare.»

«E *voi* è meglio che speriate di aver coperto bene le vostre tracce, perché *usciremo* da qui, e non avete idea di chi sia la mia gente. Loro non si arrenderanno mai, vi troveranno, e quando succederà, desidererete di non aver mai escogitato questo stupido piano.»

«Vaffanculo» ringhiò di nuovo l'uomo.

Poi il coperchio scivolò sul buco, oscurando tutto. Era così buio che Flash non riusciva a vedere la sua mano davanti al viso.

Non era positivo. Proprio per niente.

CAPITOLO SEI

K ELLI INSPIRÒ BRUSCAMENTE quando il tombino sopra le loro teste oscurò la luce. Di solito non aveva paura del buio, ma lì era... impenetrabile. Non riusciva a vedere nulla, e iniziò a tremare; cominciò dalle braccia, poi le gambe e alla fine tutto il corpo.

Non era mai stata così spaventata in vita sua.

E ora erano... cosa? Tenuti in ostaggio per un riscatto? Era ridicolo e incredibile, eppure eccoli lì.

La testa le pulsava nel punto in cui l'uomo l'aveva colpita, e sentiva ancora il sangue colare dalla nuca, scendere lungo il collo e impregnare il copricostume che indossava.

Le sfuggì un piccolo gemito.

«Kelli?»

Non riusciva a parlare. Non riusciva a rispondere a Flash. Si sentiva paralizzata dalla paura e dall'incredulità.

«Dove sei... ahi, cazzo! Arrivo, tieni duro, tesoro.»

Il suo tocco sulla spalla la spaventò così tanto che sussultò e si ritrasse. Prima che il suo cervello potesse elaborare che era stato Flash a toccarla, e non l'uomo nero, fu tra le sue braccia.

Chiuse gli occhi – non che importasse, tanto non riusciva a vedere nulla anche tenendoli aperti – e lo abbracciò, stringendosi più forte che poté.

«È tutto ok. Stiamo bene. Ce ne andremo da qui. Ti do la mia parola.»

Quello la fece sentire meglio, anche se una parte di lei, nel profondo, sapeva che Flash non poteva prometterle nulla del genere. Erano stati sepolti vivi, ed era terrificante.

«Forza, voglio guardarti la testa.»

Non poté fare a meno di sbuffare. «Guardarla?» borbottò contro il suo petto.

«Cazzo, pessima scelta di parole, ma dobbiamo fermare l'emorragia. Le ferite alla testa sono una merda, sanguinano un casino. Ehm... scusa, tendo a dire più parolacce quando sono stressato.»

A quello, Kelli sollevò lo sguardo. Non riusciva a lasciare andare l'uomo a cui stava aggrappata come una scimmia, ma d'istinto cercò di guardarlo. «Sei davvero stressato?» gli chiese.

Fu il suo turno di sbuffare. «Sì. Stressato. Incazzato. Confuso. Arrabbiato. Preoccupato. Furioso. Tutti gli aggettivi che ti vengono in mente. Dai, sediamoci qui.»

Kelli avrebbe voluto chiedere dove, ma prima che potesse farlo, Flash la stava abbassando su qualcosa di metallico.

«È una delle sporgenze delle ruote» le disse, come se potesse leggere la sua confusione nel suo linguaggio del corpo. «Ho bisogno che mi lasci andare solo per un secondo. Non vado da nessuna parte, sono proprio qui. Non ti lascerei mai sola. Capito? Staremo sempre vicini. Punto.»

Deglutì a fatica e si costrinse a staccare le braccia dal suo corpo, ma con una mano continuò a stringergli l'orlo della maglietta. Anche se non sarebbe potuto andare da nessuna parte, sentiva comunque il bisogno di mantenere il contatto con lui. Non riusciva nemmeno a immaginare cos'avrebbe pensato o fatto se fosse stata abbandonata lì dentro da sola.

«Ti fa male la testa? Scusa, non rispondere, certo che sì. Quel figlio di puttana ti ha colpita forte.» Sentì le sue dita tra i capelli tastarla delicatamente. «Sì, sanguina ancora. Maledizione, vorrei avere il mio KA-BAR. Non so se riesco a strapparmi la maglietta senza un coltello o qualcosa di affilato.»

Kelli sentì la grande mano di Flash coprirle la nuca. Le fece male per un attimo, ma poi si abbandonò contro il suo tocco. Sapeva che stava solamente premendo sul taglio, ma sentirlo tenerle la testa in modo così intimo fu incredibilmente rilassante. La tirò in avanti fino a farle posare la fronte sul suo petto, mentre faceva del suo meglio per fermare il sanguinamento.

Lei lo abbracciò di nuovo e inspirò profondamente. Sapeva un po' da sudore misto a un lieve odore di acqua di fiume. Non era pulito, ma nemmeno lei, e di certo non avevano modo di lavarsi. Stava cominciando a metabolizzare la situazione in cui si trovavano. Erano in guai grossi. Sepolti vivi in una striscia di giungla nella natura selvaggia della Giamaica. Nessuno si sarebbe accorto di un tombino completamente fuori posto in mezzo alla foresta.

Sarebbe morta lì, ed era terribile.

Ma tutto ciò a cui riusciva a pensare era che almeno non era sola.

«Non moriremo qui» disse Flash, spaventandola.

«Smettila di leggermi nel pensiero» si lamentò, borbottando contro il suo petto.

«Non è difficile capire a cosa stai pensando. Non c'è alcuna possibilità che i miei amici non vengano in Giamaica a cercarmi quando riceveranno quella cazzo di richiesta di riscatto. I nostri rapitori scopriranno presto chi sono, quando apriranno il mio portafoglio e troveranno il tesserino di identificazione della Marina. Penseranno di aver vinto alla lotteria, di poter riuscire a far pagare il mio ritorno al governo, ma non succederà. Tutti sanno che gli Stati Uniti non negoziano con i terroristi, e anche se Heckle e Jeckle potrebbero pensare di aver coperto le loro tracce e che nessuno ci troverà, si sbagliano.»

Sembrava così sicuro di sé, così certo che qualcuno li avrebbe trovati, ma Kelli non lo era affatto.

«Potremmo dover rimanere qui per qualche giorno, ma fidati quando ti dico che ce ne andremo non appena i miei amici riusciranno a organizzare tutto.»

Kelli annuì. Anche se non ci credeva, non aveva intenzione di contraddirlo. «Heckle e Jeckle?» gli chiese, dicendo la prima cosa che le venne in mente.

Flash ridacchiò, e lei sentì la sua risata rimbombargli in tutto il corpo.

«Sì, sono due gazze ladre di un cartone animato che causano problemi agli altri e anche a loro stesse con dei comportamenti folli. Dovrebbero essere divertenti, ma ho trovato che il cartone sia piuttosto violento. D'altronde, immagino che sia un po' la natura di alcuni di quelli vecchi.»

Continuò a parlare dei suoi episodi preferiti e, con suo stupore, Kelli scoprì che le sue chiacchiere su qualcosa di così insensato la stavano aiutando a rilassarsi.

«Credo che l'emorragia si sia arrestata. Come ti senti? Hai le vertigini? Nausea? Mal di testa?»

Kelli impiegò un attimo per rendersi conto che Flash aveva smesso di parlare di Heckle e Jeckle e le stava facendo domande. «Sto bene» rispose. Non proprio, ma cos'avrebbe dovuto dire? Non era che lui avesse degli antidolorifici in tasca o che potesse portarla da un medico.

«Ottimo.»

Poi la sconvolse mettendole le mani ai lati della testa e inclinandola all'indietro. Sentì le sue labbra sulla fronte, poi si limitò a tenerla così per un attimo. Immaginò che la stesse fissando, e se ci fosse stata luce avrebbe studiato i suoi occhi e l'espressione del viso per cercare di carpire i suoi veri pensieri.

«Grazie.»

«Per cosa?» chiese confusa.

«Per non aver peggiorato questa situazione di merda.»

Non poté fare a meno di ridere. «Non credo che sarebbe potuta andare peggio di così.»

«Certo che poteva andare peggio» disse calmo. «Avresti potuto urlare, spaventare Heckle e Jeckle, e loro avrebbero potuto sparare a uno o a entrambi. Avrebbero potuto farci a pezzi, o uccidere uno di noi nella giungla, lasciando l'altro qui da solo. Hai fatto esattamente quello che dovevi fare. Sei rimasta zitta e hai seguito le istruzioni.»

«Pensavo che fosse sempre preferibile combattere. Ho visto alcuni di quei programmi polizieschi che sono molto popolari ultimamente, e dicono sempre che la cosa peggiore che tu possa fare è lasciarti portare in macchina da qualche parte. Che dovresti combattere.»

Sentì Flash scrollare le spalle. Era quasi strano che senza la vista gli altri sensi diventassero così acuti. «Non è sempre vero. Ogni situazione è diversa. Combattere contro un aggressore o un rapitore potrebbe portarti a essere ucciso mentre cerca di sottometterti. Altre volte, combattere è la tua unica possibilità di sopravvivenza.»

«Come fai a sapere qual è la scelta più appropriata?» gli chiese.

«Intuizione.»

«È per questo che non hai provato a togliere la pistola a quel tizio? Ho la sensazione che avresti potuto farlo senza troppi problemi.»

«Sì, più o meno. Il problema era che *avrei* potuto togliere la pistola a Jeckle, ma non sapevo cos'avrebbe fatto Heckle. Non sapevo se anche lui avesse un'arma, e concentrarmi su Jeckle ti avrebbe resa vulnerabile. E i miei timori erano fondati. Heckle *aveva* una pistola. Avrebbe potuto sparare a entrambi mentre sottomettevo il suo compagno.»

Lei rabbrividì.

«Inoltre, ho fiducia nella mia squadra. Ci troveranno, Kelli. Dobbiamo solo rimanere vivi finché non arrivano.»

Avrebbe voluto chiedere quanto tempo ci avrebbero messo i suoi amici a trovarli, ma era una domanda stupida. Flash non lo sapeva. Così tenne la bocca chiusa.

Nel silenzio inquietante della loro tomba, all'improvviso il suo stomaco brontolò così forte che quasi rimbombò contro le fiancate di metallo del veicolo in cui si trovavano. Sentì le guance infiammarsi, e per un attimo fu grata che fosse così buio.

«Scusa» sussurrò.

«Non preoccuparti. Anch'io ho fame. Forse ci hanno lasciato qualcosa da mangiare.» Quella possibilità la rianimò, ma si avvilì di nuovo rapidamente. «Non ho visto casse di provviste prima che ci chiudessero dentro.»

«No, ma *c'è* una scatola nell'angolo. L'ho vista... prima.»

«Una scatola?» Non ricordava di averne vista una, ma d'altronde era terrorizzata e aveva guardato il buco in alto, e poi Flash che si lasciava cadere accanto a lei.

«Sì. Da quello che ho capito siamo in un autobus a cui hanno tolto tutto. Almeno così mi è sembrato dalla breve occhiata che ho dato prima che mettessero il coperchio. Niente sedili, solo le sporgenze delle ruote. Persino il volante è sparito. Hanno rimosso l'uscita di emergenza sul tetto e in qualche modo l'hanno sostituita con il coperchio di un tombino. Credo che potremmo raggiungerla se ti prendo sulle spalle, ma voglio assicurarmi che Heckle e Jeckle siano lontani da qui prima di provare a fare qualcosa. Nel caso fossero lassù a guardare.»

«Questo autobus è molto più alto dei soliti, vero?» chiese. «Voglio dire, non ricordo che l'autobus di quando andavo alle medie fosse così alto.»

«Sì, l'ho notato anch'io. Ma se hanno adattato un coperchio circolare all'uscita di emergenza, immagino che in qualche modo possano anche aver alzato il tetto, rendendo più difficile raggiungere il soffitto e quindi più complicata la fuga.»

Le sue parole la fecero rabbrividire. «Pensi che possiamo semplicemente spingere il coperchio verso l'alto? So che i tombini sono pesanti, ma non è stato saldato, no?»

«Se lo avessero fatto li avremmo sentiti, credo. Però voglio ispezionare quella scatola prima di fare qualsiasi altra cosa. Aspetta qui.»

Flash sparì prima che lei potesse protestare. Com'era

successo nel momento in cui avevano messo il coperchio, quando aveva avuto un piccolo attacco di panico, non sentirlo accanto fu sconcertante e terrificante.

«Flash?» chiamò, incapace di trattenersi.

Un attimo dopo udì dei passi avvicinarsi, e poi la sua mano le toccò il ginocchio. «Sono qui. Non vado da nessuna parte. Va tutto bene.»

E all'improvviso si sentì stupida. *Ovvio* che non sarebbe andato da nessuna parte, nessuno dei due poteva farlo. Erano bloccati lì sotto. «Scusa» mormorò.

«Non devi scusarti. Non ti sei mai trovata in una situazione simile. Per quel che conta, penso che tu la stia affrontando incredibilmente bene. Stai andando alla grande.»

«Non è vero» protestò. Poi gli chiese: «Aspetta, ti sei *già* trovato in una situazione del genere? Al buio, sepolto sottoterra senza via d'uscita?»

«Non esattamente. Ma c'è stata una volta in cui ero in immersione, dovevo piazzare un esplosivo contro lo scafo di una nave che... be', questo non ha importanza. Ma ero sott'acqua e la visibilità era pessima. Non riuscivo a vedere niente, più o meno come adesso. Mi muovevo a caso, cercando di arrivare al punto in cui avrei dovuto attaccare l'esplosivo. Dopo un po' ho deciso che dovevo farlo e andarmene subito. Ma dopo aver impostato il timer sono andato in confusione, non capivo quale fosse il sopra e quale il sotto. Non riuscivo a vedere le bolle che uscivano della mia attrezzatura per seguirle fino in superficie. Sono andato nel panico. Era come essere in una bara.»

«Cos'hai fatto?» gli chiese con il fiato sospeso.

«Sono stato fortunato. Uno dei miei compagni di squadra è apparso come dal nulla. Si è accorto che ero in preda al panico e mi ha tirato fuori da lì. Non siamo riusciti a piazzare il secondo esplosivo, quindi tecnicamente la missione è stata un fallimento, ma non dimenticherò mai la sensazione di disorientamento e di non sapere dove fosse il sopra o il sotto.»

Kelli non riusciva a immaginarlo. «Sono contenta che il tuo amico ti abbia trovato e tirato fuori da lì.»

«Anch'io. E lo farà anche questa volta.»

A quell'affermazione comprese perché mostrava così tanta sicurezza. Per via delle cose che faceva, dei posti in cui andava, non aveva altra scelta che fare affidamento sui suoi compagni SEAL per farsi coprire le spalle. Era letteralmente una questione di vita o di morte. E se diceva che lo avrebbero cercato e che sarebbero riusciti a trovarlo, chi era lei per contestarlo o non credergli?

«Sto bene adesso» gli disse con più decisione possibile.

«Che ne dici se andiamo a controllare quella scatola insieme?» le chiese.

Quell'idea le piacque un sacco. «Ok.»

Flash le prese la mano e lei percepì che si trovava in piedi davanti a lei. Si alzò, barcollò un po', poi ritrovò l'equilibrio.

«L'autobus è vuoto, ma resta comunque dietro di me. Ai lati ci sono i rialzi delle ruote, quindi se userai le pareti come guida in futuro, tienine conto.»

Kelli annuì anche se lui non poteva vederla. Era ora di smetterla di fare la bambina. Stare lì seduta a piangere non avrebbe migliorato la situazione. Sì, aveva fame, sete e paura, ma era viva.

Flash aveva ragione. Heckle e Jeckle – sorrise pensando ai soprannomi che aveva dato ai loro rapitori – avrebbero potuto sparare a uno o a entrambi. Era grata che non l'avessero fatto.

Doveva avere fiducia che i compagni di squadra SEAL di Flash sarebbero andati a prenderlo.

———

Flash era sul punto di andare fuori di testa. Non amava il buio, soprattutto in quel momento. Sentiva ancora il sangue di Kelli sulla mano, e non gli piaceva di non poter vedere quanto fosse grave quel taglio, se avesse bisogno di punti.

Un po' di luce lo avrebbe anche aiutato a capire come uscire da quel maledetto autobus. Come diavolo avevano fatto Heckle e Jeckle a portare l'attrezzatura per seppellire quella stupida cosa nella giungla? Ci volevano degli escavatori e un gran lavoro per riuscire a fare una buca del genere. Si chiese da quanto tempo l'autobus fosse lì, quanti altri sfortunati turisti fossero stati tenuti prigionieri.

Dentro di sé ribolliva di rabbia. Prima non aveva mentito a Kelli, era spaventato e stressato, ma soprattutto furioso. Sapeva che non sarebbe stato opportuno uscire dalla proprietà del resort, eppure si era lasciato convincere. Che stupido.

Le azioni avevano delle conseguenze, ed eccolo lì, *con* Kelli. Quella era probabilmente la parte peggiore; il fatto che lei fosse terrorizzata e ferita e che lui non potesse fare molto al riguardo. Se fossero rimasti nella giungla avrebbe potuto trovarle qualcosa da mangiare, dell'acqua e costruire un riparo. Ma lì? Dentro quel fottuto autobus sottoterra, non poteva fare altro che rassicurarla che Kevlar e il resto della sua squadra sarebbero arrivati.

Strinse le labbra e pregò che riuscissero a trovarlo. Non sapeva come avrebbero fatto. A meno che non scovassero i rapitori, non c'era modo per determinare dove fossero andati lui e Kelli dopo aver lasciato il giro sul fiume. E, ovviamente, non aveva addosso il suo localizzatore, quindi Tex non avrebbe potuto semplicemente individuarlo sul suo computer e condurre la squadra direttamente da lui; era in vacanza, perché avrebbe dovuto portare il localizzatore?

Un'altra cosa di cui si rimproverava. Avrebbe dovuto essere più intelligente, le avvertenze di viaggio per quanto riguardava la Giamaica avrebbero dovuto essere sufficienti a renderlo estremamente cauto.

Flash sospirò, e mentre camminava portò la mano davanti per non sbattere contro la parte anteriore dell'autobus. L'ultima cosa di cui avevano bisogno era di un'altra ferita alla testa.

Un attimo dopo la sua mano entrò in contatto con la parte frontale del veicolo. Pensò di provare a sfondare il compensato che c'era al posto dei finestrini, ma decise che non avrebbe migliorato la situazione, anzi, se la terra intorno a loro avesse riempito l'autobus sarebbe stato peggio.

«Vorrei che MacGyver fosse qui» borbottò.

«Quello di quella serie TV?» gli chiese.

Si era quasi dimenticato della sua presenza.

No, era una bugia. Non poteva dimenticarlo. Kelli si teneva stretta alla sua mano quasi disperatamente, ma si era perso nei propri pensieri per un minuto, lei non aveva più parlato e i suoi passi erano stati altrettanto silenziosi. Non aveva mentito quando le aveva detto che stava andando alla grande per essere una persona che si era trovata in una situazione così fuori dalla sua comfort zone. L'ultima cosa di cui aveva bisogno era avere a che fare con una compagna di sventura isterica, non che l'avrebbe biasimata se lo fosse stata. Ma a parte un po' di tremore e la sua riluttanza a perdere il contatto con lui, fino a quel momento se la stava cavando benissimo.

«Sì, ma è anche uno dei miei compagni di squadra.»

«Ah, giusto. È quello che sta cercando di adottare i tre bambini ucraini?»

«Esatto. Si è guadagnato il nome di MacGyver perché è un mago quando si tratta di creare qualcosa dal nulla. Ci ha tirati fuori dai guai più di una volta grazie alla sua capacità di costruire una cazzo di macchina del tempo con un mattone, un po' di terra e un elastico.»

«Se potessi tornare indietro nel tempo direi a Charlotte che non voglio andare a fare tubing e resterei in spiaggia a sorseggiare bibite ghiacciate e a leggere un libro.»

«Vale anche per me» concordò Flash. Tastò intorno con il piede finché non trovò quello che cercava: la scatola che aveva visto prima che venissero rinchiusi lì dentro. «Ti ho parlato di Little Mac?»

«No, chi è?»

«È Ellory, la figliastra di MacGyver. Ha dodici anni con la maturità di una ventisettenne. Ha il morbo di Crohn, sai cos'è?»

«Credo di sì. Ha a che fare con l'intestino che non funziona correttamente.»

«Più o meno. Comunque, ha avuto molte difficoltà. Bulle a scuola, pubertà ritardata perché non vuole mangiare altrimenti le fa troppo male, cose del genere. Quando sua madre ha sposato MacGyver i due hanno legato molto. Il mio compagno di squadra ed Ellory, intendo. Armeggiavano sempre in garage, e lui le mostrava un sacco di trucchi e tecniche utili. Poi lei e la sorellina sono state rapite e messe in un container, ma sono riuscite a scappare perché Ellory ha usato gli stratagemmi che le aveva insegnato MacGyver... così abbiamo iniziato a chiamarla Little Mac.»

«Wow! Be', se una dodicenne è riuscita a capire come salvarsi, forse possiamo farlo anche noi» disse Kelli.

Flash chiuse gli occhi per un attimo, più grato di quanto potesse esprimere a parole che quella donna fosse così forte. Poteva benissimo dare di matto, probabilmente *avrebbe* dovuto farlo, o lamentarsi di avere fame, visto che la sua pancia continuava a brontolare ed entrambi facevano del loro meglio per ignorarla. Eppure, cercava di rimanere positiva.

Era esattamente il tipo di donna che Flash stava cercando. Quella con cui voleva passare il resto della vita. Qualcuno che non rimuginasse sulle cose negative, ma trovasse il buono in ogni circostanza. Perché Dio sapeva che frequentarlo avrebbe significato affrontare momenti non proprio bellissimi, tipo le sue lunghe assenze e l'aspetto pericoloso del suo lavoro, ma sperava che ci sarebbero state anche molte cose positive, come la famiglia, gli amici e i ricongiungimenti.

«Hai trovato la scatola?»

La sua domanda lo fece uscire dalla spirale di pensieri in cui era sprofondata la sua mente... di nuovo. «Sì, scusa. Anche se ora che sono qui, penso che dovresti andare dall'altra parte del bus. Per ogni evenienza.»

«Quale evenienza?»

Quello era un momento in cui avrebbe quasi desiderato che fosse un po' meno ingenua. «Non so cosa ci sia qui dentro e, dato che non ci vedo, l'unico modo per scoprirlo è prendere gli oggetti e toccarli. Se Heckle e Jeckle sono abbastanza sadici, cosa che credo sia possibile, potrebbero averci messo qualcosa di esplosivo.»

A quello lei non si allontanò, ma gli strinse ancora di più la mano. «Se tu salterai in aria, lo farò anch'io. Lo preferirei piuttosto che dover stare qui seduta con le tue parti del corpo sparse dappertutto.»

Flash non riuscì a trattenere la risata scioccata che gli uscì dalle labbra.

«Scusa, ho detto una cosa troppo disgustosa? Però è vero. Preferirei morire con te piuttosto che dover stare qui da sola. Quindi esamineremo insieme questa scatola e tutto ciò che contiene.»

Non poté fare a meno di voltarsi, e trovò la sua guancia con la mano libera senza problemi. «Non moriremo.» Era un pensiero del tutto inconcepibile, ora che la conosceva un po' meglio.

«Be', spero di no» replicò lei con una scrollata di spalle, che lui percepì.

«Bene. Ok, sediamoci. Tanto vale mettersi comodi mentre diamo un'occhiata.» Le tirò la mano, trascinandola con sé sul pavimento di ferro.

Le si sistemò proprio accanto, con la coscia a contatto con la sua. «Per la cronaca, anche se ho detto che preferirei saltare in aria con te piuttosto che stare seduta dall'altra parte di questo autobus, questo non significa che io sia abbastanza coraggiosa da toccare qualsiasi cosa ci sia in quella scatola. Potrebbero esserci dei topi o roba del genere. Quindi lo lascio fare a te... se ti va bene.»

Gli andava più che bene, non lo infastidiva che facesse affidamento su di lui.

Muovendosi piano trovò con la mano il bordo della scatola. Da quello che ricordava, aveva più o meno le dimensioni di una di quelle di misura media che si usavano per le spedizioni. Forse trenta centimetri per trenta.

Fece un respiro profondo e inserì la mano.

La prima cosa che toccò fu piccola e morbida. La rigirò tra le mani, non capendo cosa fosse, ma sembrava stoffa. La portò al naso e la annusò. Sapeva un po' di muffa, ma non era niente che lo fece allarmare. Poteva essere utile.

«Apri la mano» disse a Kelli.

«Non è uno di quegli scherzi in cui mi metti in mano qualcosa di disgustoso o spaventoso e ridi della mia reazione, vero?» chiese.

Flash rise. Non riusciva a credere di trovare qualcosa di divertente in quella situazione. «No, promesso. Sembra una salvietta o un panno. Voglio che tu lo tenga sulla testa.»

«Credo di non sanguinare più.»

«Non importa. Probabilmente puoi usarlo per pulirti il collo, se non altro.»

Le loro dita si sfiorarono mentre prendeva l'oggetto.

«È minuscolo. Più piccolo di una salvietta. *Cos'è*, e perché si trova nella scatola?»

«Non lo so, ma credo sia un pezzo di maglietta. Probabilmente è il loro modo di prenderci in giro non darci una maglia intera. Aspetta, fammi vedere cos'altro c'è qui dentro» disse, infilando di nuovo la mano nella scatola. Raccolse qualcosa che sembrava un po' pesante. Passandoci sopra le mani, il battito del suo cuore accelerò. «Porca puttana!»

«Che c'è?» chiese Kelli un po' allarmata.

«Scusa, niente di brutto. Credo sia una radio.»

«Una radio?»

«Sì.» Girò una manopola ma non successe nulla. Nessun rumore statico, niente. «Dannazione. Non funziona. Ma...

aspetta...» La girò e trovò il vano che avrebbe dovuto contenere le batterie. Lo aprì e sorrise. «Ci sono le batterie.»

«Ma non funzionano» disse Kelli, confusa.

«Sì, ma a seconda di cos'altro c'è qui dentro, potremmo comunque riuscire a tirar fuori un po' di energia. Magari anche accendere una luce.»

«Una luce?» La speranza nella sua voce gli fece capire di aver fatto un errore. Non avrebbe dovuto dire nulla finché non ne fosse stato sicuro. Ma il pensiero di avere una sorta di luce era stato troppo allettante per tenerselo per sé.

«Forse. Non sono MacGyver, ma l'ho visto usare dei fili con le batterie abbastanza spesso che penso di poterlo fare anch'io.»

«Non ho alcun dubbio. Cos'altro c'è lì dentro?»

Più cose trovava, più Flash era convinto che Heckle e Jeckle li stessero tormentando. Avevano messo in quella scatola cose che probabilmente ritenevano completamente inutili. Che li avrebbe demoralizzati più che aiutati.

C'era dell'acqua, che riconobbe grazie alla forma della bottiglia, e fu sollevato che il sigillo di sicurezza fosse ancora intatto. Ma era solo una. La cosa era spiacevole, ma sarebbe stato ancora peggio se non ci fosse stata dell'acqua... o se ci fossero stati altri prigionieri dentro quell'autobus, come sembrava avessero pianificato.

C'era anche una penna a sfera, quella che sembrava una conchiglia, un paio di monete, una candela grossa, ma niente fiammiferi né accendino, due lattine e nessun apriscatole, una chiave, cosa particolarmente ridicola considerando che si trovavano sottoterra ed era certo che non ci fosse un motore in quell'autobus di merda, un cerotto, un proiettile, un preservativo, una manciata di quella che sembrava pasta cruda e un cucchiaio.

Come aveva immaginato, i loro rapitori probabilmente pensavano che dare loro tutta quella roba fosse uno scherzo... ma per Flash era un tesoro.

«Speravo che ci potesse essere qualcosa di utile» disse Kelli con voce sconsolata.

Si rese conto che pur avendo continuato a commentare ciò che aveva scoperto, non aveva condiviso l'utilità degli oggetti.

«La maggior parte di questa roba *può* servirci.»

«Come?»

«Be', per prima cosa le lattine. Non abbiamo idea di cosa ci sia dentro, potrebbe essere cibo per cani, che sarebbe una schifezza, ma speriamo sia per umani.»

«Ma non possiamo aprirle.»

«Sì, invece. Ci hanno dato un cucchiaio. Molto probabilmente per tormentarci psicologicamente, ma è proprio quello che ci serve per aprirle in sostituzione a un apriscatole. Tutto quello che devo fare è strofinare sulla parte superiore il bordo del cucchiaio avanti e indietro nello stesso punto, e si romperà.»

«Davvero?»

«Sì. La parte superiore delle lattine non è spessa quanto il contenitore, quindi possiamo sicuramente aprirle, e speriamo che sia qualcosa che possiamo mangiare.»

«Cos'altro?» chiese, avvicinandosi a lui e suonando molto più interessata.

«Una sola bottiglia d'acqua non è molto utile, ma, ascolta...»

Rimasero entrambi in silenzio per circa un minuto.

«Sento un gocciolio» sussurrò Kelli.

«Esatto. Siamo nella giungla. È umido. Non è una sorpresa che questo autobus non sia impermeabile. Possiamo bere quest'acqua, poi usare la bottiglia per raccoglierne altra da dove gocciola. Probabilmente ci andrà un po' di terra dentro, ma *qualsiasi* liquido è meglio di niente. E ci hanno dato un maledetto contenitore. Se cercavano di demoralizzarci, hanno decisamente fallito.»

«E la conchiglia? Cosa ci puoi fare?»

«Potrebbe essere un altro contenitore, ma se la rompo i bordi diventeranno taglienti, e potrebbe essere usata come arma.»

«Fico! Poi?»

«Be', non tutto è utile, anche se scommetto che MacGyver potrebbe trovare un uso per tutta questa roba. Non so cosa possiamo fare con il cerotto o le monete, e il proiettile è praticamente inutile.»

«Pensavano che avremmo fatto sesso mentre eravamo qui dentro? Sul serio? Un preservativo?»

«In realtà, quello potrebbe essere l'oggetto più utile di tutti» le disse Flash, contento che lei non vedesse il suo sorriso. «Un preservativo può contenere acqua. Si può usare come una specie di guanto, se necessario, o come bendaggio a pressione improvvisato per le ferite. Può essere usato per fare una stecca per un dito rotto; è di gomma, quindi potrebbe anche essere un elastico, solo che non abbiamo niente per tagliarlo... ma forse la conchiglia farebbe al caso se necessario. Può essere una fionda, un sigillante di emergenza, tipo per un tubo o qualcosa del genere. E ho persino visto MacGyver appiccare un incendio usandone uno.»

«Ora *so* che stai mentendo.»

«Non sto mentendo. Lo giuro. Ne ha riempito uno d'acqua e l'ha usato come lente d'ingrandimento. Ci ha messo un bel po' di tempo, e ci sono state un sacco di parolacce, ma accidenti se non ha ottenuto del fumo e poi la fiamma. Ero sorpreso quanto te.»

«Ok. Quindi il preservativo può essere usato per qualcosa di più che... sai, l'ovvio.»

«Già. Inoltre, possiamo togliere l'inchiostro dalla penna e usare l'involucro come cannuccia, e anche se la pasta cruda sarà dura per i denti, ha un certo valore calorico. E infine, la candela è qualcosa di prezioso. Quegli stronzi pensavano di metterci in difficoltà, ma credo di poter togliere il rivestimento ai fili della radio rotta, collegarli alla batteria e magari ottenere una scintilla che accenderà lo stoppino.»

«Porca miseria. Sarebbe fantastico!»

Infatti. Se solo fosse riuscito a farlo. Flash di solito lasciava quel genere di cose a MacGyver, ma era arrivato il suo turno di armeggiare. Se avesse potuto dare a Kelli il conforto di un po' di luce, lo avrebbe fatto.

Con sua sorpresa, lei ridacchiò.

«Cosa c'è di divertente?»

«Heckle e Jeckle pensavano di distruggerci psicologicamente lasciandoci una scatola di roba inutile, solo che non sapevano di aver rapito un letale Navy SEAL. Idioti.»

Kelli aveva molta fiducia in lui, sperava che non fosse mal riposta.

La sua determinazione aumentò. Avrebbe fatto tutto il possibile per rendere quell'esperienza il più indolore possibile per la donna al suo fianco. Non sarebbero stati a loro agio lì, e finché non fossero andati fuori da quel maledetto autobus non avrebbe abbassato la guardia, ma forse, forse, ne sarebbero usciti ammaccati invece che distrutti. Almeno sperava.

———

Brant Williams guardò il tesserino della Marina Militare statunitense che teneva in mano e sorrise. Il suo piano era stato quello di contattare le famiglie dei turisti americani rapiti e chiedere un riscatto, ma sapere di avere un militare tra le mani era ancora meglio.

La Marina avrebbe voluto salvare quell'uomo, avrebbero pagato sicuramente.

«Non sono sicuro che la Marina pagherà un riscatto» disse Errol, con un tono titubante.

«Certo che lo farà» ribatté Brant. «È impossibile che mi ignorino. Dovranno pagare, o andrò dai media a dire che il governo degli Stati Uniti sta lasciando morire uno dei loro.»

«Ma gli Stati Uniti non negoziano con i terroristi» incalzò Errol.

«Non siamo terroristi.»

Quando l'uomo continuò a guardarlo con la fronte aggrottata, Brant sentì aumentare l'irritazione. «Sei stato tu a mandare tutto all'aria. Se avessi fatto quello che ti avevo detto e portato almeno quattro o cinque persone con te, saremmo riusciti a ottenere più soldi. Invece ne hai prese solo due.»

«Te l'ho già detto! Non potevo semplicemente *costringere* gli altri ad aspettare quei due che erano ancora in acqua.»

«Perché?»

«Perché no! Si stavano lamentando perché volevano andarsene, e l'altro autista si è offerto di stiparli tutti sul suo veicolo!» urlò Errol. «Sai cosa? Fanculo! Mi tiro fuori.»

«Cosa? Non puoi!» urlò Brant di rimando.

«Sì, invece. Non mi stai ascoltando. Pensi che sia stupido. Sono *io* quello che ha scoperto dov'è di stanza Wade Gordon a Riverton, in California. Sono *io* quello che ha trovato il profilo Facebook di Kelli Colbert e ha scoperto che lavora per una piccola agenzia di viaggi e che il suo stipendio fa schifo. Senza di me non sapresti nemmeno a chi rivolgerti per chiedere i soldi. E *continui* a non ascoltarmi! La Marina non darà cinquantamila dollari per questo Wade. È un semplice soldato, non un ufficiale. Questo fa un'enorme differenza.»

«No, non fa differenza!»

Errol alzò gli occhi al cielo, cosa che fece incazzare Brant ancora di più. «Di chi è stata questa idea? Mia! Chi ha pagato per far sotterrare quell'autobus? Io! Tutto questo piano non sarebbe mai stato possibile senza di me. *Io* ti ho invitato a unirti, non il contrario. Sono io che comando. E ti dico che questa cosa funzionerà benissimo. Ora rilassati!»

«No. Ho chiuso. Buona fortuna. Non contattarmi *mai* più» disse Errol.

«Bene. Meglio. Più soldi per me.»

«Non ci saranno soldi» borbottò, poi si voltò e uscì dalla piccola casa fatiscente di Brant, che si dimenticò di quello stronzo prima ancora che lui sbattesse la porta.

Non aveva bisogno di lui. Aveva già tutto ciò che gli serviva: gli indirizzi dei suoi prigionieri e i recapiti del comandante di Wade Gordon, sempre procurati da Erroll. Aveva anche un cellulare non rintracciabile di cui si sarebbe sbarazzato subito dopo aver fatto la telefonata.

Poi non gli sarebbe rimasto altro da fare che stare lì ad aspettare che i soldi venissero depositati sul conto che Errol aveva già aperto.

Quell'uomo era bravo con i computer, ed era un peccato perdere qualcuno con quelle competenze, ma si sarebbe trovato un altro socio.

A cominciare da qualcuno che rimuovesse i corpi dall'autobus dopo che i suoi prigionieri fossero morti.

Ma di quello si sarebbe preoccupato più tardi. Prima di tutto, avrebbe chiamato il comandante della Marina e gli avrebbe fatto sapere che Wade Gordon era in pericolo imminente... e che l'unico modo per salvarlo era inviargli cinquantamila dollari.

Brant ne aveva abbastanza di vivere nello squallore. Voleva di più. Ciò che si meritava, che non era vivere lì. E quel lavoro sarebbe stato il primo di molti. Una volta che avesse avuto un milione di dollari si sarebbe trasferito a Los Angeles, avrebbe comprato una casa enorme e vissuto come il re che era destino fosse.

E tutto sarebbe iniziato con Wade Gordon.

Brant diede un'occhiata alle patenti di guida sul tavolo, poi di nuovo al tesserino che aveva in mano. La Marina avrebbe voluto disperatamente riavere indietro il suo soldato, marinaio... o quello che era. Non aveva dubbi.

CAPITOLO SETTE

«MA CHE CAZZO!» sbottò Kevlar, dopo che lui e la sua squadra erano stati improvvisamente chiamati, mentre stavano partecipando a un'importante riunione riguardo a una possibile missione imminente, per parlare con il comandante di qualcosa di completamente diverso.

Pensavano tutti di essere stati convocati per una missione di emergenza. Ed era stato così, ma non per quello che si aspettavano.

«Avevo detto a quello stronzo che la Giamaica era una cattiva idea» si lamentò Kevlar tra sé e sé.

«I ragazzi con cui è andato stanno bene?» chiese Safe al comandante.

«Sì. Non sanno nemmeno che è scomparso. E a quanto pare manca anche una donna.»

«La situazione continua a migliorare» disse MacGyver con sarcasmo.

«C'era anche un gruppo di donne in vacanza lì, e sono

andati tutti insieme a fare tubing. Flash e una certa Kelli Colbert non sono tornati. Ho appena chiamato l'hotel per parlare con gli uomini che erano con lui.»

Lo sguardo di Kevlar si posò sul telefono in mezzo al tavolo. Notò la luce lampeggiare, il che significava che la connessione era in attesa. «C'è già qualcuno in linea?» chiese, indicando il telefono con la testa.

«Sì.»

La squadra non era ancora al corrente di cosa diavolo fosse successo, ma ovviamente era imperativo parlare con le persone che erano state con Flash prima della sua scomparsa. Si sporse in avanti per premere il pulsante per ricollegare la chiamata, guardando il suo superiore per avere il permesso.

L'altro uomo annuì.

Non appena Kevlar lo premette, il comandante disse: «Pronto?»

«Ehm... pronto?» Il tizio che rispose sembrava confuso e preoccupato. Probabilmente si stava chiedendo perché fosse stato convocato dalla sicurezza del resort nell'ufficio in cui si trovava in quel momento.

«Parla Charles Hepworth?»

«Sì. Chi parla?»

«Sono il comandante di Wade Gordon, della marina degli Stati Uniti. Devo sapere cosa diavolo è successo oggi.»

Kevlar si sporse di nuovo in avanti, come se ciò potesse far sì che l'uomo dall'altra parte gli desse più velocemente le informazioni che cercavano. Notò che tutti i suoi compagni di squadra fecero la stessa cosa.

«Ehm... non capisco cosa vuole dire.»

«Quando ha visto l'ultima volta il signor Gordon e la signorina Colbert?»

«Ehm... quando eravamo a fare tubing, ci siamo separati lungo il fiume, e poi abbiamo aspettato un po', ma non si vedevano da nessuna parte. Flash è un Navy SEAL, quindi non ero preoccupato per lui, ma Kelli... non è fatta per l'acqua, se capisce cosa intendo.»

«No, non capisco cosa intende» disse il comandante con voce cupa. «Me lo spieghi.»

«È solo che, a quanto pare, non è una brava nuotatrice. Non ha il fisico per farlo. Almeno questo è quello che dice sua cugina. Non ricordo chi lo abbia suggerito, ma ci siamo ammassati tutti in uno dei due van per tornare al resort, lasciando l'altro per Flash e Kelli quando alla fine fossero apparsi. Aspetti, perché mi ha chiesto di loro? Stanno bene, vero?»

Kevlar avrebbe voluto alzare gli occhi al cielo. Quel tizio non era molto sveglio.

«No. Sono stati rapiti.»

Charles rise, sorprendendo tutti.

«È divertente?» sbottò il comandante.

«È uno scherzo, vero? Flash è incazzato con me perché ieri sera sono stato con le ragazze, quindi si sta vendicando. Ha organizzato questo scherzo elaborato e ha convinto Kelli ad assecondarlo.»

«Non è uno scherzo» disse Kevlar, incapace di tenere la bocca chiusa. «Il mio compagno di squadra è scomparso insieme a Kelli Colbert, e tu stai *ridendo*, cazzo!»

Ci fu un attimo di silenzio dall'altra parte della linea, poi Charles disse con un tono un po' incerto: «Non state scherzando?»

«No, non stiamo scherzando. Dobbiamo sapere *tutto* quello che è stato detto quando lei e il resto del gruppo avete deciso di lasciare il fiume per tornare al resort» ordinò il comandante.

«Porca puttana. Ok, vi dirò tutto quello che ricordo. Gesù... Nova sarà davvero turbata per ciò che è successo a suo fratello.»

Mentre Kevlar e il resto della squadra ascoltavano Charles raccontare che non avevano aspettato Flash e Kelli, perché a quanto pareva tutti erano stati ansiosi di tornare al resort per riprendere a bere e a flirtare, fu chiaro che il resto del gruppo fosse stato molto fortunato. Era possibile che fossero stati presi di mira tutti... ma dato che erano stati sconsiderati e arrapati, in realtà l'avevano scampata. Per qualche motivo, il loro autista li aveva riportati al resort invece che nel luogo in cui Kelli e Flash erano tenuti prigionieri.

Era anche ovvio che Charles fosse estremamente turbato per la scomparsa del suo futuro cognato. Non stava fingendo la sua agitazione e ora stava quasi incespicando nelle parole, desideroso di dire al comandante e alla squadra di Flash tutto quello che volevano sapere riguardo all'escursione sul fiume, comprese le descrizioni degli uomini che li avevano accompagnati lì, e poi di quelli che li avevano aspettati per riportarli al resort.

«Se la caveranno?» chiese Charles.

«Per quanto ci riguarda, sì» rispose il comandante.

«Cosa facciamo adesso?»

«Rimanete tutti al resort. Non uscite più. Stanno chiamando la polizia in questo momento. Parli con loro. Racconti tutto quello che ha detto a me. Poi, non appena gli agenti vi daranno il permesso di partire, prendete un volo per gli Stati Uniti.»

«Siamo in pericolo anche noi?» chiese Charles, suonando sotto shock.

«Non lo sappiamo. Ma è meglio che torniate a casa il prima possibile.»

«Sì. Devo andare da Nova» disse a bassa voce, come se stesse parlando tra sé e sé.

Il comandante chiuse la telefonata dopo aver parlato brevemente con il capo della sicurezza del resort, per assicurarsi che la polizia fosse stata chiamata e che i gruppi di cui facevano parte Flash e Kelli venissero tenuti al sicuro finché non fossero riusciti a lasciare il Paese.

«Non posso credere che Flash sia stato rapito» disse Smiley, visibilmente incazzato.

«Un momento... se Hepworth non lo sapeva nemmeno, lei come ha fatto a scoprirlo?» chiese MacGyver al comandante.

«Perché il rapitore ha chiamato il mio ufficio per chiedere un riscatto.»

Kevlar lo fissò incredulo. «Ha chiamato lei? Come faceva a sapere chi era?»

«Non ne ho idea. Ma se Flash aveva con sé il suo tesserino della Marina – e sappiamo tutti che è così perché è un fanatico di questo genere di cose – probabilmente gli è stato rubato. Il rapitore ha chiaramente una certa dimestichezza con i computer, perché sapeva che lui è di stanza qui e ha chiamato il mio ufficio, non il centralino della base.»

«Qualcuno ha chiamato Tex? Non può semplicemente rintracciarlo così andiamo a prenderlo?» chiese Safe.

«Non ha il localizzatore con sé» rispose cupo il comandante.

«Cazzo!»

«Maledizione!»

«Non ha imparato *niente* dalle nostre esperienze?»

La mente di Kevlar era un turbinio di pensieri. Non vedeva l'ora di salire su un aereo per andare in Giamaica e trovare il suo amico. Essere mandati in missione di salvataggio per uno o più persone sconosciute era una cosa, ma lì si trattava di uno di loro. Di un fratello. «È vivo?»

La domanda sembrò aleggiare pesantemente nell'aria.

Il comandante strinse le labbra. «Non lo so. Ho chiesto al rapitore di fornirmi una prova che lo è, ma lui ha detto che l'unica prova che avrei ottenuto sarebbe stata il rilascio di Flash una volta ricevuti i soldi.»

«Quanto ha chiesto?» chiese Blink.

«Cinquantamila.»

Kevlar lo fissò sorpreso. «Tutto qui?»

«Sì. Ma come sapete molti giamaicani vivono in estrema povertà. Cinquantamila dollari sono più di quanto possano immaginare di guadagnare in una vita intera.»

«Ed è una cifra che probabilmente ha pensato di poter ricevere con facilità» aggiunse MacGyver. «Sapeva che se avesse chiesto dieci milioni non li avrebbe mai ottenuti.»

«Quindi? Che facciamo? Paghiamo? Andiamo in Giamaica? Cosa?» chiese Kevlar con impazienza.

«Non pagheremo, ma fingeremo di assecondare questo tizio. Vi lascio il tempo di andare in Giamaica. Ma se qualcuno di voi viene rapito, mi incazzerò» disse il comandante. «Il loro governo è stato informato della situazione e abbiamo concordato di mantenere il massimo riserbo. L'ultima cosa che vogliono è che si sparga la voce che i turisti vengono ancora rapiti. L'industria del turismo laggiù ha già subito un duro colpo con l'aumento della violenza.»

«Quando partiamo?» chiese Blink.

Il comandante guardò l'orologio. «Sarete in volo tra tre ore. Tornate a casa, baciate le vostre donne e i vostri bambini e ci rivediamo qui alle diciotto.»

«Io rimango qui e chiamo Tex, dato che sono l'unico single» si offrì Smiley. «Farò anche delle ricerche sulla zona in cui Flash è scomparso per farmi un'idea del territorio. Lui e questa Kelli sono tenuti prigionieri da *qualche parte*, vedo se riesco a trovare dei possibili posti. E se non sono vivi...» Si interruppe.

«È vivo» disse Kevlar, con la voce roca per l'emozione. «Non so cosa sia successo, ma se insieme a lui è stata rapita una donna, immagino che abbia fatto tutto quello che gli hanno chiesto solo per tenerla al sicuro. Per aspettare il momento opportuno. Penso che siano stati nascosti lì da qualche parte e starà a noi trovarli, senza Tex e senza localizzatori, solo con un buon lavoro investigativo vecchio stile. Cosa che non è un problema; siamo più che semplici "scagnozzi del governo", siamo SEAL. Siamo intelligenti. Possiamo farcela. Riprendiamoci nostro fratello.»

«Hooyah!» urlarono tutti e sei gli uomini... e anche il loro comandante.

———

«Ecco. Così, non muoverti» disse Flash a Kelli.

Erano inginocchiati sul pavimento di ferro dell'autobus, e lui stava cercando di accendere la candela. Kelli era ancora terrorizzata, ma ora che avevano un obiettivo, qualcosa da fare, si sentiva un po' meglio.

Flash aveva smontato la radio, e pur non potendo vederlo lo sentiva grugnire, borbottare sottovoce e imprecare quando qualcosa non andava come sperava. Le descriveva di continuo anche quello che stava facendo, cosa che le piaceva... dato che non poteva vedere nulla.

Aveva già spellato i fili della radio e tolto le batterie, e in quel momento stava cercando di creare delle scintille che forse sarebbero servite per accendere la candela; stavano utilizzando l'imbottitura del cerotto nella speranza di catturare quelle scintille, che a loro volta avrebbero dato fuoco all'imbottitura stessa, così da usarla per accendere lo stoppino. Il suo compito era tenere il cerotto abbastanza vicino alla batteria da permettere alle scintille di attecchire, cosa resa ancora più difficile dal buio più completo.

L'unica cosa che poteva fare era tenere fermo il cerotto dove le indicava Flash e sperare che il suo piano per aver un po' di luce funzionasse.

Le tremavano le mani per la paura e per il nervosismo, ma era molto contenta che lui le permettesse di aiutare. Se l'avesse fatta sedere in disparte senza farle fare nulla, l'avrebbe ferita. Il che era stupido, perché lì era decisamente un pesce fuor d'acqua, mentre per Flash quello era il suo lavoro. Be', non proprio, ma aveva più esperienza di lei in quel genere di contesti.

Il fatto che la vedesse come una risorsa e non come un ostacolo significava molto. No, significava *tutto*. Non la trattava come se fosse stupida o "inferiore". Erano una squadra. Dei compagni. E ciò la faceva sentire molto meglio riguardo alla situazione.

«Bene, ci siamo. Pronta?»

«Pronta» confermò Kelli, cercando di controllare il tremore delle mani.

La scintilla che si creò quando Flash toccò il filo della

batteria le fece quasi male agli occhi. Passare dal buio pesto a quel rapido lampo di luce fu sorprendente.

«Porca puttana, ha funzionato!» esclamò lui un attimo dopo, con un tono euforico. «Spostati in avanti, Kelli, tieni quel cerotto il più vicino possibile.»

Obbedì e mantenne lo sguardo dove pensava di aver visto la scintilla, e strinse le labbra con determinazione. Doveva funzionare. *Doveva*.

«Vado» la avvertì.

Kelli arrivò una frazione di secondo troppo tardi e non riuscì a catturare la scintilla con il piccolo pezzo di garza. Ci riprovarono ancora e ancora, e lei la mancò sempre.

Dopo quella che sembrò la centesima volta fece un sospiro, sentendosi sconfitta, e si raddrizzò. «È inutile. Non ci riesco.»

Avrebbe voluto piangere. Aveva sperato così tanto che sarebbero riusciti ad avere un po' di luce, ma era troppo difficile cercare di far sì che quella piccolissima scintilla toccasse esattamente il punto che serviva nel minuscolo pezzo di garza del cerotto.

Le si riempirono gli occhi di lacrime, ma non incisero sulla sua vista perché non riusciva a vedere un bel niente.

«Non ci riesco» ripeté. «Mi dispiace. Comunque, quanta aria ci potrà essere quaggiù?» chiese all'improvviso. «Moriremo, vero?»

Sentì Flash spostarsi, poi le sue mani furono su di lei. Pochi istanti prima, quando entrambi erano chinati sulla radio e sulla candela, le stava di fronte, ma ora le era proprio accanto, e prima che lei si rendesse conto di cosa stava succedendo, la sollevò e si ritrovò seduta sulle sue gambe.

In qualsiasi altra situazione si sarebbe incazzata se un

uomo l'avesse toccata così intimamente senza il suo permesso, ma quello era Flash. E non si trovavano in una situazione normale.

Senza esitare si voltò verso di lui. Era seduta di traverso sulle sue gambe, proprio come nella ciambella sul fiume, cosa che sembrava fosse successa da un'eternità. Si chinò, gli mise le braccia intorno alle spalle e nascose il viso nel suo collo.

«Mi dispiace» le disse.

Quelle parole le fecero aggrottare la fronte. «Per cosa?» borbottò contro la sua pelle, grata per il suo calore. Sorprendentemente, anche se si trovavano nella foresta pluviale e prima aveva caldo, essere sepolta sottoterra senza il sole che splendeva su di loro, l'aveva gelata fin dentro alle ossa.

«Per essermi dimenticato che non sei abituata a tutto questo. Che non sei uno dei miei compagni di squadra. Che devi essere terrorizzata. Credo di non averci pensato perché te la stai cavando davvero bene. Non hai perso la calma nemmeno una volta.»

«Dentro di me sono a pezzi» ammise.

«Ed è per questo che mi impressioni così tanto» la rassicurò, iniziando a dondolarsi un po' avanti e indietro, e Kelli quasi gemette per il piacere che provava a stare abbracciata a lui. Le lacrime che aveva trattenuto disperatamente le rigarono il viso e finirono sulla spalla di Flash.

«Sfogati, Kelli. Sono qui per te.»

Bastò quello per farla crollare.

Pianse perché aveva paura. Perché era stanca del buio. Perché aveva fame. Perché nonostante le rassicurazioni di Flash, non aveva idea di come qualcuno avrebbe potuto trovarli. Sembrava che i loro rapitori avessero pianificato tutto meticolosamente. Avevano svuotato un autobus per seppellirlo nella *giungla*, per l'amor del cielo. Poi, per torturarli ulteriormente, avevano lasciato di proposito una scatola piena di roba ridicola. Era uno schifo!

Mentre piangeva, Flash continuava a dondolare, ma rimase in silenzio, lasciandole sfogare tutte le emozioni che provava.

Quando esaurì tutte le lacrime aveva mal di testa, un po' di nausea ed era disidratata. Flash si mosse sotto di lei, e Kelli, pensando che si sentisse a disagio, si raddrizzò e fece per scendere dalle sue gambe, finché non sentì qualcosa sul viso.

Si irrigidì, ma si rese conto che lui stava usando la sua maglia per asciugarle le lacrime.

«Soffia» le ordinò, mettendole il tessuto sul naso.

In risposta, gli allontanò delicatamente il braccio. «Non mi soffierò il naso con la tua maglia» gli disse con tutta la decisione possibile.

Lui ridacchiò, e Kelli lo sentì rimbombare in tutto il corpo. «Ti darei la salvietta che abbiamo trovato prima, ma ora è sporca di sangue. Vorrei avere un fazzoletto vero da darti.»

«Già» replicò, perché lo desiderava anche lei. Se lo avesse avuto, probabilmente non sarebbero dove si trovavano in quel momento. Allontanandosi un po' da lui, prese l'orlo del copricostume, se lo portò al viso e si soffiò il naso. In qualsiasi altro momento ne sarebbe stata disgustata, ma la fece sentire meglio, e poi non era proprio pulita e fresca come una rosa. Che problema c'era ad aggiungere un po' di moccio in una situazione già di per sé disastrosa?

«Va meglio?» le chiese Flash, mentre si riappoggiava a lui.

«Non proprio» rispose con sincerità.

«So che questa situazione sembra disperata, ma non lo è.»

Kelli alzò gli occhi al cielo. «Mm-mm» replicò senza troppa convinzione.

«Davvero. Vediamo gli aspetti positivi. Comincio io, poi vai tu. Abbiamo l'acqua.»

Kelli avrebbe voluto ribattere con un commento sarcastico del tipo: "Evviva, avere dell'acqua posticiperà il momento della nostra morte", ma fece un respiro profondo e cercò di non essere negativa. «Non siamo soli.»

«Buona questa. Sarebbe davvero uno schifo se tu non fossi qui» concordò Flash.

«Non è che io stia facendo molto» si sentì in dovere di dire.

«Col cavolo che non fai molto. La tua presenza qui mi obbliga a tenere duro. Probabilmente sarei morto se non ci fossi stata tu, perché avrei aggredito Jeckle, e Heckle mi avrebbe sparato.»

Con suo grande stupore, Kelli si ritrovò a ridacchiare. «Heckle e Jeckle. Quei nomi sono davvero stupidi, e fa strano sentirli dire da te.»

«Hai dei nomi migliori?»

«No.» Tornò seria. «Sono stati attenti a non dire i loro veri nomi davanti a noi.»

«L'ho notato anch'io, ma non importa, la mia squadra scoprirà chi sono.»

«Come?»

«Non ne ho idea. Il mio forte non sono i computer e la ricerca di informazioni, sono più uno che usa la forza. Un uomo d'azione. Che fa cose fisiche.»

«Preferisco essere su questo autobus con qualcuno come te piuttosto che con un nerd genio del computer.»

«Non hai ancora incontrato Tex. Da quello che dicono le

donne, è sexy anche con una gamba sola e un paio di decenni in più di noi.»

Kelli rise di nuovo. Sentire Flash dire che un altro uomo era sexy era divertente. «Una gamba sola?» chiese, una volta ricomposta.

«Sì. Ok, cos'altro? Non ti sanguina più la testa.»

Oh, erano tornati a elencare gli aspetti positivi della loro situazione. «Ehm... abbiamo dei barattoli di cibo. Forse?» Non era così sicura che fosse un aspetto positivo, perché anche se Flash aveva detto che poteva aprirli con il cucchiaio lasciato dai rapitori, non avevano idea di cosa contenessero.

«Sì. Che ne dici di questo: abbiamo un sacco di spazio per muoverci. Non siamo confinati in una stanza o in uno spazio minuscolo.»

Kelli non ci aveva pensato. «Sei mai stato rinchiuso in uno spazio piccolo?» Lo sentì rabbrividire e lo strinse più forte. «Scusa, fai finta che non te l'abbia chiesto.»

«No, non c'è problema. E sì. Fidati, questo è molto meglio.»

Non gli chiese i dettagli. L'ultima cosa che voleva era evocare brutti ricordi in un momento come quello. «Ehm... puoi costruire un'arma con quella conchiglia che ci hanno lasciato?»

«Sì. Visto? Ci sono un sacco di cose positive. Dopo esserci riposati un po', aver bevuto un po' d'acqua e magari aver visto cosa c'è in quelle lattine, andiamo a controllare il coperchio del tombino. Vediamo se riusciamo ad aprirlo.»

Non aveva la minima idea di come avrebbero fatto, ma annuì comunque.

«Pensi che possiamo provare ad accendere di nuovo la candela? Hai ancora il cerotto?»

Con suo stupore, Kelli si rese conto che stava ancora stringendo quello stupido affare. «Sì.»

«Bene. E non lo dico solo per farti sentire meglio, anche se spero che succeda, ma una volta ho visto MacGyver fare esattamente quello che stiamo cercando di fare noi, usare una batteria e dei fili per creare scintille e accendere un fuoco, e gli ci sono voluti cinquecentododici tentativi per ottenere una fiamma. Ha usato un pezzo di stoffa della sua maglia imbevuto di un liquido infiammabile... cosa che aveva trovato nella stanza in cui eravamo rinchiusi. Non ho idea di cosa fosse e non gliel'ho chiesto, ma il punto è che ci ha messo un'eternità, e stiamo parlando di MacGyver. Possiamo farcela, Kelli. E poi, cos'altro abbiamo da fare?»

Non ne era così sicura, ma aveva ragione. Anche se, probabilmente, avrebbe potuto stare seduta sulle sue ginocchia tutta la notte e sentirsi contenta. Non era un peso essere circondata dal suo calore e dalla sua immensa presenza.

«Ok, facciamolo.»

«Brava ragazza.»

Prima che potesse alzarsi dalle sue gambe, Flash le afferrò delicatamente le spalle e la sorprese sfiorandole le labbra con le sue.

Poi si bloccò e i suoi muscoli si irrigidirono. «Cazzo. Scusa. Non volevo... stavo... *merda*. Scusa.»

«Ti dispiace di avermi baciata?» gli chiese.

«No. Ma miravo alla tua fronte. Cosa stupida perché non vedo un bel niente. Non era mia intenzione andare oltre.»

«Flash, credo che a questo punto non sia necessario scusarci per esserci toccati» disse Kelli. «Inoltre... è stato carino.»

«Carino» ripeté, e il suo tono era tornato divertito. «Credo che dovrò fare di meglio la prossima volta. Non posso permetterti di pensare che i miei baci siano *carini*.»

Kelli ridacchiò.

«Adoro la tua risata. È molto meglio delle lacrime. Dai, accendiamo questa dannata candela così possiamo vedere che tipo di cibo ci hanno lasciato Heckle e Jeckle, poi esploriamo questo cazzo di autobus e vediamo se riusciamo a trovare qualcos'altro che ci possa aiutare.»

Era così positivo. A dire il vero ne era felice. L'ultima cosa che voleva era ritrovarsi in quella situazione con qualcuno che si lamentava e brontolava senza sosta.

Si rimisero nella posizione precedente, in ginocchio e con le teste che si sfioravano. Kelli gli toccò le mani per capire esattamente dove tenere la garza, nella speranza che venisse raggiunta da una scintilla.

«Ecco qua» disse Flash.

Non aveva idea di quante volte lui avesse toccato i fili della batteria, di quante volte fossero volate delle scintille, ma ora vedeva delle macchie e le tremavano le braccia per lo sforzo di tenere le mani ferme per cercare di catturare quelle che cadevano. Forse il suo amico MacGyver ci aveva messo cinquecentododici volte per accendere un fuoco, ma sembrava che loro ci avessero provato almeno il doppio.

Proprio quando Kelli stava per arrendersi di nuovo, per dire a Flash che era impossibile... una scintilla cadde direttamente sulla garza.

Si sporse in avanti d'istinto e soffiò delicatamente sul cerotto.

«Sì, così!» esclamò Flash. «Spostati un po' indietro, fammi avvicinare lo stoppino. Piano... un altro piccolo soffio... ce l'abbiamo fatta!»

La candela si accese e Kelli fu travolta dal sollievo.

Si raddrizzò e fissò la piccola fiamma. La candela era piuttosto grande, larga e alta, e sebbene non avesse idea di quanto sarebbe durata, avere un po' di luce, anche solo per poco tempo, le sembrava il traguardo più straordinario di sempre.

«Ce l'abbiamo fatta!» ripeté Flash. I suoi lineamenti erano illuminati dalla candela che teneva in mano, e aveva un sorriso enorme sul volto, che lei non poté fare a meno di ricambiare.

Poi si sporse in avanti e la baciò di nuovo. Non sulla fronte, ma sulle labbra, di proposito.

«Ce l'abbiamo fatta» sussurrò per la terza volta, contro la sua bocca.

Kelli avrebbe voluto abbracciarlo di nuovo. Voleva sentirlo sotto di sé, intorno a sé, ma lui stava già indietreggiando per alzarsi in piedi e guardarsi intorno.

Lo fece anche lei, muovendosi però più lentamente.

Con naturalezza, come se lo avessero fatto un milione di volte, Flash sollevò un braccio e Kelli gli scivolò accanto, circondandogli la vita, mentre lui le cingeva le spalle. Si adattavano perfettamente.

«Non è il Taj Mahal, ma possiamo arrangiarci» le disse.

Lei scoppiò a ridere. «Sì, certo.»

Flash scrollò le spalle. «È solo che... ora che abbiamo la luce, tutto sembra più luminoso... in senso letterale e figurato.»

La cosa assurda era che Kelli si rese conto che aveva ragione. Essere in grado di vedere aveva cambiato completamente anche la *sua* prospettiva.

Ora, tutto ciò di cui avevano bisogno era che i suoi amici andassero a tirarli fuori da lì.

CAPITOLO OTTO

KEVLAR GUARDÒ l'orologio con impazienza. Erano le otto del mattino e nessuno della squadra aveva dormito molto. Erano arrivati in Giamaica poco prima delle tre di notte, circa tredici ore dopo la scomparsa di Flash, e da allora avevano lavorato senza sosta.

Nonostante fosse stata notte fonda erano andati direttamente al resort dove alloggiavano Flash e gli uomini e le donne dell'addio al celibato e nubilato, e avevano interrogato gran parte dei dipendenti. La direzione si era occupata di accompagnare i due gruppi al centro di tubing, ma non era stata responsabile del loro rientro in hotel; quello era stato compito del centro che aveva organizzato l'escursione.

Li avevano lasciati entrare nella stanza di Flash, che non aveva fornito loro alcuna pista. Mentre Blink e Safe avevano preparato la valigia con le sue cose, Kevlar e Preacher erano andati in quella della donna scomparsa, e MacGyver e Smiley avevano continuato a ispezionare il resort, parlando con chiunque fosse in giro per ottenere qualsiasi informazione possibile. Avevano trovato la stanza di Kelli Colbert pulita e in ordine, come quella di Flash. C'era un libro sul comodino, insieme a una bottiglia d'acqua mezza vuota... un cambio di vestiti ordinatamente sistemato in un cassetto. Aveva persino piegato i vestiti sporchi e li aveva rimessi in valigia. Aveva quasi finito di fare i bagagli, ovviamente pronta a partire il giorno successivo al tubing, e Kevlar era stato sollevato di trovare il suo passaporto infilato sotto i vestiti.

Avevano impacchettato anche le sue poche cose e lasciato le valigie di entrambi nell'ufficio del capo della sicurezza.

Ora dovevano aspettare che il centro aprisse per poter parlare con il personale, e nessuno del team era contento di quell'attesa. Flash e Kelli erano là fuori, e volevano trovarli il prima possibile. Nel frattempo, avevano contattato Tex, l'ex SEAL che aveva dedicato la sua vita alla ricerca di persone scomparse... civili, ex militari, altri SEAL, Delta Force... chiunque fosse sparito senza una buona ragione. Forniva anche alle squadre delle forze speciali dei localizzatori che gli servivano per rintracciare chi li indossava. Ma, come avevano già scoperto, Flash non aveva portato il suo in Giamaica, quindi sarebbero andati alla cieca.

Tex stava facendo del suo meglio per usare le sue competenze informatiche per trovarlo, ma la Giamaica non era come gli Stati Uniti o molti altri paesi. Non c'erano telecamere di sorveglianza ovunque e, fino a quel momento, non c'erano state transazioni sospette sulla carta di credito di Flash o su quella di Kelli. Era come se i due fossero scomparsi nel nulla.

Ma Kevlar e il resto dei SEAL non avrebbero perso la speranza. Il loro amico era da qualche parte là fuori. Lo avrebbero trovato.

Dopo aver ottenuto tutte le informazioni possibili dal resort – che non erano molte – la squadra si diresse al White River, il centro di tubing, in tempo per essere lì all'apertura. Furono condotti in una stanza sul retro del piccolo edificio, dove incontrarono il manager dell'attività, che si innervosì quando si trovò davanti sei uomini imponenti, incazzati e dall'aria decisa.

Raccontò loro quello che già sapevano, ovvero che il gruppo di dieci persone si era registrato la mattina prima e che avevano dovuto aspettare circa venti minuti per entrare nel fiume per dare la precedenza a una comitiva che arrivava da una nave da crociera e che aveva degli orari rigidi a cui sottostare. Che non li aveva visti entrare in acqua perché era in ufficio a sbrigare le pratiche burocratiche, e nemmeno andarsene perché il giro terminava a valle.

Inoltre, li aveva rassicurati che avrebbe trovato i dipendenti che li avevano assistiti durante la partenza nel fiume.

Interrogare gli uomini che avevano aiutato il gruppo a scegliere le ciambelle e a entrare in acqua non fornì loro alcuna informazione utile. Avevano solo insistito sul fatto che tutti erano sembrati felici e non avevano visto nessuno di loro preoccupato mentre partivano lungo il fiume.

«E gli uomini che li hanno recuperati per riportarli al resort? Possiamo parlare con loro?» chiese Kevlar al manager, che ora aveva un'aria affannata.

Fino a quel momento aveva risposto a tutte le loro domande senza riserve. Non era sembrato che volesse nascondere delle informazioni, anche se *stava* diventando un po' irritabile. Ma dovevano continuare a insistere. Avevano bisogno di una traccia per sapere da dove iniziare a cercare, e al momento non avevano nulla.

La squadra attese con impazienza mentre il tizio usciva per andare a prendere gli autisti che avrebbero dovuto riportare il gruppo al resort. Tornò venti minuti più tardi con un giovane dall'aria nervosa che non poteva avere più di diciotto anni.

«Lui è Mark. Ha portato il primo gruppo» li informò.

«Ci dia un minuto» disse Smiley al manager. Era vicino alla porta e la indicò con la testa.

«Ehm... ok.»

Mark spalancò gli occhi quando vide che il suo superiore, senza esitare, lo lasciò da solo con un gruppo di sei americani dall'aspetto incazzato.

Safe girò una sedia e gli fece cenno di sedersi. «Accomodati.»

Il giovane, nervosamente, fece come gli era stato ordinato.

«Raccontaci del gruppo di uomini e donne che hai accompagnato ieri al resort. Non tralasciare nulla» disse Kevlar.

«Ehm, stavo aspettando il gruppo al punto di ritrovo. Ridevano tutti. Sembravano di buon umore.»

«Quanti erano?» chiese Safe.

«Otto.»

«Ma sapevi che dovevano essere dieci, vero?» chiese Preacher.

Erano tutti intorno a Mark, per intimidirlo, ma a Kevlar non importava. Nemmeno agli altri. Stavano deliberatamente cercando di mettere il giovane in una posizione di svantaggio.

«Certo. Ho chiesto a uno degli uomini dove fossero gli altri due e non lo sapeva.»

«E sei partito lo stesso?» domandò Safe incredulo.

«Ho suggerito di aspettare, ma nessuno ha voluto. Avevano fame e sete, e una delle donne ha detto che avevano una specie di festa d'addio quella sera, e volevano tornare al resort per cambiarsi e poi incontrarsi al bar.»

Kevlar era disgustato, ma non proprio sorpreso. Da tutto quello che aveva sentito su quelle persone, a parte forse i futuri sposi, avevano avuto in mente solo una cosa... il sesso.

Ok, due cose... il sesso e l'alcol.

«Non è stato un grosso problema! C'era anche Errol lì, ed è rimasto ad aspettare che gli altri due uscissero dal fiume per riaccompagnarli al resort» disse Mark in fretta, come se si fosse reso conto che gli uomini intorno a lui erano a un secondo dal perdere il controllo.

«Errol?» chiese Kevlar, raddrizzandosi. «Dov'è?»

Il ragazzo scosse rapidamente la testa. «Non lo so. Oggi doveva lavorare, ma non si è ancora fatto vedere.»

«Da quanto tempo lavora qui?» domandò Blink.

Mark ora sembrava terrorizzato. «È nuovo. Da qualche settimana, forse?»

«Lo conosci?»

«Quanti anni ha?»

«Qual è il suo cognome?»

Le domande si susseguirono a raffica, ed era ovvio che il ragazzo si stesse chiudendo in sé stesso per la paura.

Kevlar alzò una mano, bloccando gli interventi dei suoi compagni di squadra.

«Grazie, Mark. Sei stato molto utile. Io e i miei amici chiederemo informazioni su di te al tuo capo – sai... indirizzo, famiglia, cose del genere – così se avremo altre domande da porti potremo trovarti. C'è qualcos'altro che vuoi dirci? Qualcosa che non hai già detto? Qualcosa che ci aiuti a trovare il nostro amico scomparso?»

«No» rispose, scuotendo la testa quasi con violenza.

Era ovvio che avesse recepito il messaggio che Kevlar gli aveva rivolto in modo non troppo discreto. Ovvero che potevano trovarlo in qualsiasi momento, e che se aveva mentito su qualcosa non l'avrebbe passata liscia.

«Puoi andare. Ma in futuro ti consiglio di assicurarti che *tutti* i membri di un gruppo siano presenti, e di non lasciare *mai* più nessuno indietro.»

«Sì, lo farò. Certo. Ottima idea. Grazie! Ok. Va bene.» Stava farfugliando, cercando di placarli.

«Vattene» disse Smiley, aprendo la porta.

Mark si alzò dalla sedia e uscì in tutta fretta.

Il manager stava ovviamente aspettando lì vicino, e Smiley gli fece cenno di entrare nell'ufficio.

«Chi è Errol? Dove possiamo trovarlo?» chiese Kevlar, non appena l'uomo rientrò nella stanza.

«Il suo cognome è Brown. È stato assunto circa un mese fa e ha appena terminato il periodo di prova. Posso darvi il suo indirizzo di casa. Oggi non si è presentato al lavoro, motivo per cui non l'ho portato con Mark. Vi do subito le informazioni che vi servono.» Kevlar lo osservò frugare tra alcuni documenti in uno schedario appoggiato al muro. Gli passò per la mente che era quello il motivo per cui Tex non riusciva a trovare molte informazioni sui dipendenti dell'azienda... perché conservavano ancora tutto su archivi cartacei.

Ma erano sulla strada giusta. All'improvviso ne fu certo. Dovevano solo trovare Errol Brown e scoprire cosa fosse successo dopo che Mark era partito per il resort con gli altri. Stavano ottenendo delle risposte, ma ogni minuto che passava era uno in più in cui il suo amico e compagno di squadra era in pericolo.

Era possibile che Flash e Kelli fossero già morti... ma

Kevlar non pensava fosse così. Chiunque aveva chiamato per quella richiesta di riscatto era un codardo. Sospettava che li avesse nascosti da qualche parte nella speranza che morissero e basta, e di poter ottenere i loro soldi per poi sparire.

Strinse i pugni mentre il manager dava a Safe le informazioni di cui avevano bisogno su Errol Brown. Avrebbero trovato Flash. L'alternativa era inaccettabile.

———

Flash aveva avuto intenzione di aprire una delle lattine non appena fossero riusciti ad accendere la candela, sperando di dare qualcosa da mangiare a Kelli... ma si erano addormentati. Non aveva idea di che ore fossero. Il buio distorceva la percezione del tempo e, naturalmente, nessuno dei due portava un orologio. Con suo enorme sollievo, quando si era svegliato la candela ardeva ancora.

E non era sollevato solo perché avevano ancora luce, ma quella fiamma che tremolava significava anche che c'era abbastanza ossigeno nell'autobus. Quando Kelli lo aveva accennato si era un po' preoccupato, ma non aveva voluto ammetterlo.

In qualche modo stava entrando dell'aria, e quella era un'altra cosa che poteva spuntare dalla lista "Oh merda, siamo fottuti". Stava cercando di rimanere il più positivo possibile, per il suo bene e per quello di Kelli, ma era difficile.

Guardare la donna tra le sue braccia lo fece sentire incredibilmente protettivo. Era stata bravissima a mantenere la calma; a parte un momento di debolezza quando aveva pianto, aveva retto egregiamente.

Riusciva ancora a vedere nella sua mente com'era arrossita quando aveva ammesso di dover fare pipì prima che si addormentassero. Avevano deciso che l'angolo opposto dell'autobus sarebbe stato il posto migliore per fare i loro bisogni, perché l'intera struttura era leggermente inclinata in quella direzione, e i loro escrementi non sarebbero colati verso dove erano seduti ora. Non era l'ideale, ma sperava che se ne sarebbero andati prima che l'odore diventasse insopportabile.

Si erano sistemati nella piccola rientranza dove un tempo c'era stato il sedile dell'autista. Flash si stava abituando a tenerla in braccio. Stava bene lì, si adattava come se fosse stata creata per lui.

Non appena lei aveva abbassato la guardia, si era subito addormentata profondamente. Il ferro dell'autobus era decisamente scomodo, ma Flash non aveva intenzione di muoversi. Avrebbe fatto da cuscino per Kelli, perché tenerla comoda e ottimista era di vitale importanza.

Pensò che doveva essere così che si sentivano i suoi amici con le loro fidanzate e mogli. Era sempre stato protettivo, ma con lei quei sentimenti erano eccessivamente intensi.

Kelli si mosse tra le sue braccia e Flash aspettò che aprisse gli occhi. I suoi capelli erano arruffati e aggrovigliati dietro, dove la ferita alla testa aveva sanguinato. Aveva le occhiaie e il viso sporco a causa di qualsiasi schifezza ci fosse in quel maledetto autobus, ma, a essere sincero, non aveva mai visto niente di più bello dei suoi grandi occhi castani quando li aprì e lo fissò.

«Pensavo fosse un sogno. Un incubo» disse sommessamente.

«Cosa? Svegliarsi tra le mie braccia?» scherzò Flash.

Quella replica gli fece guadagnare un sorriso. Ogni volta che riusciva a farla ridere o sorridere per lui era una vittoria.

«No. Questa è l'unica cosa bella. Stare con te. Inoltre, la

candela è ancora accesa» ribatté, cambiando bruscamente argomento.

«Sì. Un'altra cosa da aggiungere alla pila delle cose positive. Sta bruciando lentamente e in modo uniforme. Heckle e Jeckle ci hanno lasciato una candela perfetta e durevole. Idioti.»

La risatina che le uscì dalle labbra gli fece aggiungere mentalmente un altro segno di spunta alla lista "L'ho fatta sorridere" che stava compilando mentalmente.

«Devi usare il "bagno"?»

Lei aggrottò la fronte e scosse la testa. Flash non ne fu contento. Se non aveva bisogno di fare pipì significava che era disidratata.

«Bene. Non so tu, ma il mio stomaco si sta mangiando da solo. Che ne dici di dare un'occhiata a quelle lattine?»

«Con la nostra fortuna sarà *davvero* cibo per cani» mormorò Kelli, ma si spostò dalle sue gambe.

Flash le tenne la mano finché non ritrovò l'equilibrio, poi percorsero entrambi i pochi passi fino a dove avevano lasciato la scatola. Lui prese la bottiglia d'acqua e gliela porse. «Fai piccoli sorsi» la avvertì. Avevano già rotto il sigillo il giorno prima – almeno, *presumeva* fosse stato il giorno prima – e avevano bevuto un bel sorso ciascuno. Non era stato sufficiente, ma anche se c'era dell'acqua che gocciolava nell'autobus, non voleva correre il rischio di rimanere senza. Inoltre, almeno sapeva che quella nella bottiglia era pulita; l'ultima cosa che voleva era che uno dei due avesse la diarrea dopo aver bevuto da una fonte sconosciuta.

Pensava anche che fosse un po' sospetto che ci fosse dell'acqua che gocciolava all'interno. Dopo aver ispezionato il posto aveva dedotto che i loro rapitori avessero sistemato qualcosa per assicurarsi che loro due non morissero prima che fosse stato pagato il riscatto; sembrava troppo pulita per provenire da un'infiltrazione di acqua piovana o da qualche altra fonte naturale attraverso il terreno.

Se fossero rimasti nell'autobus abbastanza a lungo, avrebbero dovuto berla... ma voleva rimandare la cosa il più a lungo possibile.

Le probabilità che fosse contaminata – un altro modo per i loro rapitori di torturarli – non era un argomento che avrebbe sollevato in quel momento. Doveva essere positivo per Kelli. Non sarebbe servito a nulla spaventarla con scenari che avrebbero potuto anche non verificarsi.

Lei annuì, e chiuse gli occhi mentre beveva un sorso d'acqua.

Prese la bottiglia che lei gli porse e bevve a sua volta, poi riavvitò il tappo e la mise da parte. Invitò Kelli a sedersi e le si accomodò accanto. Pregò affinché qualsiasi cosa contenessero quei barattoli sconosciuti fosse commestibile. Sperava vivamente che non fosse cibo per cani, ma nel caso lo avrebbe mangiato. Gli avrebbe fatto schifo, ma i nutrienti erano nutrienti.

Entrambe le lattine nella scatola erano prive di etichetta, le sollevò e le soppesò, cercando di decidere quale aprire per prima.

«Facciamo ambarabà ciccì coccò?» chiese Kelli con un sorriso.

«Che ne dici di scegliere tu una mano?» ribatté Flash.

«Ok. Mmm... destra?»

«E destra sia» disse, ricambiando il sorriso.

Posò le lattine e prese il cucchiaio. «Credo di averti detto ieri che il coperchio è più sottile della lattina stessa, quindi se usi la punta per strofinare ripetutamente nello stesso punto, creando un solco, alla fine si rompe.» Le mostrò il procedimento: afferrò saldamente la posata, tenne ben ferma la lattina, poi, con attenzione, fece forza sul cucchiaio strofinando la punta sul bordo del coperchio.

Non passò molto che la superficie si forò.

«Voilà!» esclamò felice.

«Ha funzionato! Sei stato velocissimo!»

«Ti lascio fare l'altra.»

«Oh, non serve.»

«No, devi imparare anche tu a farlo. Non importa se non sarai veloce come me. Io ho fatto più pratica. Inoltre... cos'altro abbiamo da fare?»

«È vero» ammise. «Cosa c'è lì? Cosa abbiamo?»

«Dopo aver fatto il buco, devi usare il cucchiaio per tagliare tutto intorno alla parte superiore. Puoi ripiegare il coperchio quando sarai arrivata in un punto in cui poterlo fare. Ma fai attenzione a non toccarlo perché è molto tagliente e i bordi sono frastagliati.»

«Sì, ok... cosa c'è dentro?» chiese Kelli, sporgendosi in avanti con impazienza.

Flash sollevò con cautela il coperchio, poi prese la candela e la avvicinò.

«Sono... spinaci?» gli chiese.

«Se dovessi tirare a indovinare, direi che probabilmente sono callaloo.»

Kelli lo guardò con le sopracciglia aggrottate. «E cosa sarebbe?»

«Una verdura a foglia, giamaicana, ricca di ferro, calcio e vitamina B2. Appartiene alla famiglia degli spinaci.»

«Quindi... sono spinaci» disse lei, leccandosi le labbra. «Possiamo mangiarli senza cuocerli?»

«Sì.» Non erano il cibo preferito di Flash, ma in quel momento gli venne l'acquolina in bocca e non riuscì a pensare a niente di più delizioso di quella verdura a foglia in scatola.

Infilò il cucchiaio e lo porse a Kelli.

Lei posò lo sguardo sul suo e poi si sporse in avanti. Senza distoglierlo, aprì la bocca e lasciò che la imboccasse... poi gemette quando le papille gustative le fecero percepire il sapore.

Quel verso gli arrivò dritto al cazzo.

Fu imbarazzato dalla propria reazione. Quello era il momento più sbagliato in assoluto per pensare a qualcosa di diverso dalla sopravvivenza, ma quella donna gli aveva fatto qualcosa, lo aveva sconvolto. In senso positivo.

«Dai» lo esortò. «Provali.»

Flash lo fece, e riuscì a stento a trattenersi dal gemere mentre masticava.

«Dobbiamo farli durare» disse Kelli, con lo sguardo fisso sulla lattina. Era ovvio che avesse molta fame, che desiderasse ingozzarsi di cibo, ma sapeva che avevano bisogno di prolungare il pasto. «Che ne dici se ci raccontiamo qualcosa di noi tra un boccone e l'altro? Aspetta? Mangiamo tutto adesso o dovremmo conservarne per dopo?»

Inizialmente Flash era stato propenso a conservarlo. Non aveva idea di quanto tempo avrebbero impiegato Heckle e Jeckle per contattare qualcuno e richiedere il riscatto, e quanto ci sarebbe voluto perché chiunque fosse stato contattato credesse che la minaccia era reale e non uno scherzo. Anche gli uomini della sua squadra sarebbero stati avvisati, probabilmente da Tex, e in seguito avrebbero dovuto ottenere l'autorizzazione per andare in Giamaica...

Interruppe quei pensieri. Era chiaro che mancassero ancora diversi giorni al loro salvataggio.

«Penso che dovremmo finire la lattina. L'ultima cosa che vogliamo è che vada a male» le disse. «Inoltre, sarebbe stupido essere salvati e aver avanzato del cibo. Ho scoperto un programma in TV che si intitola *Alone - Soli nel nulla*. È un reality show, ma diverso dagli altri. Degli uomini e delle donne vengono lasciati in luoghi remoti, vince chi getta la spugna o viene estromesso dal gioco per motivi di salute per ultimo. Sono isolati l'uno dall'altro, non hanno contatti con nessuno e devono filmarsi, quindi non ci sono finti drammi o alcol usato per rendere le cose più "interessanti".» Mimò le virgolette con le mani mentre pronunciava l'ultima parola.

«C'è stato un tizio che ha pescato una tonnellata di pesce. Credo fosse pesce. Comunque, aveva un sacco di cibo che aveva affumicato e che stava accumulando nel suo rifugio. Ha perso un miliardo di chili, ma era più preoccupato di avere roba da mangiare per il futuro invece di consumarlo al momento. Alla fine è stato eliminato per motivi di salute perché era diventato troppo magro. Aveva tutto quel cibo, ma era comunque dimagrito perché non lo aveva mangiato.»

Kelli annuì. «Quando torniamo a casa dovrò cercare quel programma.»

«Lo guarderemo insieme» disse Flash d'impulso.

«Mi piacerebbe» replicò lei con un sorriso timido.

E a quello si rese conto che avevano deciso di rivedersi al loro ritorno in California. Anche a lui sarebbe piaciuto. Moltissimo. «Quindi... penso che ora dovremmo mangiarci tutta questa lattina.»

«Non ho intenzione di contraddirti, ma dovremmo comunque farla durare.»

«D'accordo. Ok, vediamo... il mio colore preferito è... il nero.»

«Perché non sono sorpresa?» gli chiese con un sorriso. «Il mio è il rosa.»

«Perché non sono sorpreso?» ripeté Flash.

«Ho sempre desiderato suonare il pianoforte. È uno strumento molto elegante. Ma alle elementari ho imparato che suonare il flauto dolce è praticamente il massimo delle mie capacità musicali» gli disse Kelli.

«Ho suonato il clarinetto durante tutto il liceo.»

«Davvero?» gli domandò, scioccata.

«Sì.»

«Non sembri il tipo da orchestra.»

«Oh, ero al cento per cento nerd, e felice di esserlo. Ho fatto anche teatro.»

«Anch'io!» esclamò lei felice.

Parlarono delle opere teatrali in cui avevano recitato e di alcuni degli spettacoli che volevano vedere a Broadway.

«È il momento di mangiare un altro boccone» le disse Flash, prendendo un'altra cucchiaiata di callaloo.

«Questa roba è fantastica. Sul serio» disse Kelli, mentre lui masticava il suo boccone. «Scommetto che cucinati al vapore sono ancora meglio, o insieme ad alcuni dei piatti di pesce per cui i giamaicani sono famosi.»

«Non ne avevamo qualcuno al buffet del resort?» le chiese.

A quella domanda, Kelli abbassò lo sguardo e curvò le spalle.

Flash si rimproverò per aver rovinato il buon umore, e le mise la mano sulla spalla. Non disse nulla; cosa *avrebbe potuto* dire? Sapeva che stava pensando che il giorno prima – *era* il giorno prima? – si erano abbuffati senza alcuna preoccupazione al mondo.

La sentì fare un respiro profondo, poi alzare di nuovo lo sguardo verso di lui. «Cani o gatti?»

«Entrambi» rispose senza esitazione. «Mi piacciono tutti gli animali. Non sono mai riuscito ad averne uno a causa dei miei impegni di lavoro, ma se potessi mi piacerebbe andare al rifugio e prendere l'animale più vecchio che hanno, uno che ha pochissime possibilità di essere adottato. E poi viziarlo fino alla fine dei suoi giorni.»

«È... è meraviglioso.»

Flash scrollò le spalle. «Spiaggia o montagna?»

«Spiaggia. Credo di sapere come risponderai a questa domanda.»

Flash sorrise. «Sai cosa penso della spiaggia.»

«Ebook o cartaceo?»

«Audio» le rispose.

Continuarono così, facendosi domande a vicenda, conoscendosi meglio e mangiando a turno il callaloo. Quando non ci fu più niente nella lattina, sorseggiarono il liquido rimasto.

«È incredibile quanto mi senta piena» disse Kelli dopo aver bevuto fino all'ultima goccia.

Flash avrebbe voluto dirle che quella sensazione non sarebbe durata a lungo, che quando il suo corpo avesse finito di assorbire tutti i nutrienti del cibo che aveva appena consumato, probabilmente si sarebbe sentita ancora più affamata, ancora più disperata. Ma ovviamente non glielo avrebbe detto, l'avrebbe solo distratta se e quando fosse successo.

«Oh, sai cosa? Avremmo dovuto mettere la pasta cruda nel liquido degli spinaci. L'avrebbe ammorbidita.»

Aveva ragione. Avrebbero dovuto assolutamente farlo. «Lo faremo con la prossima lattina.» Pregava solo che qualsiasi cosa ci fosse dentro fosse commestibile e avesse un po' di liquido.

«Devo confessarti una cosa» gli disse di punto in bianco.

«Ah sì?»

«Mm-mm... una cosa che avrei dovuto dirti prima.»

Flash aggrottò la fronte. Non aveva idea di quale oscuro segreto lei pensasse di dover condividere... ma all'improvviso sembrava quasi nervosa.

«Ti ho detto che ho fatto un sacco di lavori, fondamentalmente per quello che mi ha detto mio padre poco prima di morire. Be', il motivo per cui *posso* passare da un lavoro all'altro è perché c'è stato un lauto risarcimento per la sua morte, e la maggior parte l'ho ricevuta io, dato che ero minorenne.

Ho molti soldi, Flash. Davvero un sacco. Credo che sia per questo che ci hanno sequestrati. Quegli uomini devono averlo scoperto in qualche modo e deciso di rapirmi. E tu sei rimasto coinvolto in tutta questa faccenda. Mi dispiace tanto.»

Flash era scioccato. Non per i soldi. Sì, era sorpreso che fosse ricca... ma scioccato perché pensava che il loro rapimento fosse colpa sua. «Non credo sia per questo che ci hanno rapiti.»

«Davvero?»

«Sì.»

Fu il turno di Kelli di aggrottare la fronte. «Be', immagino che a questo punto non importi. Ma non ho problemi a usare i miei soldi per farci uscire da qui. Pagherei qualsiasi cifra se portasse a salvare entrambi. Non so come potremmo fare.

Forse, se tornassero a controllare, potrei dire loro che sono ricca e che pagherò il riscatto?»

«Nessuno dovrà pagare nessuno se la mia squadra si occuperà della cosa.»

«Sto solo dicendo...» iniziò lei.

«E ti ho sentita. Ma dovrai tenerti i tuoi soldi, così potrai continuare a cercare una carriera che ami.» Era contento che lei fosse ricca, che potesse essere indipendente, ma non avrebbe dato un centesimo ai rapitori. Non se poteva evitarlo. «Ora... vuoi dare un'occhiata al coperchio del tombino?»

Flash decise che sarebbe stata una buona idea vedere se riuscivano a spostarlo mentre avevano ancora un po' di energia grazie al cibo. Più tardi, avrebbero potuto essere troppo deboli.

«Certo. Anche se è piuttosto in alto, non so come faremo a raggiungerlo.»

«Puoi salire sulle mie spalle.»

«Probabilmente non è una buona idea» replicò, mordendosi il labbro. «Non sono proprio leggera.»

Le lanciò un'occhiataccia. «Pensavo ne avessimo già parlato. Sei perfetta, Kelli. Dico sul serio.»

«Lo so, ma...»

«Niente ma.»

«Ok, *però* non credo di avere abbastanza forza da riuscire a sollevare quel coperchio.»

Flash sorrise per come aveva evitato di usare la parola "ma".

«Non sottovalutarti. Anche se non dovessi riuscirci, sarò sotto di te, tutto ciò che devi fare è metterci le mani contro e stringere i gomiti. Io spingerò verso l'alto, e spero che basti a spostarlo. Mi serve solo avere una piccola fessura sufficiente a far passare le mani, così da poterlo spostare del tutto.»

«E poi?» gli chiese. «Ci siamo addentrati parecchio nella giungla. Non abbiamo idea di dove siamo o chi siano i buoni e i cattivi.»

«Ho fatto un addestramento intensivo di sopravvivenza nella giungla» la rassicurò. «Posso procurarci cibo, acqua e costruire un riparo. Possiamo rimanere nella foresta pluviale finché la mia squadra non ci troverà. Stare nella giungla è molto meglio che stare qui dentro.»

«Sì. Hai ragione. Ok, facciamolo» disse Kelli, con più sicurezza.

Flash non sarebbe riuscito a starle lontano nemmeno se la sua vita fosse dipesa da quello. Una volta alzati, le si avvicinò e la strinse a sé. Lei gli posò le mani sul petto e lo fissò sorpresa.

«Flash?»

«Sto per baciarti» la avvertì. «Sarà più di un semplice sfiorarsi di labbra. Va bene?»

«Ehm... non sono sicura che il mio alito sia poi così profumato» ammise.

Lui sorrise. «Nemmeno il mio. Ma dato che entrambi sappiamo di callaloo, penso che non sia un problema.»

Lo fissò.

Flash si leccò le labbra mentre ricambiava lo sguardo. «Se non vuoi, va bene lo stesso. È solo...»

Non gli lasciò finire la frase. Sollevò la mano per infilargliela tra i capelli e lo tirò giù, alzandosi contemporaneamente in punta di piedi.

Da lì lui prese il sopravvento; non appena capì di avere il suo consenso, non poté trattenersi.

Le coprì le labbra con le sue, e gemette quando le loro

lingue si incontrarono subito. Lei non si vergognò di prendersi ciò che voleva, e sentirla contro di lui fu come... tornare a casa.

Mentre praticamente la divorava, la piegò all'indietro fino e sollevarla da terra. Il loro bacio passò da un'esplorazione esitante a un intenso scambio carnale che faceva presagire ciò che sarebbe successo in futuro.

Avrebbe avuto quella donna. In tutti i modi. Non solo fisicamente. Voleva sapere tutto di lei. Le sue speranze, le sue paure, i suoi sogni; avrebbe fatto avverare quelle speranze e quei sogni e ucciso tutti i suoi demoni.

Sollevò la testa, ma non raddrizzò Kelli.

«Flash?» sussurrò lei, leccandosi le labbra.

«Quando torneremo in California voglio rivederti. Voglio portarti fuori. Portarti nel mio misero appartamento e preparare la cena a entrambi. Possiamo guardare tutte e dieci le stagioni di *Alone - Soli nel nulla* e giudicare le decisioni che prendono. Voglio essere il tuo ragazzo, Kelli, avere una relazione *esclusiva*. Voglio presentarti ai miei amici, venirti a prendere dopo che hai trascorso una serata tra ragazze, aiutarti a trovare la carriera dei tuoi sogni e vederti brillare dentro e fuori. Per favore, di' di sì. Dammi una possibilità. Giuro che non ti deluderò.»

Kelli gli mise una mano sulla guancia e disse: «So che non lo farai.»

Il braccio di Flash stava iniziando a stancarsi, quindi la raddrizzò, ma non la lasciò andare. Si rese conto di quanta pressione le stava facendo. Di essere stato *troppo* insistente.

Aveva la sensazione che sarebbe stato un problema ricorrente con quella donna.

«Ok, se riusciremo a uscire da qui mi piacerebbe vedere come potrebbero andare le cose tra noi.»

Non era stato un sì deciso, ma Flash lo avrebbe accettato.

«*Quando* usciremo da qui. Allora è fatta. Dai, diamo un'occhiata a quel coperchio.»

Le prese la mano e andò nel punto in cui erano stati scaricati in quella tomba di autobus. Provò a saltare, ma riuscì a malapena a toccare il soffitto.

Si voltò verso Kelli e disse: «Penso che basterà che ti siedi sulle mie spalle.» Si accovacciò e tese le mani.

Lei aveva un'aria scettica, ma andò dietro di lui coraggiosamente e gliele prese. Salì in modo goffo sulle sue spalle, e Flash le strinse forte le cosce mentre si rialzava.

Si ritrovò all'altezza perfetta; aveva praticamente la faccia contro il coperchio.

Fece del suo meglio per spingerlo, senza fortuna. Allora lui si piegò un po', così che Kelli potesse raddrizzare e irrigidire le braccia, e usò la forza delle gambe per cercare di sollevare e spostare il coperchio, ma, ancora una volta, non si mosse.

Frustrato, la fece scendere e iniziò a camminare avanti e indietro. Aveva pensato di riuscire a evadere, ma Heckle e Jeckle dovevano averci messo qualcosa sopra per tenerlo fermo.

«Non usciremo mai da qui, vero?» gli chiese Kelli, con voce sconsolata.

Non in quel modo.

«Ce la faremo. Pensa solo che se quegli stronzi hanno parcheggiato un'auto o altro sopra di noi, sarà come un enorme faro per la mia squadra. Voglio dire, un'auto in mezzo alla giungla? Risalterebbe alla grande. Come lo farebbe qualsiasi altra cosa possano aver fatto per rendere il coperchio abbastanza pesante da non poter essere spostato. Magari non ce la faremo a uscire da soli, ma la mia squadra entrerà. Ti do la mia parola.»

Kelli fece un respiro profondo, poi annuì.

Flash era sopraffatto dai sentimenti che provava per quella donna. Avrebbe avuto tutto il diritto di dare di matto, eppure stava riponendo la sua fiducia in lui. Nella sua squadra. Era gratificante.

«Che ne dici di controllare quella conchiglia? Vediamo se riusciamo a romperla, così da preparare delle lame nel caso Heckle e Jeckle tornassero.» Doveva tenerla occupata.

«Ok.»

«Ottimo. Dai, beviamo un po' d'acqua prima di iniziare.» Era una sua responsabilità prendersi cura dei suoi bisogni fisici. Sapeva cosa poteva succedere al corpo umano in situazioni di sopravvivenza. Si sarebbe assicurato che conservasse le forze e avesse ciò di cui aveva bisogno per andare avanti.

Presto Kevlar o uno degli altri avrebbe infilato la testa in quel buco e chiesto cosa diavolo ci facesse laggiù. Sperava.

CAPITOLO NOVE

Non appena la porta venne aperta Smiley entrò di gran passo e afferrò per la gola l'uomo che si trovava dall'altro lato, spingendolo all'indietro all'interno della baracca.

«Calma, Smiley» lo avvertì Kevlar. Era preoccupato da un po' per il suo amico. La faccenda della scomparsa di Bree Haynes e il fatto che lui non riuscisse a trovarla lo stava mettendo a dura prova. Sapere che la donna era vicina e non riuscire a localizzarla era frustrante per tutti loro. Ma lui l'aveva presa sul personale.

Però avevano trovato Errol Brown. Non era stato difficile, erano semplicemente andati all'indirizzo che il manager del centro di tubing aveva fornito loro e avevano bussato alla porta. L'uomo viveva in un quartiere molto povero; la gente cucinava su dei focolari aperti fuori dalla soglia di casa. I vicini avevano guardato il minivan della squadra SEAL fermarsi senza mostrare alcuna espressione; non riusciva a capire se fossero abituati a vedere degli sconosciuti fermarsi davanti alla casa di Errol o se semplicemente a quella gente non importava.

Kevlar chiuse la porta e guardò Smiley spingere l'uomo su una sedia.

«Errol Brown?» gli chiese.

«Sì? Chi siete? Cosa volete?»

«Rivogliamo indietro il nostro amico» rispose MacGyver con voce bassa e incazzata.

A quelle parole, Errol si irrigidì. Quell'uomo sapeva qualcosa, era la chiave per trovare Flash, non aveva dubbi.

Prese l'unica altra sedia nella stanza. Era di legno, e quando la girò e la mise davanti al tizio, si chiese se avrebbe retto il suo peso. Senza mostrare la sua titubanza, si sedette a cavalcioni e incrociò le braccia sullo schienale, fissando il loro "ospite".

Passarono diversi momenti di tensione, mentre Kevlar rimaneva zitto di proposito. Lui e la sua squadra avevano discusso la strategia durante il tragitto, e tutti avevano concordato di lasciare che fosse lui ad avere il comando.

Safe, Blink, Preacher, MacGyver e Smiley erano tutti intorno al loro leader, con le braccia incrociate e lo sguardo incazzato. Erano molto intimidatori, proprio come volevano.

«Allora... Errol. Il punto è questo» iniziò Kevlar. «Eravamo a casa a farci gli affari nostri, quando abbiamo scoperto che qualcuno ha rapito il nostro amico mentre era in vacanza qui in Giamaica. Hanno avuto il coraggio di chiamare il nostro comandante e chiedergli cinquantamila dollari di riscatto. Non è stato piacevole. Per niente. Quindi, sai cos'abbiamo fatto?»

Errol distolse lo sguardo da Kevlar, e lo alzò sugli altri uomini intorno a lui, poi lo portò verso la porta, e di nuovo su Kevlar. Deglutì visibilmente e scosse la testa.

«Siamo saliti sul primo aereo per venire su quest'isola, e le nostre indagini ci hanno portato subito qui. Da te. Cosa ne pensi?»

«Non so niente» disse Errol.

«Sai, non credo che sia vero. I tuoi amici del lavoro – quello in cui non ti sei presentato oggi – hanno detto che sei stato l'ultima persona a vedere Flash e la sua amica. Che hai aspettato che uscissero dall'acqua per riportarli al loro resort. Ma stranamente non ci sono mai arrivati. Ti va di spiegarmi perché?»

Errol strinse le labbra.

Kevlar sospirò. Era già stufo, non aveva la pazienza di prolungare la cosa. Aveva bisogno di risposte e sentiva che quell'uomo le aveva.

Si alzò di scatto e calciò via la sedia su cui era stato seduto, che volò di lato e si ruppe in diversi pezzi solo per la violenza del calcio.

Si avvicinò a Errol ed estrasse il coltello KA-BAR che portava sempre con sé. Gli passarono per la mente immagini di Remi che veniva torturata dal suo ex compagno di squadra e dei suoi occhi spaventati mentre galleggiava accanto a lui nell'oceano alle Hawaii...

Dell'aspetto che aveva Josie quando avevano liberato lei e Blink da quella prigione iraniana...

Di Wren, Maggie e persino delle figlie di MacGyver, Ellory e Yana...

Era stufo di uomini che si approfittavano di donne e

bambini perché pensavano fossero inferiori a loro. Certo, non poteva sapere le motivazioni per cui aveva rapito la donna insieme a Flash, ma non ne poteva più.

Proprio più.

Premette la punta del coltello contro la gola di Errol, che tirò indietro la testa di scatto per cercare di allontanarsi da quell'arma letale.

Preacher e Blink si erano già piazzati dietro di lui e gli afferrarono le braccia, tenendolo fermo sulla sedia.

Kevlar aveva il controllo completo. Non avrebbe ucciso quello stronzo, voleva solo informazioni. Subito. E avrebbe fatto tutto il necessario per ottenerle.

«Racconta tutto, Errol. È ovvio che qui non stai facendo una bella vita. Non vedo una donna in giro, niente lussi... pochissimi beni materiali. Questo mi fa capire che probabilmente sei stufo di tirare avanti a stento ogni giorno. Ti brontola la pancia per la fame? Fa schifo, lo so. Forse ti hanno offerto dei soldi che non potevi rifiutare. È così? O forse sei tu quello che ha escogitato il piano di rapire e chiedere un riscatto per quelli che credevi fossero due ricchi americani. A questo punto non mi interessa quale *sia stato* il tuo ruolo, voglio solo trovare il mio amico.»

Ogni muscolo del corpo del bastardo era teso mentre lo fissava. L'impulso di conficcargli il coltello nella gola era forte, ma lui non era quel tipo d'uomo, quello che uccideva per frustrazione.

«Non credo che tu capisca» mormorò Blink, chinandosi su Errol, sempre tenendolo stretto. Sembrava quasi che gli stesse sussurrando all'orecchio come se fossero amanti. Ma le sue parole erano tutt'altro che amorevoli.

«Non hai idea di chi hai rapito, altrimenti avresti scelto

uno degli altri smidollati che erano sul fiume quel giorno. Vedi... il nostro amico Flash e un Navy SEAL. Proprio come noi. Hai rapito uno degli uomini più addestrati che il governo degli Stati Uniti abbia e hai fatto incazzare i suoi compagni.»

Il tono di Blink diventò quasi colloquiale. «Sai che ci hanno insegnato dieci modi diversi per uccidere un uomo e farlo dissanguare in pochi secondi? Recidere la giugulare è troppo un cliché. Troppo facile. A me piace l'arteria femorale.»

Il rumore dello scatto del suo coltello KA-BAR che veniva aperto risuonò nella stanza improvvisamente silenziosa, e Blink glielo premette contro l'interno della coscia.

«Personalmente, mi piace distrarre la mia vittima tagliandogli il cazzo, e mentre urla e piange per quello, non si accorge nemmeno del dolore che prova quando taglio la coscia e recido l'arteria. Fa un casino di sangue, ma è *molto* efficace.»

«Per favore, amico! Non farlo! Ti dico quello che so. Non sapevamo che fosse in Marina! Solo quando abbiamo preso i loro portafogli e trovato il suo tesserino militare, Brant ha avuto l'idea di cercare il suo comandante e chiamarlo per il riscatto.»

Blink si raddrizzò e il coltello che teneva in mano scomparve in una tasca.

Kevlar fece un sorrisetto soddisfatto. Finalmente stavano ottenendo ciò che volevano. «Brant chi?»

«Williams. È lui che ha ideato il piano! Ha detto che potevamo ottenere dei soldi facili dai turisti. Pensavo intendesse *derubarli*. Non sapevo niente di rapimenti fino al giorno prima. Lo giuro!»

«Dove sono Flash e la donna?» chiese Safe.

Kevlar non si era mosso. Teneva ancora la punta del coltello contro la gola di Errol.

«Mi ucciderà, amico!» piagnucolò.

Non provò la minima pietà per lui. «Dovresti preoccuparti che sia *io* quello che ti ucciderà» ribatté, premendo il coltello un po' più forte sulla pelle dell'uomo. Fuoriuscì una goccia di sangue che gli colò lungo il collo.

«Basta!» urlò Errol.

La pazienza di Kevlar era aggrappata a un filo. Fece un respiro profondo e si raddrizzò, portando il coltello con sé. Lo ripose nel fodero nascosto sulla vita con un gesto teatrale, poi si sporse, finendo dritto in faccia a Errol. Era difficile stare così, perché l'uomo emanava un odore orribile. Il suo sudore sapeva di cipolle, e il suo alito avrebbe potuto uccidere, ma non lasciò trasparire il suo disgusto.

«Ecco cosa succederà. Ci racconterai del piano. Di Brant Williams. Della sua famiglia, di dove vive, del conto in banca in cui ha detto di depositare i soldi al nostro comandante... e noi *penseremo* se lasciarti vivere.»

L'uomo deglutì a fatica e annuì.

«Se ci mentirai... lascerò che Blink si diverta con te.»

Lo sguardo di Errol si spostò sul suo compagno di squadra, che gli teneva ancora un braccio, poi tornò da Kevlar e annuì di nuovo.

«Bene. Siamo d'accordo. Lasciatelo andare» disse a Blink e Preacher.

Gli liberarono le braccia e fecero un passo indietro, rimanendo comunque vicini. L'uomo, terrorizzato, si massaggiò dove lo avevano stretto, poi si portò una mano al collo, si asciugò il sangue, si fissò le dita per un attimo ed emise un sospiro tremante... poi iniziò a parlare.

Venti minuti più tardi, Kevlar e il resto della squadra sapevano tutti i dettagli del piano per rapire degli americani ignari tramite il centro di tubing. Flash e Kelli erano stati il loro primo tentativo, e anche se Errol era uno stronzo, non era stupido. Quando il suo complice aveva iniziato a parlare di far pagare il riscatto alla Marina, aveva presumibilmente cercato di convincerlo che il piano non avrebbe funzionato.

Aveva ammesso di essere stato lui a scoprire dove fosse di stanza Flash, e di aver trovato l'account Facebook di Kelli Colbert, deducendo che non sarebbe stata un buon bersaglio per via del suo lavoro in una piccola agenzia di viaggi dove, per giunta, era stata assunta da poco, e aveva pensato che Flash fosse stato quello che guadagnava di più, quello su cui avrebbero dovuto concentrarsi. Aveva anche giurato di essersi tirato indietro da quel piano disastroso. Di aver lasciato Brant da solo.

In quel momento stava ammettendo con riluttanza che quel Brant aveva sotterrato un autobus spoglio in mezzo alla giungla, uno che lui stesso aveva modificato inserendo un coperchio di un tombino in ghisa sul tetto, e che avevano lasciato Kelli e Flash dentro, e Kevlar non ci vide più.

La sua Remi era stata sepolta viva, e a volte aveva ancora degli incubi al riguardo. Ed era rimasta in quella cassa solo per pochi minuti. Flash e Kelli erano lì da quasi un giorno intero ormai. Sì, un autobus era molto più spazioso della cassa in cui Remi era stata costretta a entrare, ma comunque... quando eri sepolto eri sepolto.

Fece un passo verso Errol, rimanendo sorpreso quando fu Smiley ad afferrargli il braccio e a trattenerlo. Safe si mise davanti a lui, occupandosi dell'interrogatorio con la stessa disinvoltura con cui lo aveva fatto molte volte in passato.

Kevlar impiegò diversi istanti per riprendere il controllo. Sentì Errol dare agli altri le indicazioni su dove lui e Brant avevano sotterrato l'autobus, ma riusciva solo a pensare ad arrivare lì il prima possibile. C'era la possibilità che Flash avesse trovato un modo per uscire, ma dalla descrizione che stava dando il tizio della zona e di cosa avevano fatto per assicurarsi che nessuno potesse fuggire dal veicolo sepolto, non ne era così sicuro.

Quando lo stronzo finì di parlare, chiese: «E adesso? Cosa ne farete di me?»

«Verrai con noi alla polizia e dirai tutto quello che ci hai appena raccontato. Senza tralasciare nulla» rispose Safe.

Errol fece una smorfia.

Era impossibile sapere se le autorità locali avrebbero fatto qualcosa a quell'uomo. Era improbabile che venisse perseguito. Ma dato che la squadra era andata in Giamaica con l'obiettivo di trovare Flash, il futuro di Errol non era un problema loro.

Invece, per quanto riguardava Brant... *quell'uomo* doveva essere trovato e doveva pagare per ciò che aveva fatto. Per ciò che aveva pianificato di fare al maggior numero di turisti possibile. Secondo Errol, aveva avuto intenzione di usare l'autobus sotterrato molte volte. A quanto pareva, una volta ricevuto il denaro da una famiglia, o da più famiglie, il suo piano era di aspettare che i prigionieri morissero per rimuovere i loro corpi e ricominciare con il suo gioco malato.

Errol Brown era stato un capro espiatorio. Un teppista da quattro soldi che si era invischiato con la persona sbagliata.

Kevlar non vedeva l'ora di andare nella giungla. Era ovvio che avessero messo l'autobus in un luogo noto alla gente del posto, ma di difficile accesso. La cosa più semplice sarebbe stata portare Errol con loro per farsi mostrare esattamente dove avevano nascosto Flash e Kelli, ma avevano abbastanza informazioni per trovare il luogo senza di lui, ne era certo.

No, preferiva che quell'uomo venisse preso subito in custodia dalle autorità giamaicane, e non voleva doversi preoccupare che cercasse di scappare una volta che *avessero* trovato quel maledetto autobus e si fossero concentrati sul compagno di squadra scomparso.

Tutti avrebbero dato il tormento a Flash per il fatto di essere stato rapito, e Kevlar non vedeva l'ora di dirgli "Te l'avevo detto". In fin dei conti era stato lui a metterlo in guardia sul rischio di andare in Giamaica.

Ovviamente lo avrebbero fatto una volta assicurati che il loro amico stesse bene, che non fosse ferito o che avesse ricevuto le cure mediche di cui poteva aver bisogno.

Poi, nel caso, lo avrebbero preso in giro per essersi fatto male. Era così che era fatta la squadra. Era un meccanismo di difesa. Un modo per allentare la tensione.

All'improvviso sentì il bisogno di un po' d'aria, si voltò e si diresse verso la porta. Nell'istante in cui uscì, le conversazioni tra i vicini si interruppero. La loro visita era ovviamente al centro dei pettegolezzi. Aveva la sensazione che entro un giorno o due tutti gli abitanti dell'isola lo avrebbero saputo. Il che significava che dovevano agire in fretta.

Se Brant Williams avesse scoperto che erano stati lì e che Errol era stato preso in custodia si sarebbe spaventato, ma Kevlar non era disposto a dividere la sua squadra. Flash era la cosa più importante in quel momento. Se Brant fosse scomparso, prima o poi lo avrebbero trovato. Non esisteva alcun posto in cui avrebbe potuto nascondersi quell'uomo.

Ci volle più tempo di quanto Kevlar avrebbe voluto per portare Errol alla stazione di polizia e costringerlo a confessare tutto. Non credeva che avrebbero preso molti provvedimenti, a parte fargli pagare una multa e mandarlo via con una tiratina di orecchie.

Alla fine, non ebbero altra scelta che lasciarlo in custodia delle autorità locali; avevano fatto tutto il possibile perché venisse punito per il rapimento. Inoltre, uno degli ufficiali aveva preteso di andare con loro quando si fossero addentrati nella giungla per cercare le due persone rapite.

Aveva senso; Errol non poteva essere incriminato senza prove. Ma Kevlar era comunque irritato. Non voleva che qualcuno si unisse a loro. Voleva solo trovare il suo amico senza doversi preoccupare di essere politicamente corretto. Riusciva quasi a sentire il suo comandante nella testa che gli diceva di fare le cose secondo le regole, di non fare innervosire nessuno, di non trasformare la situazione in un incidente internazionale.

Ma per Kevlar, si *trattava* di un incidente internazionale. Tenere segreto il rapimento di un Navy SEAL non era un piano intelligente. Ma non sarebbe stato un bene per la Giamaica, dato che facevano affidamento sui dollari dei turisti. Non riusciva a smettere di pensare a Remi e a come era stata rapita e sepolta viva. C'erano troppe somiglianze tra quello che era successo a lei e quello che stava succedendo a Flash per riuscire a rimanere razionale.

Il viaggio fino alla giungla fu lungo... e più difficile di quanto avesse previsto. Si persero un paio di volte, mentre cercavano di seguire le indicazioni date da Errol per raggiungere il punto in cui l'autobus era stato sotterrato. Molte delle strade sterrate sembravano uguali e, naturalmente, il terreno non aiutava. Il minivan che avevano noleggiato ne avrebbe risentito, ma non gli importava.

L'agente che li seguiva sembrava annoiato. Ogni volta che Kevlar si guardava indietro per vedere se era ancora lì, l'uomo era al cellulare. Incredibilmente, una volta gli sembrò che stesse fumando quello che pensava fosse uno spinello, ma non poteva esserne certo.

Presto si rimproverò per non aver portato Errol. Anche se avrebbe aggiunto ulteriore stress alla situazione, avrebbe potuto condurli dritti sul luogo giusto. Avrebbero dovuto aspettare di consegnarlo alle autorità dopo il ritrovamento di Flash e Kelli... ma ormai era troppo tardi per cambiare le cose.

Il suo livello di stress era alle stelle, soprattutto perché si stava facendo sera. Presto avrebbero perso la luce del sole, e se non avessero trovato quel dannato autobus prima che facesse buio, avrebbero dovuto aspettare fino al mattino successivo per ricominciare le ricerche. Il pensiero che il suo amico dovesse passare un'altra notte sottoterra era inaccettabile.

Finalmente arrivarono a un punto in cui la strada finiva bruscamente, proprio come aveva detto Errol.

Fu pervaso da un senso di trepidazione. Ce l'avevano fatta! Avevano trovato il posto che l'altro aveva descritto, dove avevano fatto scendere dal veicolo Flash e Kelli per inoltrarsi nella giungla.

Tutte e quattro le portiere si aprirono contemporaneamente e i sei SEAL scesero, ansiosi di trovare il loro compagno di squadra. L'agente uscì dalla sua auto e si appoggiò alla portiera.

«Aspetterò qui» disse.

Disgustato, ma ormai incurante di ciò che faceva l'uomo, Kevlar seguì le tracce sul suolo della foresta, probabilmente lasciate dal grosso macchinario che Brant aveva usato per sotterrare l'autobus.

Non aveva idea di come lo avesse fatto o quando. Sì, era ovvio che avessero usato dei macchinari pesanti, ma la logistica dell'intera operazione era sbalorditiva. Però, in definitiva, il come non importava in quel momento, solo il dove.

Camminarono per circa ottocento metri, e guardandosi intorno Kevlar vide solo alberi e piante rampicanti. Il suolo era ricoperto di vegetazione. Era una foresta pluviale tropicale, e la reale preoccupazione era come diavolo avrebbero fatto a trovare qualcosa sepolto lì.

Finché non li vide.

Tre grandi pneumatici impilati uno sopra l'altro. Esattamente come aveva descritto Errol. Due avevano ancora i cerchioni, cosa che li rendeva estremamente pesanti. Lo sapeva per esperienza dato che aveva dovuto cambiare la gomma a dei camion enormi un paio di volte. Tre ruote sopra quel coperchio avrebbero impedito a chiunque si trovasse sotto di scappare.

Correndo verso le ruote, disse con molta più calma di quanta ne avesse: «Preacher, prendi l'altro lato. Safe e MacGyver, occupatevi del secondo. Smiley e Blink prendete l'ultimo.»

Nessuno protestò, si misero al lavoro per fare ciò che era necessario. Nessuno disse qualcosa ad alta voce riguardo a ciò che avrebbero potuto trovare aprendo quel coperchio. Certo, non era passato molto tempo da quando Flash e Kelli erano stati rapiti e sepolti vivi, ma a seconda delle condizioni in cui erano quando li avevano lasciati lì e delle provviste, se ce n'erano, avrebbero potuto trovarsi di fronte al peggiore degli scenari.

Kevlar fece un respiro profondo e afferrò il primo pneumatico.

CAPITOLO DIECI

Kelli si sentiva uno schifo. Era esausta, ma non riusciva a dormire. Era terrorizzata dal fatto di addormentarsi per poi risvegliarsi nel buio pesto. La candela era stata una manna dal cielo, ma alla fine si era consumata quasi completamente.

Flash era stato il compagno più straordinario in quella... cos'era? Avventura? No, non era il termine giusto. In quell'incubo? Sì, quello ci si avvicinava di più. Lui aveva reso tutto ciò che era successo meno spaventoso. Se fosse stata da sola, sarebbe impazzita. E non poteva nemmeno immaginare di essere bloccata in quell'inferno con sua cugina e le Tre A. Sarebbe stata una cosa insostenibile.

Incredibilmente, aveva imparato delle cose da Flash. L'aveva lasciata... no, le *aveva fatto* aprire il secondo barattolo di cibo. Lei avrebbe voluto conservarlo, perché in fondo non era ancora così sicura che i suoi amici li avrebbero trovati, ma si era lasciata convincere a vedere cosa c'era dentro.

Flash aveva fatto sembrare facilissima l'apertura della

prima lattina, ma lei aveva strofinato avanti e indietro la punta del cucchiaio per quella che le era sembrata un'ora prima di riuscire finalmente a indebolire la lamiera a sufficienza da poterla rompere. Inizialmente le era sembrato che contenesse dei piselli, tranne che il colore era più sul marroncino. Flash aveva detto che pensava fossero piselli gungo, un altro alimento comune in Giamaica. Il liquido in cui erano contenuti aveva emanato un profumo davvero buono, ma probabilmente le era sembrato così per via della fame.

Si erano ricordati di mettere un po' di pasta cruda nella lattina e le era venuta l'acquolina in bocca mentre aspettavano che si ammorbidisse. Quando non erano più riusciti a sopportare l'attesa, se n'erano infilati qualche pezzo in bocca.

Non avrebbe mai pensato che immergere la pasta in un liquido, senza alcuna fonte di calore, avrebbe prodotto qualcosa di commestibile, ma quei piccoli bocconcini erano stati praticamente un banchetto. Le era quasi sembrato di sentire il suo corpo assorbire i carboidrati e gli altri nutrienti della pasta mentre si depositava nel suo stomaco.

I piselli non erano stati un granché, ma data la tanta fame, non ci aveva pensato due volte a mangiarli. Una volta svuotata la lattina, e dopo aver bevuto ogni goccia del latte di cocco in cui erano stati immersi – quel poco che non era stato assorbito dalla pasta – Kelli era riuscita a malapena a non crollare in preda a una crisi isterica.

Non era rimasto più niente. Non c'era più cibo. Avevano finito anche l'acqua. Avevano trovato la fonte del gocciolamento e iniziato a raccogliere il liquido nella bottiglia vuota, ma morire di fame non le sembrava il modo migliore di andarsene.

«Vieni qui» le disse Flash, allargando un braccio di lato

mentre era appoggiato a una parete dell'autobus. Kelli si avvicinò a carponi senza esitazione e si appoggiò a lui; avere il suo braccio intorno al corpo le diede la sensazione di essere tornata a casa. Lui era la sua ancora. Stargli vicino la aiutava a credere che qualcuno *sarebbe* andato a cercarli. Che li avrebbero trovati.

«C'era una volta una ragazzina che aveva una madre e un patrigno cattivi. La facevano lavorare dall'alba al tramonto, ma a lei non importava. Tenersi occupata le permetteva di non pensare ad altre cose, come la pancia vuota e le prese in giro delle altre bambine del villaggio. Nessuna di loro doveva lavorare come lei, indossavano tutte dei vestiti graziosi e potevano sedersi fuori al sole a prendere il tè.»

Kelli sorrise mentre si rannicchiava di più contro di lui. Qualche ora prima gli aveva raccontato del suo amore per le fiabe. Del fatto che il lieto fine le scaldava l'anima. Si erano alternati a raccontarsi piccole storie inventate. Ora era il turno di Flash, e lei era felice di ascoltarlo parlare mentre osservava gli ultimi bagliori tremolanti della candela.

«Un giorno, un opossum entrò nel suo cortile. Il suo patrigno voleva ucciderlo. Le disse che era un animale nocivo e che avrebbe scavato buche e distrutto i loro raccolti, ma ovviamente non volle eliminarlo lui stesso, e ordinò alla ragazza di farlo. Così lei, diligentemente, preparò una trappola, mettendoci dentro un po' della sua cena. Presto l'opossum abboccò all'esca e ci finì dentro.

Ma la ragazza non riuscì a ucciderlo. Era brutto e deturpato, e le sibilò contro, ma a lei non importava. Era solo un animale spaventato. Intrappolato. Come lei. Tutto ciò che voleva era vivere la sua vita. Così, nel cuore della notte, mentre tutti dormivano, andò a liberare l'opossum, avvertendolo di non tornare durante il giorno quando il suo patrigno avrebbe potuto vederlo. Gli promise anche di lasciare del cibo fuori, nel caso fosse tornato.

La ragazza lo fece per tutto l'anno successivo, anche se aveva sempre fame, conservava un po' della sua cena ogni sera per portarla fuori al suo amico opossum. Poi, una notte, il suo patrigno si arrabbiò con lei e iniziò a picchiarla. Mentre era accovacciata, cercando di coprirsi la testa, sopportando il dolore dei pugni di quell'uomo molto più grosso di lei, sentì un rumore, come se qualcuno stesse grattando la porta.

Quel rumore diventò sempre più forte, finché alla fine il suo patrigno non poté più ignorarlo. Arrabbiato, si diresse verso la porta e la spalancò. Abbassò lo sguardo e vide un opossum.

Mentre lo fissava, l'animale iniziò a crescere. S'ingrandì sempre di più finché si ritrovarono un gigante sulla soglia! Un gigante, brutto e deturpato, che sibilò al patrigno, lo afferrò per la gola, lo portò all'esterno e gli calpestò la testa, schiacciandola.

La ragazza fissò il gigante, chiedendosi se stesse avendo delle allucinazioni. Poi il bestione abbassò la testa ed entrò nella piccola cucina. Sollevò la ragazza con estrema delicatezza e la portò fuori. Scavalcò il muro che circondava il cortile e si fermò. Furono subito circondati da quasi una dozzina di opossum. Mentre lei li guardava, iniziarono tutti a crescere, proprio come quello che era andato alla sua porta. Così si ritrovò ad avere intorno degli opossum giganti, maschi e femmine.

"Questa è la mia famiglia. I miei fratelli, le mie sorelle e i miei genitori" le disse il bestione. "Grazie a te, al fatto che un anno fa non mi hai ucciso, siamo prosperati. Per ringraziarti, ti porteremo nel nostro mondo. Mi sposerai e vivrai per sempre felice e contenta."

La ragazza era confusa. "Ma tu sei un opossum" disse.

"Lo sono e non lo sono. Questa è la nostra forma segreta. In realtà sono un principe. Ma magari pensi che io sia brutto e quindi non vuoi stare con me."

Sembrava così triste che la ragazza provò compassione per lui. "Non penso che tu sia brutto. Il mio patrigno era brutto, nel profondo della sua anima. Tu non lo sei. Verrò con te. Sarò la tua principessa."

Quella sera ci fu una grande festa. I giganti festeggiarono la nuova principessa, che venne guarita dal tocco del loro principe, così che nessun altro livido deturpasse la sua pelle chiara. E vissero per sempre felici e contenti.»

Kelli sorrise contro Flash. Le sue storie... non erano esattamente il massimo. Non avevano senso, ma le piacevano comunque perché avevano tutte un lieto fine, che gli aveva detto di amare. «È stata perfetta» gli disse.

Lui ridacchiò, e Kelli sentì la sua risata rimbombare contro il fianco. «Era orribile. Ma migliorerò.»

Era strano che stesse sorridendo. Era sporca, aveva un odore terribile, aveva sete e fame, eppure era contenta.

Proprio in quel momento la candela tremolò e si spense all'improvviso. Sentì nell'aria l'odore del fumo dello stoppino bruciato e inspirò bruscamente.

«Tranquilla, Kelli. Va tutto bene.»

Deglutì a fatica e annuì contro di lui. Il buio sembrava ancora più fitto ora. Il che era sciocco, ma non poté fare a meno di pensare che fosse vero.

«Tocca a te. Raccontami una storia» le ordinò Flash.

Sapeva che stava cercando di distrarla dalla loro situazione, dalla sua pancia che brontolava e dal buio.

Quello che Kelli avrebbe voluto *davvero* fare era urlare. Avere una crisi di nervi. Non era giusto. Cosa aveva fatto per meritarselo? Era una brava persona. Non tagliava la strada alla gente sull'interstatale, diceva "per favore" e "grazie" anche a chi era cattivo con lei. Metteva il carrello del supermercato al suo posto invece di lasciarlo in mezzo al parcheggio. Pagava le tasse puntualmente e ignorava tutte le battute sgradevoli che faceva Charlotte su di lei. E per cosa? Per finire sepolta viva in un autobus in mezzo a una stupida giungla.

Il braccio di Flash la strinse, poi sentì le sue labbra sulla fronte.

Ma... non era sola. C'era Flash. E più tempo passava con lui, più le piaceva. Probabilmente c'era una ragione psicologica in quello; tipo che era dipendente da lui o il trauma condiviso, qualcosa del genere. Ma Kelli ora non riusciva a immaginare che *non* facesse più parte della sua vita. Le piaceva parlare con lui. Era intelligente, aveva un buon istinto ed era incredibilmente rassicurante. Oltre a quello, la faceva sentire viva, non vedeva i suoi difetti, e ce n'erano molti.

Invece, vedeva *lei*.

«Dai, tocca a te» disse Flash, dandole una leggera gomitata.

Kelli fece un respiro profondo e iniziò a raccontare la storia di una cavalletta di nome Fred che se ne andò di casa per vedere il mondo, solo per scoprire che ciò che aveva cercato per tutto il tempo era sempre stato lì, a casa.

Aveva appena finito, e si stava crogiolando nelle risatine sommesse di Flash, quando un rumore forte risuonò nell'autobus.

Lui si mosse così velocemente, come il suo omonimo, che Kelli non riuscì nemmeno a iniziare a capire cosa stesse facendo o cosa stesse succedendo. Prima che se ne rendesse conto, l'aveva tirata in piedi e appoggiata contro l'angolo più lontano rispetto al coperchio del buco da cui erano entrati all'inizio di quell'incubo.

«Resta qui» le ordinò, con un tono di voce che non gli aveva mai sentito usare prima. Era duro, freddo e professionale. Quello era il SEAL che c'era dietro all'uomo che aveva conosciuto. Avrebbe dovuto spaventarla, invece la fece sentire protetta.

«Ho il coltello di conchiglia che abbiamo preparato. Se si tratta di Heckle e Jeckle, mi assicurerò che non abbiano la possibilità di farti del male.»

Il suo primo pensiero non fu nemmeno quello di andarsene da lì, ma la sua sicurezza. «Fai attenzione» sussurrò.

Sentì la sua mano sul braccio per una frazione di secondo poi le labbra di Flash trovarono senza problemi le sue. Il bacio fu duro e breve.

«Certo. A differenza di Fred la cavalletta so esattamente ciò che ho, e non ho intenzione di rovinare tutto ora.»

Poi sparì.

Kelli non riusciva a vedere nulla, poteva solo percepire Flash muoversi silenziosamente nell'autobus. Trattenne il respiro e si sforzò di vedere qualcosa, un puntino di luce, ma non servì a nulla. La loro tomba era buia come sempre. Gli strani raschiamenti continuavano in cima all'autobus e le fecero venire i brividi.

Qualunque cosa Heckle e Jeckle avessero messo sopra al coperchio, doveva essere pesante, proprio come aveva pensato Flash. Non sapeva perché non li avessero sentiti spostarci sopra qualunque cosa fosse quando li avevano fatti entrare lì, ma supponeva fosse stato a causa dello shock del momento.

Poi... il coperchio iniziò a scivolare di lato.

La luce che inondò l'autobus non fu eccessivamente intensa, non era quella diretta del sole, ma fu comunque più che sufficiente a farle fare una smorfia mentre i suoi occhi faticavano ad adattarsi.

Aveva appena intravisto Flash, premuto contro un lato dell'autobus sotto il buco, con in mano metà della conchiglia, pronto a colpire, quando una voce lo chiamò dall'alto.

«Flash? Sei lì dentro?»

Kelli sbatté le palpebre sorpresa. Heckle e Jeckle conoscevano il suo soprannome? Non era scritto sui suoi documenti, e non ricordava se l'aveva detto quando erano nel furgone all'inizio di quell'incubo.

«Flash?» chiamò una voce diversa.

Poi dal buco apparve la testa di un uomo che guardò dentro. I loro occhi si incontrarono e si fissarono.

«Smiley?!» chiese Flash, suonando euforico e scioccato allo stesso tempo.

L'uomo girò la testa e sorrise quando vide Flash sotto di lui.

«In carne e ossa» disse il tizio di nome Smiley.

Sapeva che era uno dei compagni di squadra di Flash, perché le aveva raccontato tutto dei suoi amici e delle loro donne. Ormai le sembrava di conoscerli solo grazie alle sue storie.

«Porca puttana, sono contento di vederti! Ci avete messo una vita.»

«Vaffanculo» disse un altro uomo, spingendo via Smiley e

infilando la testa nel buco. «È passato meno di un giorno e mezzo.»

«Solo?» chiese Kelli senza pensarci.

«Accidenti, sembra sia passata almeno una settimana!» esclamò Flash nello stesso momento. «Chi è venuto?»

«Tutti. Forza, vi tiriamo fuori da lì e poi possiamo parlare» disse l'altro, raddrizzandosi. Poi infilò le gambe nell'apertura e saltò dentro all'autobus prima che Kelli potesse sbattere le palpebre.

Flash lasciò cadere la sua arma improvvisata e gli diede un forte abbraccio. «Kevlar è un piacere vederti, amico!»

«Anche per me. Però hai bisogno di una doccia.»

Kelli aggrottò la fronte, pensando che fosse una cosa piuttosto offensiva da dire, date le circostanze. Ma dato che entrambi gli uomini risero, suppose che Flash non si fosse offeso, visto che abbracciò di nuovo l'amico.

Poi si voltò verso di lei. «Vieni qui, Kelli.»

All'improvviso, per la prima volta da quando erano stati rapiti, si sentì in imbarazzo ed esitò. Era sporca, aveva ancora del sangue tra i capelli e dietro il copricostume. Ed era in *costume da bagno*, per l'amor del cielo.

Flash non aspettò che si avvicinasse, ma andò rapidamente da lei impedendo a Kevlar di vederla, e le prese la testa tra le mani, sollevandole il viso.

«Va tutto bene. Ora siamo al sicuro.»

«Non mi dirai "Te l'avevo detto?"» lo stuzzicò.

«No. Ma ti chiedo di fidarti di me. Questi uomini, i miei amici e compagni di squadra, sono brave persone. Capiscono quello che abbiamo passato. Nessuno ti giudicherà. Ok?»

Quell'uomo riusciva a capirla fin troppo facilmente. Era imbarazzante e un po' spaventoso.

Poi si chinò e le baciò la fronte, proprio lì, davanti al suo amico. Quasi non riusciva a crederci.

«Dai. Andiamocene da qui. Abbiamo cibo, acqua e una doccia che ci aspettano al resort.»

Quelle erano tre cose a cui non poteva resistere. Flash le prese la mano e si voltò. Kelli abbassò lo sguardo mentre iniziava a seguirlo, poi si bloccò.

«Cosa c'è che non va?» le chiese con voce preoccupata.

Lei si inginocchiò e raccolse il cucchiaio che era nella scatola, quello che avevano usato per aprire le lattine. Era solo uno stupido cucchiaio, economico per giunta, che ora era piegato dalla pressione che aveva esercitato per cercare di aprire il barattolo di piselli, ma per qualche ragione non voleva lasciarlo lì. Era un ricordo di ciò a cui era sopravvissuta.

Alcune persone avrebbero potuto pensare che fosse morboso volere un ricordo di quell'esperienza orribile, ma non era stata *totalmente* brutta.

Le tornò in mente il bacio che si era scambiata con Flash. Quello non era stato per niente orribile.

Lui le strinse la mano e la condusse dove si trovava il suo amico.

«Ciao. Sono Kevlar» le disse con un sorriso mentre lei si avvicinava.

«Io sono Kelli.»

«Piacere di conoscerti, Kelli. Che ne dici se ti portiamo via da qui?»

«Sì, per favore» rispose.

Kevlar sorrise a Flash. «È proprio una ragazza a modo.»

«Già. Come facciamo?»

Kevlar alzò lo sguardo verso il buco sopra le loro teste, poi tornò a guardare l'amico. «Che ne dici se la fai salire sulle tue spalle? Poi ci pensano i ragazzi.»

Flash annuì e si voltò verso di lei. «Faremo come prima, solo che stavolta starai in piedi. Non temere di cadere. La mia squadra non lo permetterà, e nemmeno io.»

Kelli era ancora nervosa a causa del suo peso e per il fatto di stare sopra a Flash, ma voleva uscire da quel maledetto autobus più di quanto volesse trovare altri modi per farlo.

Prima che si rendesse conto di cosa stava succedendo, Flash si era girato e le si era accovacciato davanti e Kevlar si era messo dietro di lei per aiutarla a salire sulle sue spalle.

«Accidenti! Non hai detto che si è fatta male!» esclamò. «Preacher! Sta sanguinando! Corri a vedere se l'agente ha un kit di pronto soccorso.»

«Non farlo» gridò Flash. «Sta bene! La ferita è di quando ci hanno portati via. Jeckle l'ha colpita con il calcio della pistola. È sangue vecchio.»

«Sei sicura di stare bene?» le chiese Kevlar.

La preoccupazione di quegli uomini era qualcosa di travolgente. «Flash ha ragione. È roba vecchia. Voglio dire, ho mal di testa, ma credo sia dovuto alla luce intensa dopo essere stata così tanto tempo al buio.»

«Puliremo e controlleremo la ferita non appena ti porteremo in superficie» la rassicurò Kevlar.

«Sali, Kelli. Andiamo fuori da qui.»

Non ci volle molto; gli salì sulle spalle, e una volta che fu in equilibrio con l'aiuto di Kevlar, Flash si alzò. Poi la sua testa fu al di sopra del suolo. Non un secondo più tardi due degli uomini che aspettavano all'esterno la afferrarono per le braccia e la tirarono fuori dal buco.

Un altro la prese e la allontanò delicatamente, e un attimo

dopo Flash apparve e le si avvicinò a grandi passi. Kelli guardò due degli uomini sdraiarsi a terra e infilare le mani nel buco, ovviamente per aiutare Kevlar, poi Flash le bloccò la visuale.

La prese tra le braccia quasi con violenza e la strinse a sé, mentre finalmente respiravano l'aria fresca.

Dopo essersi presa un momento per apprezzare il fatto di essere libera, Kelli si guardò intorno. Tutto ciò che vide furono alberi. Era difficile credere che quegli uomini li avessero davvero trovati. Sembrava un miracolo.

«Dai, dobbiamo riportarvi al resort così potete darvi una sistemata. Sono sicuro che la polizia avrà delle domande.»

Kelli smise di ascoltare Kevlar mentre Flash la girava e le cingeva le spalle, allontanandola dalla tomba in cui aveva pensato di morire. Il fatto che fosse ancora viva era una diretta conseguenza dell'uomo al suo fianco, e non aveva idea di come avrebbe fatto ad andare avanti quando si fossero separati.

Ma quel momento stava per arrivare. Lo sapeva fin nel profondo. Lui aveva una vita, degli amici, un buon lavoro. E lei aveva... cosa? Un lavoro schifoso che faceva solo per tenersi occupata? Sì, sua madre la amava, ma era presa dalla sua vita. In qualche modo, nel corso degli anni Kelli si era isolata, per sua stessa colpa, non aveva amici con cui parlare, e aveva detto di sì troppe volte a sua madre e a sua cugina senza impuntarsi quando non voleva fare qualcosa. Aveva sempre fatto tutto quello che le chiedevano solo per evitare di litigare.

Be', aveva chiuso con tutto quello. Non avrebbe partecipato al matrimonio di sua cugina. Ma *aveva* intenzione di parlare con un referente di uno dei community college che offrivano corsi di formazione tecnica e professionale, per vedere di riuscire a capire cosa voleva fare della sua vita.

E avrebbe seguito un corso di autodifesa e sopravvivenza. Non voleva più sentirsi impotente come lo era stata dentro a quell'autobus.

E Flash? Voleva anche lui. Ma non aveva idea se quello che provava fosse a senso unico o meno. Sì, le aveva detto di volerla frequentare, e l'aveva baciata come se desiderasse qualcosa di più di una semplice amicizia... ma ora che erano liberi, le cose potevano cambiare. I suoi sentimenti per lei potevano essere diversi alla luce del sole.

Doveva vedere come sarebbero andate le cose.

Ma prima... doccia, cibo e acqua. Poi si sarebbe preoccupata di tutto il resto.

Ma anche mentre si dirigeva verso il veicolo per allontanarsi da quella giungla, non poté fare a meno di amare il fatto di avere il braccio di Flash intorno a lei. Non poté fare a meno di sentirsi al sicuro e protetta. Abituarsi a quelle sensazioni non sarebbe stata una buona idea, ma per ora si sarebbe concessa un momento di debolezza. Avrebbe ritrovato il suo coraggio... più tardi.

CAPITOLO UNDICI

FLASH RIMASE TESO per tutto il viaggio di ritorno al resort. Non poteva fare a meno di ricordare cos'era successo l'ultima volta che era stato in un veicolo in quel Paese. Aiutava il fatto di essere circondato dai ragazzi della sua squadra, che lo tenevano occupato con domande sul rapimento. Non riuscì a concentrarsi più di tanto su quanto fosse tutto più luminoso dopo essere stato in quel dannato autobus per così tanto tempo, o sul fatto che ogni volta che guardava fuori dal finestrino anteriore sembrava che stessero per schiantarsi contro un'altra auto.

Ma fece del suo meglio per prestare attenzione a ciò che gli veniva chiesto e alla sensazione rilassante che gli dava Kelli accarezzandogli la mano avanti e indietro con il pollice.

Non l'aveva mai mollata dopo essere uscito dall'autobus, in mezzo alla giungla che circondava quel maledetto buco nel terreno, e le aveva tenuto la mano mentre Kevlar le ispezionava la ferita sulla nuca, confermando che non pensava avesse bisogno di punti, ma suggerendo di controllarla di nuovo una volta che fosse stata pulita, giusto per essere sicuri. Anche quando erano saliti sul van, Flash non era riuscito a lasciarla andare. Si era sentito destabilizzato e in preda a tante emozioni. Rabbia, frustrazione, preoccupazione e, naturalmente, sollievo per il fatto che la sua squadra fosse intervenuta così in fretta e li avesse trovati.

Raccontò quello che era successo da quando la ciambella era scoppiata nelle rapide costringendo lui e Kelli a condividerne una, e che di conseguenza erano arrivati in ritardo al punto di ritrovo. Descrisse Heckle e Jeckle come meglio poté – anche se la sua squadra gli aveva detto i nomi dei due uomini che li avevano rapiti, preferiva usare quei soprannomi stupidi che aveva dato loro – e in che modo erano stati costretti a scendere dentro all'autobus sepolto.

«Come mai non l'hai disarmato?» chiese Smiley. «E non dire che non avresti potuto, sappiamo tutti che per te sarebbe stato facile.»

Flash strinse le labbra. Aveva già avuto una conversazione simile con Kelli e non aveva molta voglia di ripeterla. Si sentiva ancora un po' in colpa, perché se avesse fatto quello per cui era stato addestrato, era probabile che non avrebbero dovuto passare del tempo dentro quell'autobus.

«Non sapevo se Heckle... ehm... Brown avesse un'arma. Non volevo rischiare che sparasse a Kelli mentre mi occupavo di Jeckle» rispose Flash nel modo più succinto possibile.

Con suo sollievo, tutti i suoi compagni annuirono. Avevano capito. Sì, avrebbe potuto eliminare Brant Williams, disarmarlo in pochi secondi, ma c'era la possibilità che Kelli venisse ferita di conseguenza, quindi non aveva potuto correre il rischio.

«Inoltre, sapevo che avreste scoperto cos'era successo e dove eravamo.»

«Avrebbe potuto spararvi dopo avervi fatti entrare nell'autobus. Sarebbe stata una passeggiata per lui, eravate dei bersagli facili» disse Safe.

Flash sentì Kelli irrigidirsi. «Ma non l'ha fatto» replicò con fermezza. «Jeckle ha davvero chiamato il comandante per chiedergli solo cinquantamila dollari?» Voleva cambiare argomento, perché parlare del fatto che lei avrebbe potuto essere colpita da un proiettile gli faceva stringere lo stomaco dolorosamente.

Il resto del viaggio trascorse tranquillamente, e Flash e Kelli furono aggiornati su ciò che era successo da quando il team era arrivato sull'isola, del fatto che avevano parlato con la gente del centro di tubing, di come avevano trovato Errol Brown, e che la mattina successiva sarebbero andati a vedere se riuscivano a mettere le mani su Brant Williams.

Flash non si offrì di andare con loro, non voleva lasciare Kelli da sola al resort. No, non era corretto. Non voleva lasciarla da sola da *nessuna parte*. Avevano passato momenti terribili insieme, e anche se voleva assicurarsi che lei stesse emotivamente bene, lui non era minimamente pronto a perderla di vista.

Quando arrivarono al resort, tutti i dipendenti indossavano uniformi pulite e stirate e Flash si sentì a disagio... sporco e fuori posto. Le luci lo infastidivano. Le persone lo infastidivano. Era qualcosa che a volte gli succedeva dopo le missioni in luoghi remoti. Gli era difficile riacclimatarsi alla vita normale.

«Dai, ho parlato con il direttore. Abbiamo preparato le valigie con le vostre cose e vi hanno sistemati in due camere comunicanti. Tex ci prenoterà il volo per domani pomeriggio, quindi avete tutto il tempo per lavarvi, mangiare e dormire» disse Kevlar. «Se avete bisogno di qualcosa, non dovete far altro che chiedere. Abbiamo già pagato tutto.»

Flash guardò Kelli. Stava fissando il pavimento, evitando di incontrare lo sguardo di qualcuno. Aveva le spalle incurvate e sembrava estremamente a disagio. Doveva portarla via da lì.

«Perfetto. I nostri passaporti ci sono ancora, vero?»

«Sì, è tutto a posto» rispose Preacher.

«Vi ordino del cibo così non dovrete più uscire dalle vostre stanze fino a domani quando saremo pronti per partire. Proteine, pane e qualche piatto senza troppe spezie. Lo abbiamo già detto, ma lo ripeto, se avete bisogno o desiderate altro, prendete il telefono e ordinatelo» incalzò MacGyver.

«Grazie» disse Flash al suo amico. Era grato che ci fosse una cosa in meno di cui preoccuparsi. «Fatemi sapere come va la ricerca di Jeckle di domani.»

«Certo» lo rassicurò Blink. «Prenditi cura di lei.» Indicò con un lieve cenno del capo Kelli, che era incollata al suo fianco.

Flash annuì, poi si voltò verso le porte della hall. Si fermarono alla reception per ritirare le nuove chiavi e, per tutto il tempo, poté quasi sentire lo stress sprigionarsi da lei. Doveva scoprire che problema c'era, ma lo avrebbe fatto quando fossero rimasti soli. Le loro stanze si trovavano dall'altra parte del resort rispetto a dove aveva alloggiato in precedenza – era passato solo un giorno? – e quando arrivarono alla porta, Kelli non aveva ancora detto una parola.

La sua preoccupazione si intensificò. Quella non era la donna che aveva conosciuto. Era come se si fosse chiusa in sé stessa. Se si fosse isolata. Ma non le avrebbe permesso di allontanarsi da lui. Sapeva esattamente come si sentiva, dato che ci era già passato dopo missioni particolarmente dure. Ma lui era stato addestrato, sapeva cosa aspettarsi. Il calo di adrenalina che il corpo subiva quando un minuto prima eri un prigioniero e quello successivo venivi salvato ed eri costretto a muoverti... era davvero tanto da sopportare.

Infilò una delle chiavi di plastica nella fessura della prima porta ed entrò con la mano di Kelli ancora stretta nella sua. Non si offrì nemmeno di aprire l'altra, dato che le camere erano comunicanti, si limitò a tirarla dentro.

La stanza che gli avevano dato era grande, molto più della precedente; era una suite. Aveva una cucina completa, con lavello, fornelli e frigorifero. C'erano persino un tavolo da pranzo con le sedie in un salotto, un divano contro una parete e un'enorme TV appesa su quella opposta. Delle porte scorrevoli in vetro si aprivano su un'ampia area erbosa larga circa venti metri che si estendeva fino a incontrare la sabbia della spiaggia. La stanza era elegante, ma a Flash importava solo di Kelli.

«Kelli?» la chiamò con dolcezza. Lei lo guardò con la fronte un po' aggrottata, che lui desiderava ardentemente lisciare. «Di' qualcosa.»

«La stanza è bella.»

Non era quello che aveva inteso sapere.

«A cosa stai pensando? Stai bene? Sei molto silenziosa, sono preoccupato per te.»

«Sono solo... sopraffatta? È stupido. Voglio dire...»

«Non è stupido» la interruppe. «Un'ora fa eravamo seduti nel buio più totale, a raccontarci favole di opossum che si trasformavano in giganti e di una cavalletta di nome Fred, e poi la nostra vita è stata stravolta. *Di nuovo*. Questa volta in modo positivo, ma è stato comunque sconvolgente.»

Annuì. «È surreale. Mi sento come se fossi stata catapultata nella vita di qualcun altro. E i miei sensi stanno impazzendo. Ho sentito l'odore di pollo appena scesi dal van qui al resort. E quello salato dell'oceano. Le luci delle altre auto e della hall mi hanno fatto quasi male agli occhi da quanto erano intense. È difficile adattarsi.»

«È vero» disse Flash, orgoglioso di lei per aver espresso ciò che provava. «Ma andrà meglio.»

Annuì piano. «Va già meglio. Ora che non siamo in mezzo a così tanta gente. Oh, senza offesa. Sono felice di aver conosciuto i tuoi amici e molto contenta che ci abbiano trovati.» Lo guardò. «Sono stata maleducata, vero? Avrei dovuto parlare di più con loro.»

«No, sei stata brava. Hanno capito, fidati. Ci siamo passati tutti. Vuoi dare un'occhiata alla tua stanza?»

Si irrigidì accanto a lui e gli lasciò la mano. Dopo tutto quello che aveva passato nell'ultimo giorno e mezzo, quel gesto lo ferì più di ogni altra cosa. «Cosa c'è che non va?» le chiese.

Lei scrollò le spalle. «Niente. Certo, possiamo dare un'occhiata alla mia stanza. Sono sicura che vuoi farti una doccia. Anch'io non vedo l'ora di farla.» Ma si stava di nuovo chiudendo in sé stessa, e Flash non aveva intenzione di permettterglielo. Avevano passato troppe cose insieme.

Le afferrò di nuovo la mano, poi la trascinò verso il tavolo da pranzo. Tirò fuori una sedia e si sedette, portandola con sé.

«Flash!» protestò, con un tono che gli ricordava di più la Kelli che aveva imparato a conoscere.

Le mise un braccio sulle cosce e l'altro intorno alla vita,

tenendola saldamente sopra le sue gambe. Con suo immenso sollievo, lei non si divincolò, non cercò di alzarsi. Se l'avesse fatto, l'avrebbe lasciata andare. «Cosa c'è che non va?» chiese di nuovo.

Lei sospirò e chiuse gli occhi, e Flash la sentì rilassarsi contro di lui. Così strinse la presa.

«Non voglio vedere la mia stanza» disse sommessamente. «Voglio restare qui. Con te. Se per te è ok.»

Flash fu travolto da un senso di sollievo così rapidamente da rimanere stordito. «Se per me è ok?» chiese. «È più che ok. Non credo che sarei riuscito a gestire molto bene il fatto che tu fossi in un'altra stanza.»

«Perché pensi che io sia una persona debole?»

«No. Perché *io* lo sono.»

Quello la portò a fissarlo, incredula.

«È vero. Il pensiero di stare lontano da te mi spaventa. Sei stata la mia roccia durante tutta questa brutta esperienza.»

«Ora sei ridicolo.»

«No, non lo sono. Ero incazzato perché con tutto il mio addestramento, tutti gli avvertimenti che avevo ricevuto sul fatto di allontanarmi dal resort, tutte le cose che ho fatto come SEAL, mi ero cacciato in una situazione in cui avrebbero potuto uccidermi. Tu mi hai tenuto concentrato su ciò che andava fatto. Se fossi stato da solo, probabilmente mi sarei ferito cercando di trovare un modo per uscire da quell'autobus, invece di rimanere calmo, di usare la testa per sfruttare ciò che Heckle e Jeckle ci avevano lasciato e di aspettare la mia squadra. Ho sempre lasciato che fosse MacGyver quello intelligente. Io sono sempre stato quello muscoloso. Mi hai permesso di vedermi sotto una nuova luce, e mi è piaciuto. Il pensiero che tu mi lasci ora... francamente mi fa venire la nausea.»

«Credo che quello sia a causa della fame o della nostra puzza» scherzò.

Flash non era sicuro di essere pronto ad alleggerire la conversazione, ma avrebbe dato a Kelli il tempo di assimilare quello che aveva detto. Che non stava cercando di compiacerla. Lei era stata davvero la sua roccia, e in quell'autobus aveva fatto per lui più di quanto credeva.

Non volendo pensare al giorno successivo, al fatto che si sarebbero separati e che lui avrebbe dovuto gestirlo, Flash le rivolse un piccolo sorriso. «Vuoi dare un'occhiata al bagno?»

«Sì!» rispose con entusiasmo, mostrando un po' della grinta che si aspettava da lei.

«Ti lascerò anche andarci per prima» le disse magnanimo.

Lei gli lanciò un'occhiata di traverso. «È perché sei gentile o perché vuoi avere la priorità su qualsiasi cosa il tuo amico farà portare dal servizio in camera?»

Flash scoppiò a ridere. «Beccato» ribatté, anche se non ci aveva nemmeno pensato. Ma ora che lo aveva detto, il suo stomaco brontolò. Forte.

Aiutò Kelli ad alzarsi, poi le prese di nuovo la mano. Guardando le loro dita intrecciate vide quanto fossero sudicie; entrambi avevano dello sporco sotto le unghie, e la loro pelle era ricoperta di terra, di sangue della ferita alla testa e di ruggine del ferro dell'autobus. Ma per lui Kelli era bella a prescindere, semplicemente per quello che era, perché era stata forte e resiliente.

«Flash?»

Si fermò di colpo. «Sì?»

«Grazie.»

Non sapeva esattamente di cosa lo stesse ringraziando.

«So bene che avresti potuto tirartene fuori prima che ci facessero entrare in quell'autobus. Avresti potuto fare le tue cose da SEAL, e probabilmente pestare a sangue Heckle e Jeckle. Ma non l'hai fatto per colpa mia. Ti sei *lasciato* mettere dentro quell'autobus pur sapendo che non avresti dovuto farlo. Io...» Deglutì a fatica. «Non credo che nessuno abbia mai fatto qualcosa di così altruistico per me in tutta la mia vita.»

«È un peccato. Perché sei il tipo di donna per cui si combattono guerre. Per cui gli uomini si comportano come degli idioti perché vogliono disperatamente attirare la tua attenzione. E ti dico un'altra cosa: se dovessi rifare tutto da capo mi comporterei esattamente allo stesso modo, solo per tenerti al sicuro.»

«Flash» sussurrò, chiaramente sopraffatta.

Lui fece un respiro profondo, cercando di calmarsi. Desiderava quella donna, ma non voleva essere troppo pressante

Ah. Chi stava prendendo in giro? Era troppo tardi per quello. Troppo tardi.

«Vieni, diamo un'occhiata al bagno. Poi vado a prendere la tua valigia nella stanza comunicante così puoi tirare fuori i tuoi articoli da toeletta e altre cose prima di fare la doccia.»

Il bagno era enorme. Un altro livello rispetto alle camere standard di prima. La doccia era separata dalla vasca idromassaggio ed era più che sufficiente per due persone. Ma non era il momento di pensare a qualcosa di diverso dai loro bisogni primari: lavarsi, mangiare e dormire.

Flash prese in fretta la sua valigia dall'altra stanza e tornò. Kelli era in piedi in mezzo al bagno, proprio dove l'aveva lasciata, a fissarsi allo specchio. Aveva di nuovo un'espressione triste e spaventata, così andò dietro di lei e le cinse la vita. Le appoggiò il mento sulla spalla e fissò il loro riflesso.

Stavano bene insieme. Anche se lei aveva la pelle e il copricostume macchiati di sangue. Anche se entrambi avevano le occhiaie e le mani e il viso sporchi. Erano perfetti insieme. Si completavano a vicenda. Lui aveva i capelli scuri, lei più chiari. Lui era alto un metro e ottantotto, lei uno e sessanta circa. Lui aveva gli occhi verdi, lei castani. Lui era muscoloso e snello, lei formosa. Amava quanto fossero diversi eppure compatibili.

«Siamo un disastro» sussurrò Kelli, mettendogli le mani sugli avambracci posati sulla sua pancia.

«Sì» concordò Flash, «ma siamo vivi. Quegli stronzi non hanno vinto.»

«Già.» Non voleva lasciarla andare. Voleva trascinarla sotto la doccia e pulire ogni centimetro del suo corpo. Lavarle via la paura e l'incertezza della loro brutta esperienza. Ma sapeva che era troppo, troppo presto. Le avrebbe dato la privacy che ultimamente non aveva avuto, anche se sarebbe stata molto dura.

«Ti controllerò la testa quando avrai finito. Prenditi il tuo tempo. Sul serio, non abbiamo programmi.»

«A parte mangiare. Giuro che potrei divorare un cavallo.»

Flash ridacchiò. Era così anche per lui. «Credo che dovremo accontentarci di pollo e manzo. Forse maiale.»

«Per me va bene. Flash? Mi dispiace. So che è stupido che abbiamo due bagni, ma che non voglia andare nell'altra stanza a farmi la doccia.»

«Non è stupido. È normale. Fidati.»

«Ok. Ma mi dispiace comunque che io possa lavarmi e tu debba aspettare.»

«Non dispiacerti, ho la priorità sul servizio in camera, ricordi?» scherzò.

Fu ricompensato dal suo sorriso. «Be', non mangiare tutto. Conservane un po' per me.»

In risposta, Flash lasciò cadere le braccia e si mise al suo fianco. Le baciò la tempia, le accarezzò leggermente la nuca e poi si allontanò.

«Lo farò» la rassicurò, chiudendo la porta mentre usciva. Il sorriso gentile di Kelli gli si impresse nella mente mentre scompariva dalla sua vista.

Impiegò alcuni istanti per riprendere un po' di controllo sulle proprie emozioni. Lei era proprio lì, dall'altra parte della porta. Tuttavia, doveva ricordarsi che stava bene. Nessuno sarebbe entrato nella stanza attraverso il muro e le avrebbe fatto del male, o gliel'avrebbe portata via.

Si costrinse ad allontanarsi dalla porta, andò in camera da letto e vide la valigia sul letto. La aprì e prese gli articoli da toeletta e degli abiti puliti. Si lavò i denti in cucina per quelli che gli sembrarono essere cinque minuti di fila. Era una delle cose che preferiva fare al ritorno dalle missioni: lavarsi i denti per bene. Quella sera non faceva eccezione.

Una volta finito, non osò sedersi sul divano con indosso la maglietta e il costume da bagno sporchi e puzzolenti, così camminò avanti e indietro.

Non riusciva a smettere di immaginare come doveva essere Kelli sotto la doccia. Il ricordo che aveva di lei in quel costume da bagno nero, seduta in braccio a lui mentre galleggiavano lungo il fiume nella stessa ciambella, gli aveva lasciato un segno indelebile. Quella donna *era* davvero una dea, e non se ne rendeva nemmeno conto.

Il bussare alla porta interruppe i suoi pensieri, e ne fu

contento. Doveva smettere di pensare al corpo di Kelli... e a com'era *senza* il costume.

Quando aprì la porta, si ritrovò davanti tre carrelli carichi di piatti che occupavano tutta la superficie di ognuno. Gli addetti al servizio in camera li portarono dentro e misero tutto sul tavolo e sul bancone della cucina. La stanza si riempì di profumi deliziosi che gli fecero contrarre lo stomaco. Avrebbe voluto scoprire ogni piatto e infilarsi in bocca quello che contenevano come un incivile, ma si trattenne. A stento. Non poteva sopportare di mangiare senza Kelli.

Sentì l'acqua della doccia chiudersi, come se lei avesse percepito l'odore del cibo fin dentro al bagno. Pochi istanti dopo, la porta si aprì e apparve la sua testa.

«Oh, mio Dio, che profumo delizioso. L'ho sentito anche sotto la doccia!» Un'ondata di vapore si diffuse intorno a lei mentre sbirciava fuori, e Flash vide che era avvolta in uno degli enormi asciugamani per cui il resort era famoso, che andava dal petto alle caviglie. A parte le spalle nude, era più coperta di quanto non lo fosse stata negli ultimi due giorni, eppure ai suoi occhi era ancora più sexy. La sua pelle era pulita e arrossata dal calore dell'acqua, e il sorriso sul suo viso era più luminoso.

Quella era una donna che in quel momento non stava pensando a confrontare il suo corpo con quello di qualcun'altra, a quanto fosse vulnerabile senza nulla sotto l'asciugamano, in una stanza con un uomo che aveva incontrato solo pochi giorni prima. Stava vivendo nel momento. Concentrata solo ed esclusivamente sul cibo.

«Vestiti e vieni fuori, donna, così possiamo vedere cosa ci ha ordinato MacGyver.»

La sua testa scomparve e la porta si chiuse.

Flash sorrise. Si ripromise di ricordare che quando la sua donna aveva fame, niente la fermava.

La sua donna.

Sì, gli piaceva. Molto.

Kelli riapparve pochi minuti dopo, ancora arrossata, con indosso un paio di pantaloni di cotone larghi e una maglia. Inspirò profondamente e un altro sorriso felice le illuminò il viso.

«Non darò mai più il cibo per scontato» disse. Poi si voltò verso di lui. «Allora? Cosa stai aspettando?»

Flash allungò la mano verso il piatto più vicino per scoprirlo, ma Kelli gli si avvicinò scuotendo la testa. «No! Intendevo che è il tuo turno di fare la doccia. Sarà una piccola tortura aspettare che tu finisca, ma probabilmente lo è stata anche per te, visto che ero ancora sotto la doccia quando è arrivata tutta questa roba.»

«Non devi aspettarmi. Inizia pure mentre mi lavo.»

Kelli scosse la testa ostinatamente. «No. Non mangerò senza di te.»

Dannazione. Che donna. Lo faceva impazzire. «Vedo di fare in fretta.»

«Prenditi il tuo tempo. La doccia è fantastica. La pressione è perfetta.»

Quello gli ricordò una cosa. «Devo controllare la tua ferita.»

«Dopo. Doccia, Flash. Dà una sensazione fantastica. Non potrei mai impedire a nessuno di sentirsi come mi sento io in questo momento, soprattutto a te. Il cibo sarà ancora qui quando avrai finito. Non morirò di fame se devo aspettare altri venti minuti per mangiare.»

Non ci avrebbe messo venti minuti per farsi la doccia.

Quello era scontato. Però Flash avrebbe voluto abbracciarla. Piegarla sul suo braccio come aveva fatto in quel maledetto autobus e baciarla come desiderava ardentemente. Ma ora che era bella pulita, non voleva toccarla con il suo corpo disgustoso.

Sapendo che se avesse aperto bocca avrebbe detto qualcosa di troppo intenso, si limitò a sorridere, poi si voltò e andò in bagno.

CAPITOLO DODICI

KELLI RIMASE ferma dov'era e fissò la porta del bagno. Non si sentiva affatto sé stessa. Essere pulita era meraviglioso, ma in quel bagno, non appena Flash era uscito... era crollata. Si era strappata di dosso il copricostume e il costume, cose che non voleva più rivedere, era entrata nella doccia e aveva iniziato a piangere.

Per quello che aveva passato, per il sollievo di essere stata salvata, per la gratitudine di non essere stata sola in quell'orribile esperienza.

E perché si era innamorata perdutamente di un uomo che, nel mondo reale, probabilmente non l'avrebbe mai degnata di uno sguardo.

Ora conosceva Flash meglio degli altri uomini con cui era uscita, e di alcuni di quelli con cui era stata per mesi. Lui era la sua roccia. La faceva sentire al sicuro... e l'indomani avrebbe dovuto dirgli addio.

Solo dopo essersi lavata i capelli due volte, con cautela

visto che la testa le faceva ancora male per il colpo ricevuto da Jeckle, essersi spalmata un sacco di balsamo e insaponata più volte, aveva iniziato a sentirsi un po' meglio. Le lacrime si erano asciugate, ma si era sentita stranamente svuotata.

E poi aveva sentito il profumo del cibo.

Ora, stare in mezzo al piccolo salotto a fissare quei piatti coperti era quasi una tortura, ma si rifiutava di mangiare senza di lui; avevano condiviso il callaloo e i piselli e si erano passati avanti e indietro una bottiglia d'acqua... non si sarebbe abbuffata mentre lui era ancora affamato. Non poteva farlo.

Tuttavia, il profumo che emanavano i piatti le fece venire l'acquolina in bocca.

Le sembrava di essere stata lì in piedi per delle ore, ma quando Flash uscì dal bagno controllò l'orologio, ed erano trascorsi esattamente sette minuti da quando era entrato.

Kelli non poté fare a meno di fissarlo. Era... porca miseria, era bellissimo. Chissà perché, ma stare con lui al buio per così tanto tempo le aveva fatto dimenticare quanto fosse attraente. Ma vederlo appena uscito dalla doccia, con i capelli bagnati e sparati da tutte le parti, la barba ben curata che metteva in risalto le labbra carnose e la mascella quadrata, quegli occhi verdi penetranti... le fece venire voglia di strapparsi via i vestiti e implorarlo di farle ciò che voleva.

«Accidenti, come si sta bene. La prima doccia dopo una missione è sempre così» disse con un piccolo sorriso. «Sei pronta a vedere cosa ci hanno portato?»

Kelli deglutì a fatica e annuì.

Si aspettava che Flash andasse verso il tavolo, invece le si avvicinò. Senza dire una parola, la abbracciò. Sospirando di soddisfazione, Kelli gli posò la testa sul petto e lo strinse altrettanto forte.

Fu un momento carico di emozione, e Flash aveva un profumo fantastico. Doveva scoprire che sapone usava e comprarne a litri. Sentì i capezzoli inturgidirsi sotto la felpa e si pentì di non essersi messa il reggiseno. Aveva pensato di mangiare e poi andare subito a dormire, quindi non se n'era preoccupata, ma ora sentiva quasi di aver bisogno di un ulteriore strato di protezione tra loro.

Era spaventoso quanto desiderasse quell'uomo. Quanto avesse bisogno di lui. Le faceva pensare di poter conquistare il mondo. Non importava che non avesse amici né una carriera che amava. Era sopravvissuta al fatto di essere stata rapita e sepolta viva. Grazie a *lui*.

Fu l'improvviso bisogno di implorarlo di non lasciarla mai a farle fare un respiro profondo e a farla indietreggiare. Aveva bisogno di riprendere il controllo. Quello non era un film o un libro. La vita reale non funzionava come le storie d'amore che guardava e leggeva.

«Ti fa male la testa?»

Sbatté le palpebre, e le ci volle un attimo prima di metabolizzare le sue parole. «Oh, no. Non molto.»

«Posso dare un'occhiata veloce prima di mangiare?»

Kelli si voltò, mostrandogli la nuca. Nell'istante in cui le mise le mani sui capelli, si irrigidì. Non perché quello che stava facendo le provocasse dolore, ma perché i suoi maledetti capezzoli erano di nuovo turgidi, e dovette trattenersi con tutta sé stessa per non dimenarsi e sfregarsi le cosce. Sperò che lui non riuscisse a sentire l'odore della sua eccitazione.

«Tutto sommato la ferita mi sembra abbastanza a posto. Probabilmente ti farebbe bene un ciclo di antibiotici, per ogni evenienza, ma sono d'accordo con Kevlar sul fatto che non servano dei punti.»

«Bene» disse Kelli, voltandosi e cercando disperatamente di controllare il suo desiderio per quell'uomo.

«Sì. Forza, mangiamo.»

Flash le prese la mano e fu come tornare a casa; le loro mani unite davano un senso di perfezione.

La portò in cucina, dove entrambi presero i piatti dalla credenza. Le lasciò andare la mano, ma Kelli quasi non se ne accorse... perché lui aveva iniziato a togliere i coperchi alle pietanze.

C'era pane sufficiente per una dozzina di persone. Straccetti di pollo, patatine fritte, fagiolini, bistecche, varie verdure locali e le patate al formaggio che piacevano tanto a entrambi. Era come se l'intero buffet del ristorante fosse stato portato in camera loro.

All'inizio prese piccole quantità di tutto, ma quando vide Flash riempirsi il piatto, scrollò le spalle e iniziò a farlo anche lei. Si scambiarono un sorriso quando entrambi saltarono i piselli e il callaloo. Sebbene fosse grata per il cibo trovato nell'autobus, e il sapore fosse stato incredibilmente buono, pensare di mangiarlo ora le riportava alla mente dei brutti ricordi.

Quando i piatti furono stracolmi di roba, scelsero di sedersi sul divano invece che al tavolo da pranzo, avvicinarono il tavolino poi presero le posate.

Flash le sorrise di nuovo, poi infilzò un pezzo di pollo e se lo portò alle labbra.

«Oh mio Dio» borbottò con la bocca piena. «È il pollo più buono che abbia mai mangiato in vita mia.»

I successivi venti minuti trascorsero senza che nessuno dei due parlasse, troppo concentrati a riempirsi la pancia. Flash tornò al piccolo buffet altre due volte, mentre lei solo una.

Non passò molto che si accasciò contro lo schienale con la sensazione di essere sul punto di scoppiare. La sua pancia era leggermente gonfia per tutto il cibo che aveva mangiato, e Flash era più o meno nella stessa situazione.

«Sono in debito con MacGyver» disse lui con un sorriso soddisfatto. «È stato incredibile.»

«Sì» concordò Kelli.

Quando si alzò lei fece per seguirlo, ma lui scosse la testa. «No, rimani lì. Rilassati. Ci penso io.»

«Posso aiutarti» protestò.

«Lo so, ma non è necessario. Metterò in frigo per domani mattina tutto quello che non abbiamo mangiato. Ci sono abbastanza piatti nella credenza che non serve nemmeno lavarli, li sciacquerò e li lascerò nel lavandino. Se vuoi puoi andare in camera e prepararti per andare a letto.»

A quello, Kelli si irrigidì e lo guardò a occhi spalancati.

«A meno che non ti vada di restare qui. Capirei. Siamo praticamente estranei e...»

«No!» lo interruppe. «Voglio restare. È solo che... non ero sicura che mi volessi qui.»

Flash riappoggiò i piatti vuoti e si chinò su di lei, intrappolandola momentaneamente sul divano. «Ti voglio qui» sussurrò. Il suo sguardo si posò sulle sue labbra, poi di nuovo sui suoi occhi, e un secondo dopo si raddrizzò.

Kelli per un attimo si sentì come paralizzata, poi si costrinse ad alzarsi. Gemendo per quanto era piena – wow, quanto poco sexy era? – entrò barcollando in camera da letto. Fece le sue cose in bagno il più velocemente possibile, poi si infilò sotto le coperte con indosso ancora i pantaloni larghi e la maglia.

Sentì il tintinnio dei piatti nell'altra stanza, e poco dopo Flash apparve. Le sorrise e andò in bagno.

Kelli si irrigidì di nuovo. All'improvviso la situazione le sembrò imbarazzante. Avrebbe dovuto andare nell'altra stanza. Stare lì con Flash sarebbe stata una tortura. Una cosa era dormire tra le sue braccia nell'autobus mentre erano prigionieri, un'altra era farlo in un letto comodo.

Era un'idiota.

Ma non appena Flash si infilò sotto le coperte scivolò verso di lei, che era sdraiata sulla schiena, e la strinse tra le braccia, fu travolta da un senso di contentezza e sicurezza che non aveva mai provato in vita sua. «Molto meglio di quel duro pavimento di ferro» le disse con un sospiro.

Kelli non poteva essere più d'accordo. Anche se a lei era andata meglio, dato che le aveva permesso di usarlo come cuscino.

Nessuno dei due parlò per parecchio tempo; si limitarono a tenersi stretti nella stanza buia, entrambi persi nei loro pensieri.

Per Kelli la vita era cambiata irrevocabilmente. Lui era il suo uomo. Quello di cui parlavano quei libri e quei film. La persona creata per lei. La sua anima gemella. Non aveva il minimo dubbio. Ma quello non era il finale di un libro, la vita continuava. Non aveva idea se le cose tra loro avrebbero funzionato, ma per la prima volta in assoluto, era determinata a ottenere ciò che desiderava.

«Scusa se non sono un chiacchierone, ma sono incredibilmente stanco» le disse piano.

«Shhh. Non c'è bisogno di parlare. Anch'io sono esausta.»

Flash si addormentò per primo. Kelli sentì i suoi respiri profondi sotto la guancia mentre era stesa praticamente sopra di lui con un braccio sul suo busto e una gamba sopra la sua. Lui le aveva cinto le spalle e l'altra mano era aggrappata al suo braccio. Erano quasi intrecciati, e sebbene non avesse mai dormito con qualcuno in quel modo, non si era mai sentita così a suo agio.

Con il battito del suo cuore nell'orecchio, poco dopo seguì Flash e si addormentò profondamente. Aveva appena vissuto la situazione peggiore che avesse mai sperimentato in vita sua, eppure era grata che ciò le avesse dato l'opportunità di conoscere quell'uomo. Lui l'aveva cambiata per sempre, e anche se avessero finito per essere soltanto amici, avrebbe trovato un modo per accettarlo... fintantoché lui fosse rimasto nella sua vita.

***

Brant Williams aggrottò la fronte mentre fissava il sedile dell'aereo davanti a sé. Niente era andato come previsto. Era stato molto attento, aveva speso più soldi di quanti ne avesse avuti per organizzare tutto. Non era stato economico smantellare quell'autobus e farlo sotterrare nel bel mezzo del nulla. Ed era stato *sicurissimo* che il governo degli Stati Uniti avrebbe pagato per riavere indietro quello stronzo!

Ma si era sbagliato. E ciò faceva male.

Quando gli era giunta la notizia che un gruppo di americani era arrivato sull'isola, era in attesa che i soldi venissero depositati sul suo conto. Il passaparola in quel posto era veloce ed efficiente, ed erano giunte in fretta le voci riguardo agli uomini che erano andati a casa di Errol Brown... a fare domande.

Brant non aveva avuto il minimo dubbio di essere nei guai

fino al collo. Aveva messo tutto quello che poteva in due valigie ed era andato all'aeroporto, perché sapeva che Errol non gli era fedele e avrebbe fatto la spia. Avrebbe raccontato agli americani, e probabilmente alla polizia, del rapimento e del riscatto, e che l'ideatore era stato lui.

Aveva dovuto andarsene dall'isola. Sparire.

Non aveva impiegato molto a decidere dove andare. Pensò ai documenti d'identità che aveva nascosto nel bagaglio, agli indirizzi che aveva imparato a memoria.

California. Aveva delle cose in sospeso negli Stati Uniti.

Era solo questione di tempo prima che la stronza e lo stronzo venissero ritrovati... con l'aiuto di Errol. Perché ovviamente aveva spifferato tutto. Altrimenti nessuno avrebbe potuto trovare il suo nascondiglio nella giungla. Era troppo perfetto. Il *piano* era stato perfetto.

Aveva solo scelto la persona sbagliata con cui collaborare.

Però non aveva potuto arrivare a Errol, che a quanto pareva era sotto custodia della polizia. Non aveva potuto fargliela pagare per aver fatto la spia. Ma forse poteva arrivare all'americano... soprattutto una volta che lo stronzo fosse tornato in un territorio a lui familiare. Non avrebbe mai immaginato di essere stato seguito. Non avrebbe mai immaginato che qualcuno potesse ancora dargli la caccia. Anche se era un presunto soldato letale della Marina, abbastanza importante da spingere il suo governo a mandare gente sull'isola per ritrovarlo, Brant non aveva dubbi di poter superare in astuzia lui e chiunque si fosse messo in mezzo. Soprattutto se l'uomo aveva abbassato la guardia.

Non era più una questione di soldi, si trattava di portare a termine la missione. Wade Gordon e Kelli Colbert non se la sarebbero cavata così facilmente, soprattutto dopo aver mandato a rotoli tutti i suoi piani.

Una volta tornati a casa, avrebbero dato per scontato di essere al sicuro, di poter continuare con la loro vita. Cazzo di americani! Pensavano di essere migliori di tutti.

Be', sapeva dove vivevano entrambi. Non si erano ancora liberati di Brant Williams. Giurò di finire ciò che aveva iniziato. Alla fine avrebbe ottenuto ciò che voleva... la soddisfazione di sapere di aver vinto.

CAPITOLO TREDICI

PER LA PRIMA volta nella sua vita Flash temeva di tornare a casa. Non perché volesse rimanere in Giamaica, ma perché avrebbe significato lasciare Kelli. Non riusciva a comprendere come mai avesse legato con lei con tanta rapidità, ma era così. E non se ne pentiva.

Quando quella mattina si era svegliato, aveva avuto un momento di confusione. Non faceva sesso occasionale. Non dormiva con le donne... nel senso di dormire, *dormire*. Eppure, si era svegliato con le braccia intorno a un corpo morbido, un profumo di fiori nelle narici e un'erezione quasi dolorosa.

Ma la confusione si era dissipata quasi subito con il riaffiorare dei ricordi: era al resort, con Kelli. Erano al sicuro, puliti, e lui aveva dormito profondamente come non gli succedeva da tempo.

Poi si era mosso lentamente per non urtare la donna ancora addormentata tra le sue braccia, e si era infilato un altro cuscino sotto la testa per poterla vedere più chiaramente: i capelli sparsi sul suo petto coperto dalla maglietta, la mano accanto al suo viso, una gamba gettata sopra la sua coscia. E quando si era spostato un po', lei gli si era rannicchiata ancora di più addosso, come per assicurarsi che non si allontanasse.

Flash ricordava di aver pensato... *Questo. Questo è ciò che manca alla mia vita.*

La sensazione di essere desiderato. Di essere necessario.

Non sapeva quanto fosse rimasto a guardarla dormire, ma non era riuscito a nascondere il sorriso quando lei si era svegliata, aveva schioccato le labbra e aggrottato un po' la fronte. L'aveva trovata dannatamente adorabile.

Alla fine aveva fatto un respiro lungo e profondo, e poi il suo corpo si era irrigidito. Come se si fosse resa conto di essere accoccolata contro una persona vera, viva e che respirava, e non contro un cuscino.

Non volendo metterla in imbarazzo, Flash le aveva dato il buongiorno, poi era scivolato via da sotto di lei per andare in bagno. Al suo ritorno l'aveva trovata seduta sul letto con un timido sorriso sul volto.

Flash aveva riscaldato gli avanzi della sera prima per colazione, e una volta pronti a partire era quasi mezzogiorno. Kevlar aveva chiamato mentre mangiavano per informarlo che Brant Williams se n'era andato, insieme a quella che sembrava la maggior parte dei suoi vestiti; aveva ovviamente saputo della loro breve visita a Errol ed era fuggito.

Una telefonata a Tex aveva confermato che era salito su un aereo la sera prima e aveva lasciato l'isola. Un esito deludente, dato che Flash avrebbe voluto avere la possibilità di affrontare quell'uomo faccia a faccia.

Ma poi Kevlar gli aveva detto la destinazione del volo di

Brant, e la mattinata tranquilla e senza stress era cambiata in un batter d'occhio.

Los Angeles. L'uomo che li aveva rapiti, seppelliti nella giungla e aveva cercato di ottenere un riscatto per lui dal governo degli Stati Uniti, era andato a Los Angeles.

Era troppo vicino a Riverton per la sua tranquillità, soprattutto perché Williams aveva sia i suoi documenti sia quelli di Kelli... con i rispettivi indirizzi. Tex stava cercando di rintracciare l'uomo, felice che almeno si trovasse in quello che considerava il suo territorio, dove c'erano telecamere in ogni angolo e non si poteva scoreggiare senza lasciare una sorta di traccia elettronica.

Non era stato quello che Flash avrebbe voluto sentirsi dire, e non aveva voluto spaventare Kelli dato che quella mattina era stata molto rilassata e contenta. Così aveva deciso di informarla dopo il loro ritorno negli Stati Uniti.

Cosa che sarebbe successa entro pochi minuti. Stavano per atterrare a San Diego. Erano tornati a casa con un volo di linea invece che con l'aereo militare con cui la squadra era arrivata in Giamaica. Il viaggio era stato tranquillo e Flash si sentiva a suo agio circondato da tutti i suoi compagni.

Kelli era seduta al suo fianco, vicino al finestrino. Lo aveva sorpreso e reso felice quando, poco dopo il decollo, gli aveva posato una mano sulla coscia. Non era stato un gesto a sfondo sessuale, non che potesse dirlo con certezza, ma immaginava che avesse voluto solo mantenere un contatto, proprio come lui sentiva sempre il bisogno di essere connesso a lei in qualche modo.

Flash aveva messo la mano sopra la sua, e lei si era appisolata, senza mai spezzare il contatto.

Ma ora erano a casa.

Erano tornati alla realtà, e Flash non aveva idea di come diavolo avrebbe potuto dire addio alla donna che gli aveva stravolto la vita. Che aveva cambiato completamente la sua prospettiva sul futuro. Voleva portarla a casa con sé, trasferirla nel suo piccolo appartamento. Il pensiero di lasciarla andare via lo stava rendendo irritabile, e guardò accigliato i suoi compagni di squadra mentre parlavano dei piani di lavoro della settimana successiva come se nulla fosse cambiato.

Sospirò. Per loro, *nulla* era cambiato. Il viaggio in Giamaica era stato una piccola deviazione dal loro programma, niente di più. Ma per Flash, quei pochi giorni gli avevano sconvolto la vita.

Quella mattina si era preso il tempo di parlare con sua sorella e i suoi genitori, per rassicurarli che stava bene. Avevano saputo cos'era successo, ovviamente, dato che Chuck era tornato a casa dal viaggio prima del previsto, la sera precedente, e aveva detto a Nova della sua scomparsa. Tutti si erano spaventati, ma Flash era riuscito a convincerli che non serviva che andassero a Riverton per vederlo, e aveva promesso a Nova che l'avrebbe chiamata più tardi per raccontarle tutto ciò che era successo.

Anche Kelli aveva telefonato alla madre, che non era sembrata emotivamente provata quanto la sua famiglia per tutta la situazione. Era stata sollevata che la figlia stesse bene e aveva voluto sapere ciò che era successo, ma poco prima che Kelli chiudesse la chiamata stavano parlando di cose come l'ultima spesa di sua madre e i suoi programmi per la settimana.

Tutto sommato erano stati fortunati. *Dannatamente* fortunati. Se non fosse stato quello che era, se non avesse avuto le risorse che aveva, ovvero una squadra di Navy SEAL altamente addestrati che gli coprivano le spalle, l'esito della vicenda avrebbe potuto essere molto diverso.

Non appena scesero dall'aereo la prese per mano e si diressero al ritiro bagagli. Flash si stava già riabituando alla presenza di altre persone, ma aveva percepito Kelli avvicinarsi sempre di più a lui mentre camminavano.

«È assurdo quanto tutto ciò mi sembri caotico ora» disse, lanciandogli un'occhiata.

«Mi capita molte volte di sentirmi così dopo le missioni. Il nostro lavoro è intenso. Spesso siamo in mezzo al nulla e nel silenzio più assoluto. E quando torno a casa, la confusione, tutto quel rumore e fragore mi colgono sempre di sorpresa» replicò Flash, volendo farle capire che quello che provava era normale.

Quando lei ridacchiò, la guardò.

«Che c'è? Era divertente?» le chiese confuso.

«No. Non proprio. Voglio dire, ha senso, e mi dispiace che tu debba affrontare tutto questo di continuo, perché onestamente non è molto divertente. Ridevo perché la rima di "rumore e fragore" mi ha fatto pensare a quella di Heckle e Jeckle.» Scrollò le spalle. «Non lo so, l'ho trovato buffo.»

Flash le sorrise. «Quindi se dicessi "orca l'orca", ti farebbe più ridere?»

Lo riempì di gioia quando il suo sorriso si fece più ampio e ridacchiò di nuovo. «Frizzi e lazzi» disse lei tra una risatina e l'altra.

«Caspiterina, perdindirindina» ribatté Flash.

«Cip e Ciop.»

«Bingo bongo.»

«Santa polenta, succulenta!» esclamò Kelli, ridendo così forte che fu quasi difficile capirla.

Flash scosse la testa. «Credo che con questa tu abbia vinto.» Gli facevano male le mandibole per aver sorriso troppo. Non ricordava l'ultima volta che si era divertito in modo così autentico.

«Cosa c'è di così esilarante?» chiese Safe, lanciando loro un'occhiata da sopra la spalla.

Flash incontrò lo sguardo di Kelli ed entrambi scoppiarono a ridere. Alla fine riprese abbastanza controllo da riuscire a dire: «È impossibile da spiegare e comunque non lo troveresti divertente.»

Safe alzò gli occhi al cielo, ma lasciò perdere.

L'allegria di Flash diminuì man mano che si avvicinava al ritiro bagagli. Ora cominciava a sentirsi un po' nauseato. Non era una reazione normale, ma non poteva farci niente. Probabilmente era per l'esperienza che avevano vissuto insieme, anche se non si era mai sentito così per uno dei suoi compagni di squadra dopo una missione particolarmente dura. Non riusciva a spiegarselo, e la cosa lo metteva a disagio.

Nell'istante in cui varcarono il gate che separava l'area sicura dell'aeroporto da quella pubblica, Flash sbatté le palpebre sorpreso, e invece di oltrepassare le persone che attendevano l'arrivo dei passeggeri che erano andati a prendere, ignorandole come era solito fare quando viaggiava con un aereo di linea... si fermò di colpo perché vide dei volti molto familiari.

Erano quelli di Remi, Wren, Josie, Maggie e Addison, che invece di correre dai loro fidanzati o mariti, andarono dritte da lui e Kelli.

Poco secondi dopo si ritrovarono circondati.

Flash dovette lasciarle la mano mentre le donne dei suoi amici lo abbracciavano e lo riempivano di attenzioni, dicendo quanto fossero sollevate che stesse bene. Lanciò un'occhiata a Kelli e vide che aveva gli occhi spalancati e un'aria confusa... e un po' spaventata.

Spostò lo sguardo su Kevlar, e il suo leader capì chiaramente cosa stesse cercando di comunicargli, perché si fece avanti e avvolse un braccio intorno a Remi, tirandola leggermente indietro. «Che ne dici di dargli un po' di spazio, tesoro?»

Ognuno degli altri andò a prendere la propria donna, dando loro un po' di respiro. Flash afferrò di nuovo la mano di Kelli mentre tutti si spostavano per non intralciare gli altri viaggiatori, poi disse: «Grazie a tutte per essere venute. Non me l'aspettavo.»

«Perché? Sei uno di noi, parte del nostro gruppo» disse Wren.

«Quando abbiamo saputo della tua scomparsa siamo andate nel panico» spiegò Remi.

«Per fortuna si sono mossi in fretta per mandare i ragazzi a cercarti» aggiunse Josie.

«Hanno trovato lo stronzo che ti ha rapito?» chiese Maggie.

«Non posso credere che abbia avuto il coraggio di chiamare la Marina per chiedere un riscatto. Che idiota» mormorò Addison.

«Dove sono i tuoi figli?» le domandò Flash. «Non li avrai lasciati a casa da soli, vero?»

Addison alzò gli occhi al cielo e sorrise. «Certo che no. È venuta Caroline.»

Annuì. Caroline era la moglie di Wolf Steel, uno stimato ex SEAL che era una sorta di mentore per Flash e il resto della squadra. Erano diventati amici dell'ex team di quell'uomo e delle loro famiglie.

«Hai intenzione di presentarci?» chiese Remi, rivolgendo un sorriso a Kelli.

«Giusto. Scusa. Lei è Kelli Colbert. Kelli, loro sono Remi, Josie, Maggie, Wren e Addison» disse Flash, annuendo con la testa a ciascuna donna mentre le presentava.

«Piacere di conoscervi» le salutò Kelli educatamente.

«Probabilmente no» ribatté Josie in tono ironico.

«Abbiamo discusso se venire o meno. L'ultima cosa che volevamo era spaventarti. Ma vogliamo bene a Flash e volevamo assicurarci che sapesse quanto siamo sollevate che stia bene. E anche tu. Ci siamo trovate un po' tutte nei tuoi panni... sai, in terribili situazioni in cui qualcuno crede di poter farti fare cose che non vuoi... quindi abbiamo pensato che avresti potuto aver bisogno del nostro supporto.»

«Esatto. E, detto questo» aggiunse Remi, «spero che verrai a casa di Safe e Wren con noi.»

«Aspetta... cosa?» chiese Flash.

«Ehm... abbiamo organizzato una piccola festa di "bentornato/felici che tu ce l'abbia fatta" per te» disse Wren con un sorriso imbarazzato. «In realtà non l'avevamo pianificato, ma una cosa tira l'altra e prima che ce ne rendessimo conto tutte le amiche di Caroline e i tuoi amici SEAL sono voluti venire, perché avevano bisogno di vedere di persona che stavi bene, e ora ti stanno aspettando tutti a casa.»

Flash fissò Wren per un attimo, poi spostò lo sguardo su Safe. «Lo sapevi?»

«No. Non guardarmi così. Non c'entro niente» rispose lui scuotendo la testa.

«Dai, Flash. Per favore? Vieni, vero? Non abbiamo bisogno di un motivo per trovarci e passare del tempo insieme, ma sarebbe strano se non ci fossi, visto che Addison ha fatto una torta enorme con la scritta "Bentornato a casa". E Alabama ha portato un sacco di palloncini, e Jessyka si sta occupando dei bambini, che stanno preparando cartelli di bentornato da appendere in tutta la casa.»

«E devi venire anche tu, Kelli» la implorò Remi. «Siamo davvero felici che tu stia bene. Certo, non ti conosciamo, ma se piaci a Flash piacerai anche a noi. Siamo un gruppo vivace, ma abbiamo buone intenzioni. Te lo prometto.»

Flash lanciò un'occhiata a Kelli, che piegò la testa per guardarlo. Non riusciva a capire cosa stesse pensando.

«Potete darci un minuto?» chiese.

«Certo.»

«Ovvio.»

«Prendetevi tutto il tempo che volete.»

«Ma non troppo, abbiamo del cibo che ci aspetta a casa!»

Gli altri iniziarono a camminare verso il ritiro bagagli, ma lui rimase dov'era e si voltò verso Kelli.

«Di' qualcosa. Sei spaventata? Giuro che non sapevo che sarebbero venute qui, altrimenti ti avrei avvisata. Non sentirti in dovere di fare qualcosa. A cosa stai pensando?»

Gli strinse la mano che teneva ancora e disse: «Penso che tu sia un uomo molto fortunato.»

Non era quello che si era aspettato di sentire. «Come, scusa?»

«Sei stato via, tipo, un giorno in più, e tutte sono venute qui all'aeroporto per vederti perché non volevano aspettare un minuto più del necessario. I tuoi sei migliori amici hanno mollato tutto per venire in Giamaica a cercarti, e per di più sono riusciti a trovarti in poche *ore*. E sono tutti così felici che tu stia bene, che hanno fatto una festa improvvisata perché tutti gli *altri* amici che hai volevano la loro occasione per dirti quanto sono felici del tuo ritorno.»

Aveva ragione. Era molto fortunato. Ma solo perché aveva dei buoni amici non significava che la sua vita fosse perfetta. Gli mancava qualcosa di enorme.

Una compagna. «Hai ragione. Sono un uomo fortunato. Quindi... verrai con me a conoscere tutti i miei amici?»

«Be'... le donne mi sembra già di conoscerle. Mi hai parlato molto di loro.»

Flash capì che stava per dire di sì.

«Ok. Sì, grazie. Mi piacerebbe molto venire con te.»

Fu pervaso da un senso di sollievo e soddisfazione. «Ti accompagnerò a casa quando ne avrai abbastanza, devi solo farmelo sapere. Sarà una cosa da pazzi» si sentì in dovere di avvertirla. «Se pensi che Remi e le altre siano persone entusiaste, aspetta di conoscere il gruppo di Caroline. Prima che la serata finisca saranno riuscite a farti accettare di partecipare a dei pigiama party, a serate tra ragazze all'Aces Bar and Grill e chissà quali altre cose folli.»

«Se stai cercando di dissuadermi, non ci stai riuscendo» disse Kelli con un sorriso. «Non ho mai avuto delle amiche con cui fare queste cose. Almeno da adulta.»

«Dai. Andiamo a prendere le valigie e usciamo da qui. Non so tu, ma io ho di nuovo fame. Di solito dopo le missioni o quando non riesco a mangiare come si deve, mi capita di essere famelico per qualche giorno, finché il mio corpo non capisce che deve essere nutrito di nuovo regolarmente.»

Flash era felice. Non dovevano ancora dirsi addio, aveva guadagnato qualche ora. E farla entrare in confidenza con le donne era uno dei modi migliori che gli venisse in mente per assicurarsi di rivederla in futuro. Nessuno poteva resistere a Remi e alla sua banda. Sperava.

Kelli si guardò intorno impressionata. Nemmeno in un milione di anni avrebbe immaginato che si sarebbe trovata lì in quel momento, in una piccola casa completamente piena di gente – più quella in giardino – a ridere con persone che aveva appena incontrato, ma sentendosi come se le conoscesse da una vita.

Tutti gli amici di Flash erano aperti e accoglienti, gentili e compassionevoli. E sembravano sinceramente felici della sua presenza.

Era... strano, ma fantastico. Kelli non era il tipo di donna che attirava la simpatia di molte persone. Era abituata a stare nell'ombra, a osservare gli altri alle feste e ai ritrovi. Se qualcuno le rivolgeva la parola, era chiaro che lo facesse solo per cortesia.

Ma non percepiva nessuna di quelle vibrazioni dalla gente che c'era lì. Non riusciva a ricordare i nomi di tutti, dato che le era stata presentata un sacco di gente. Fiona, Summer, Mozart, Benny, Julie, Matthew... e sembrava che le donne chiamassero gli uomini con il nome di battesimo, mentre gli uomini usavano dei soprannomi. Era un caos, ma Kelli era comunque più felice di quanto non lo fosse stata da tempo.

E Flash non era stato l'unico ad aver avuto molta fame. La torta che aveva preparato Addison le si era sciolta in bocca, e aveva quasi dovuto trattenersi per non avere un orgasmo spontaneo lì in cucina al primo morso. Ma tutto il cibo era stato altrettanto buono. Avevano preparato un sacco di finger food, che avevano reso più facile mangiare e parlare.

I bambini correvano dappertutto, urlando troppo forte, urtando le persone e facendo cadere il cibo per terra, ma nessuno degli adulti sembrava preoccuparsene più di tanto. Li avvertivano solo di stare attenti, e quando l'avevano quasi fatta cadere avevano preteso che si scusassero. Ma in generale scuotevano la testa davanti alla loro esuberanza.

Guardando il telefono, che era estremamente grata di non aver portato con sé quando erano andati a fare tubing, Kelli vide che erano alla festa improvvisata da tre ore. Le era difficile crederci, le sembrava di essere appena arrivata.

Proprio mentre lo pensava, Flash apparve come se lo avesse evocato. Le cinse la vita e lei si appoggiò a lui, che si chinò per sussurrarle all'orecchio: «Tutto bene?»

Annuì.

«Quanti numeri di telefono hai memorizzato stasera?»

Kelli ridacchiò. «Ehm... quelli di tutti?»

«Bene. Inviti a ritrovarvi?»

«Tre o quattro.»

«Julie ha già cercato di accalappiarti per farti lavorare nel suo negozio di abbigliamento usato?»

Gli rivolse un sorriso più ampio. «Come lo sai?»

«Perché non è una stupida. Sei stanca?»

Kelli scrollò le spalle. Era esausta. Cosa assurda, in realtà, perché non aveva fatto molto quel giorno. Aveva dormito fino a tardi, fatto colazione, poi era salita su un aereo, e ora era semplicemente lì. Ma, d'altronde, viaggiare la sfiniva sempre, e ora le sue energie stavano decisamente calando.

«Io sono cotto» ammise Flash.

Non poté fare a meno di sorridere. «Cotto?» chiese.

«Sì. È un termine che mi descrive bene in questo momento.»

Che uomo. La faceva ridere, sentire al sicuro, però la spaventava a morte. Soprattutto perché il pensiero di perderlo le faceva venire voglia di vomitare. E aveva l'impressione che nel momento esatto in cui lo avesse salutato, tutto sarebbe finito lì. Lui sarebbe tornato alla sua vita, con tutte quelle persone meravigliose, e si sarebbe dimenticato di lei. La donna bassa e sciatta con cui era riuscito in qualche modo a farsi rapire durante un viaggio in Giamaica.

«Pronta per andare?»

Sì e no. Ma dato che Flash era stanco, ed era lui che doveva riaccompagnarla a casa, non voleva trattenerlo. Così annuì.

«Ok. Facciamo il giro per salutare tutti.»

Ovviamente impiegarono un'altra ora per fermarsi a parlare con le persone in casa e poi con quelle nel cortile, e per tutto il tempo Flash non lasciò mai il suo fianco, tenendola per mano o cingendole la vita.

Quando alla fine uscirono dalla porta, le disse: «Accidenti! Pensavo che non saremmo mai riusciti ad andarcene.»

«Ma li vedrai anche domani i tuoi compagni di squadra, vero?» gli chiese.

«Sì. Perché?»

Scrollò le spalle. «Così, me lo stavo domandando.»

«È una routine» replicò Flash, come se avesse capito cosa voleva sapere senza che lei dovesse esprimerlo ad alta voce. «Non ce ne andiamo mai da un ritrovo senza salutare o promettere di rivederci. Abbiamo imparato a nostre spese che la vita è troppo breve.»

Aveva senso. E dimostrava quanto fossero legati quegli uomini e quelle donne.

Flash la condusse verso un SUV Honda Pilot grigio parcheggiato sul ciglio della strada.

«Aspetta, è la tua macchina?» gli chiese, mentre lui apriva la portiera del passeggero.

«No. La sto rubando» rispose Flash impassibile.

«Sì, certo. Ma com'è arrivata qui?»

«Wolf e Dude sono andati a prenderla a casa mia e l'hanno portata qui.»

«Come hanno fatto a procurarsi le chiavi?»

«Probabilmente tramite Kevlar.»

Kelli si voltò. «E *lui* come se le è procurate?»

Flash si chinò in avanti e mise una mano sulla portiera e l'altra sul tetto del veicolo, di fatto intrappolandola. Certo, avrebbe potuto infilarsi sotto il suo braccio e allontanarsi, ma perché avrebbe dovuto farlo? Si trovava esattamente dove voleva essere. Circondata da lui.

«Abbiamo tutti una copia delle chiavi di casa e della macchina. Non possiamo sapere quando potrebbe capitarci di dover lasciare l'auto da qualche parte, con conseguente bisogno che uno degli altri vada a prenderla. È così che facciamo.»

«Oh.»

«Già, oh. Ora sali. È buio qui fuori, e anche se la zona è migliorata parecchio, non è ancora del tutto sicura.»

A quello Kelli salì sul sedile. Con sua sorpresa, Flash tirò la cintura di sicurezza e gliela porse. Nessuno aveva mai fatto una cosa del genere per lei. Era... carino. Una volta allacciata la cintura, lui chiuse la portiera e andò dall'altra parte.

Avviò il SUV e partirono. Non parlarono molto mentre la

accompagnava al suo appartamento, che si trovava a La Jolla. Lei gli diede le indicazioni, e prima che fosse pronta lui stava già parcheggiando.

La paura le provocò un groppo in gola, e fece fatica a non scoppiare a piangere. Si sentiva estremamente emotiva. Era una cosa sciocca, dato che era al sicuro, non era bloccata sottoterra, era sazia e aveva il telefono pieno di numeri di quelli che sperava fossero un gruppo di nuovi amici, ma il pensiero di allontanarsi da Flash era davvero doloroso.

Lui andò sul retro e prese la sua valigia, che qualcuno aveva evidentemente messo nel SUV, e una volta posata a terra tirò su la maniglia. Poi le si avvicinò e le porse la mano.

Non parlò, non gliela afferrò, aspettò che fosse lei a prenderla.

Cosa che Kelli fece senza esitazione.

Non le sorse nemmeno il dubbio se farsi accompagnare o meno alla porta. Quello non era un primo appuntamento, in cui avrebbe avuto timore di mostrare a un uomo appena conosciuto dove abitava. Lui era Flash. Avevano passato un'esperienza orribile insieme. Non aveva problemi a fargli sapere qual era il suo appartamento.

Il condominio era alto diversi piani, e lei viveva al quarto. Aveva una vista meravigliosa e riusciva a vedere l'oceano in mezzo ad altri due edifici. Non era lussuoso, e tutti gli appartamenti avevano porte d'ingresso esterne da cui si accedeva tramite lunghi camminamenti posizionati sui due lati opposti. Aveva sentito alcuni vicini lamentarsi del fatto che il condominio sembrasse un enorme motel, ma a lei era sempre piaciuto. Amava poter prendere un po' d'aria fresca quando la brezza marina soffiava con forza.

Nessuno dei due parlò in ascensore. Kelli, comunque, non avrebbe saputo cosa dire. Grazie? Non andartene? Mi sono divertita? Nessuna di quelle opzioni le sembrava particolarmente appropriata.

Flash la accompagnò alla porta e fece un passo indietro mentre lei tirava fuori le chiavi, apriva e portava la valigia nel piccolo ingresso, per poi voltarsi verso di lui.

Emise un gemito sorpreso perché se lo ritrovò proprio davanti, dato che mentre si occupava del bagaglio lui era entrato... poi le labbra di Flash furono sulle sue.

Il bacio passò da zero a cento in un millisecondo. Kelli si aggrappò a lui mentre la piegava all'indietro. Le piaceva quando lo faceva. Amava la sensazione di leggerezza che le dava stare in quel modo tra le sue braccia. Non aveva per niente paura che la lasciasse cadere.

Entrambi ansimavano quando alla fine lui sollevò la testa e la rimise in piedi, ma non spostò le braccia.

«Non finisce qui per noi» disse roco.

«Ok.»

«Ti ho detto che volevo portarti fuori quando saremmo tornati a casa, e lo voglio ancora. E lo farò.»

«Ok.»

«Ma penso che tu abbia bisogno di un po' di tempo.»

«Tempo?» chiese confusa.

«Quello che abbiamo passato... è stato intenso. Non ti dico questa cosa per fare lo stronzo, ma hai fatto affidamento su di me per superare gran parte dell'esperienza.»

Non aveva torto, così non si offese.

«Quindi voglio che tu sia sicura che sia *io* quello con cui vuoi davvero passare del tempo. Ora che siamo tornati nel mondo reale, i tuoi sentimenti potrebbero cambiare. Potresti renderti conto che non vuoi avere niente a che fare con un militare. Sono spesso via. A volte dobbiamo andarcene all'ultimo minuto. Non sarò qui ogni singola notte, non sarò sempre disponibile per fare le cose che fanno la maggior parte dei fidanzati.»

«Stai cercando di *dissuadermi* dal frequentarti?» gli chiese. Era sempre più confusa.

«No. Sono solo sincero. Non voglio che tu mi metta su un piedistallo a causa dell'esperienza vissuta insieme, per poi rimanere delusa quando scoprirai che sono solo un uomo. Qualcuno con difetti reali e che fa cose che ti infastidiscono.»

«So chi sei, Wade Gordon» ribatté lei con dolcezza. «Non mi serve aspettare.»

Lui strinse un attimo le dita intorno alla sua vita. «Ho bisogno che tu ne sia sicura. Perché con quello che provo per te... mi ucciderebbe se dopotutto decidessi che non sono la persona con cui vuoi stare, se il tempo insieme in Giamaica avesse influenzato la tua versione dell'uomo che sono nella vita reale.»

Kelli non era entusiasta della sua richiesta, ma capiva. «Potresti essere tu quello che si rende conto che non sono chi pensavi io fossi.»

Le sembrò che lui volesse dire qualcos'altro, invece si limitò a stringere le labbra.

«Una settimana?» gli suggerì.

«Una settimana» concordò.

«Va bene.»

«Ok.»

«Però possiamo... parlare?»

«Parlare?»

«Sì. Scriverci. Chiamarci. Mi sembra... *sbagliato* interrompere ogni contatto» gli disse Kelli.

«Mi piacerebbe. Ci saranno momenti in cui non sarò disponibile perché magari sono in riunione o altro, ma se hai bisogno di qualcosa farò del mio meglio per risponderti il prima possibile.»

«La mia vita non è molto eccitante, Flash. Non succederà niente che richieda una tua risposta immediata.»

«In ogni caso, ci sarò sempre per te, Kelli, a prescindere.»

Le stava rendendo ancora più difficile accettare quella stupida pausa di una settimana, ma annuì.

«Tra sette giorni ti verrò a prendere e ti farò fare un tour di Riverton. Ti mostrerò il negozio di Julie, la mia spiaggetta preferita, magari ti porterò alla base navale. Possiamo pranzare da qualche parte... e se vuoi, poi possiamo andare a casa mia e guardare un film o fare altro.»

«Mi piacerebbe.» E diceva sul serio. Soprattutto andare a casa sua. Era già giunta alla conclusione che desiderava quell'uomo. Voleva tutto di lui. Nudo e sopra di lei. O sotto di lei. Non importava. Non aveva mai desiderato nessuno così intensamente. Dormire con lui era stato bello, ma addormentarsi dopo che fosse stato dentro di lei e, sperava, l'avesse fatta venire... sarebbe stato il paradiso.

Rimasero lì a fissarsi per un attimo, poi Flash fece un respiro profondo, si chinò e la baciò di nuovo. Non fu appassionato come gli altri baci che si erano scambiati, ma comunque non meno travolgente.

«Una settimana» le disse con dolcezza, allontanandosi.

Kelli non riusciva a parlare, poté solo annuire.

Poi Flash se ne andò. Tornando indietro lungo la passerella.

Dopo aver chiuso a chiave la porta vi si appoggiò contro e scivolò giù fino a sedersi sul pavimento. Si abbracciò le ginocchia piegate, abbassò la fronte e fece diversi respiri profondi. Non voleva piangere, lo aveva già fatto a sufficienza. Flash non le aveva detto addio per sempre. Doveva passare solo una settimana. Comprendeva il suo desiderio di assicurarsi che lei fosse certa di volerlo davvero rivedere, e non in un contesto in cui lui era il salvatore, ma ciò non significava che non facesse schifo.

Perché anche se lo considerava decisamente il suo salvatore, Flash era molto più di quello. Non era perfetto. Nemmeno lei lo era. Erano umani imperfetti che avevano vissuto insieme un'esperienza intensa e creato un legame.

Un legame che era certa si sarebbe rafforzato con il passare dei giorni, invece di indebolirsi. Ma se lui aveva bisogno di tempo, glielo avrebbe concesso.

Fece un altro respiro profondo, si alzò e afferrò la maniglia della valigia. La portò direttamente all'armadio in corridoio, dove erano impilate lavatrice e asciugatrice. La aprì e mise tutti i suoi vestiti a lavare... mancavano solo il costume da bagno e il copricostume che aveva lasciato nel cesto della spazzatura al resort.

Tirò fuori gli articoli da toeletta e altri oggetti e li ripose in bagno. Poi trascinò la valigia in camera da letto e la sistemò nell'angolo più in fondo della sua piccola cabina armadio. Infine, si sedette sul letto e si mise a fissare il vuoto.

La suoneria del telefono la spaventò a morte, in parte perché era stata immersa nei suoi pensieri, in parte perché non la chiamava mai nessuno. Abbassò lo sguardo e sorrise quando sullo schermo vide il nome di Flash.

«Hai dimenticato qualcosa?» gli chiese, invece di salutarlo.

«No. Volevo solo sentire la tua voce.»

Il suo sorriso si allargò.

«Sei già a letto?»

«No. Ho messo i vestiti in lavatrice e ho appena finito di disfare la valigia. Sei a casa?»

«Quasi.»

La conversazione continuò anche mentre Flash arrivava al suo appartamento, entrava, disfaceva le valigie e si preparava qualcosa da mangiare. Anche Kelli sbocconcellò qualcosa e poi si cambiò per andare a letto. Chiacchierarono del più e del meno e non ci furono silenzi imbarazzanti. Si rese conto di quanto a lungo avessero parlato solo quando lui disse: «Dovrei lasciarti andare.»

«Devi alzarti presto domani... o meglio, oggi?»

«Sì. Abbiamo l'allenamento tra un paio d'ore.»

«L'allenamento? Non puoi prenderti un giorno libero dopo quello che è successo?»

Flash ridacchiò. «No. Devo anche incontrare il mio comandante. Fare rapporto. E deve sapere che Jeckle è negli Stati Uniti. Non so cosa ne verrà fuori, se mai verrà fuori qualcosa, ma il fatto che quell'uomo abbia cercato di chiedere un riscatto per una proprietà del governo statunitense è probabilmente un reato.»

«Non sono sicura che mi piaccia che ti riferisca a te stesso come una proprietà del governo» borbottò Kelli. Flash le aveva detto in precedenza che il tizio che li aveva rapiti era fuggito dalla Giamaica ed era andato a Los Angeles. Non ne era stata entusiasta, ma era determinata a non pensare ulteriormente a quell'uomo.

Lui ridacchiò. «È quello che sono. Ti chiamo domani?»

«Sì, grazie.»

«Cos'hai in programma di fare?»

«Niente di interessante come la tua giornata. Probabilmente andrò a trovare mia madre. Poi parlerò con il mio capo all'agenzia di viaggi per vedere se ho ancora un lavoro. Dato che oggi avrei dovuto lavorare e non ho chiamato, potrei essere stata licenziata.»

«Di certo non ti licenzieranno dopo aver scoperto che sei stata rapita, o per lo meno ti *riassumeranno*.»

«Forse. Comunque non sono sicura di voler tornare lì. Penso che potrei passare al community college per parlare con un consulente. È ora che capisca cosa fare della mia vita. Se quello che è successo mi ha insegnato qualcosa, è che voglio fare la differenza nel mio piccolo angolo di mondo. Non mi va di passare il resto della mia esistenza a fare dei lavori che non mi piacciono.»

«Penso che sia un'ottima idea. Parleremo domani sera così mi racconterai tutto quello che hai scoperto. Sarò qui per ascoltarti e darti un parere.»

Un senso di contentezza la pervase. «Grazie.»

«Dormi bene. Sarà strano non averti addormentata sopra di me stanotte.»

«Già.»

«Ci sentiamo domani.»

«A domani.»

«Ciao.»

«Ciao.»

Kelli chiuse la chiamata e si rese conto che stava sorridendo. Avrebbe dovuto essersi addormentata già da ore, ma almeno lei poteva dormire fino a tardi e non doveva alzarsi alle cinque per andare ad allenarsi come Flash.

Prese un altro cuscino, se lo strinse al petto e chiuse gli occhi. Non era come usare *lui* come cuscino, ma si sarebbe dovuta accontentare... almeno per un'altra settimana.

Da lì in avanti sarebbe potuto succedere di tutto.

CAPITOLO QUATTORDICI

La settimana successiva fu surreale per Kelli. Si era ritrovata catapultata di nuovo nella sua vita, e sebbene si sentisse una persona diversa, nulla intorno a lei era cambiato. Il suo fastidioso vicino di casa teneva ancora la musica troppo alta, sua madre, pur essendo felice che stesse bene, non le aveva chiesto molto di quello che era accaduto ed era tornata a essere assorbita dalla propria vita. Il traffico era ancora intenso, il tempo splendido e le bollette dovevano sempre essere pagate.

Una cosa era cambiata... Kelli era stata effettivamente licenziata per non aver chiamato ed essersi assentata dal lavoro. Non aveva importanza che fosse stata letteralmente sepolta viva in un paese straniero, a quanto pareva, le regole erano regole. Ma non ne era turbata. Aveva fatto ciò che aveva detto a Flash... era andata al community college che si trovava non troppo lontano dal suo appartamento e aveva parlato con un consulente accademico. Non che ora fosse più vicina a decidere cosa fare della sua vita, ma sentiva comunque di aver fatto un passo avanti. Sembrava aver anche trovato un bel gruppo di amiche. Quella era decisamente una novità. Riceveva messaggi o mail ogni giorno. Remi era la prima a controllare come stava e che le diceva che se voleva parlare di ciò che era successo lei era disposta ad ascoltarla. Dopotutto, aveva vissuto qualcosa di simile, anche se era stata sepolta per molto meno tempo rispetto a lei. Anche Wren e Josie le avevano scritto. Un giorno, di punto in bianco, Addison si era offerta di prepararle dei biscotti o una torta. E Maggie le aveva mandato una mail in cui diceva che le sarebbe piaciuto vederla non appena lei fosse stata pronta.

Non erano state solo le donne dei compagni di squadra di Flash a contattarla, ma anche Caroline, Julie, Jessyka... riceveva messaggi occasionali anche da tutte le mogli degli ex SEAL. Avere così tanto supporto e amicizia era come un sogno diventato realtà. Kelli non capiva perché fossero tutte così gentili con lei, ma non avrebbe fatto nulla che potesse portarle a cambiare idea riguardo alla loro amicizia.

Ma il cambiamento più bello era che parlava ogni sera con Flash, per circa tre ore... o più. Una volta, mentre erano in videochiamata, avevano parlato così a lungo che si era addormentata. Quando si era svegliata nel cuore della notte, aveva guardato lo schermo e visto che Flash aveva sistemato il cellulare sul comodino e aveva lasciato le luci accese, in modo che anche lei potesse guardarlo dormire.

Alcuni avrebbero potuto pensare che fosse una cosa strana, ma per Kelli era stato... intimo. Le era piaciuto molto. Aveva chiuso la chiamata e gli aveva mandato un messaggio, scusandosi per essersi addormentata e commentando il fatto che il suo letto sembrava vuoto occupato solo da lui.

Era stato un azzardo, ma considerando quanto avevano parlato e quanto spesso Flash le ricordava le ore che mancavano al loro appuntamento, era piuttosto sicura di non essere stata fuori luogo.

Quel giorno lui aveva una riunione che, a suo dire, si sarebbe un po' protratta. Stavano pianificando la missione successiva, cosa che, onestamente, la preoccupava un po'. Ma si rifiutò di lasciarsi scoraggiare dal suo lavoro. Dopotutto, il fatto che fosse un SEAL era l'unica ragione per cui erano sopravvissuti a quella terribile esperienza. Senza le sue conoscenze in materia di sopravvivenza, sarebbe andato tutto molto peggio, e di certo non sarebbero stati salvati così rapidamente senza le risorse e le competenze dei suoi amici.

Se voleva avere una relazione con lui avrebbe dovuto capire come convivere con le sue missioni pericolose. Decise che parlare con le donne che avevano già vissuto la stessa esperienza, e che ovviamente avevano rapporti meravigliosi con i loro uomini, sarebbe stato un buon punto di partenza. Aveva un sacco di domande.

Ma stava anche correndo troppo. Flash aveva ragione, avevano vissuto insieme qualcosa di estremo e traumatico. Più per lei, dato che lui era abituato a quel tipo di situazioni, ma comunque...

Aveva tutta l'intenzione di frequentarlo, di fare le cose normali che faceva una coppia: cene, film, passare il tempo libero insieme, conoscerlo ancora meglio. Non si sarebbe buttata in una relazione solo perché era grata che lui fosse stato presente in ciò che era accaduto in Giamaica.

Ma... quell'uomo aveva le qualità che cercava. Era gentile, paziente e sexy da morire...

Kelli arricciò il naso, un po' disgustata per quell'ultimo

pensiero. In realtà l'aspetto non contava quanto altri tratti positivi. Era possibile che invecchiando diventasse calvo, ingrassasse o che le sue orecchie crescessero di tre taglie.

Ridacchiò e posò sul bancone le borse della spesa fatta quel giorno. Si stava comportando da stupida. Pensare all'aspetto che avrebbe potuto avere Flash invecchiando era ridicolo. Ciò che contava era che tipo di uomo fosse. Aveva un carattere irascibile? Non credeva, ma lo avrebbe detto il tempo. Era possessivo? O *eccessivamente* possessivo? Si sarebbe irritato perché lei aveva un sacco di soldi in banca e non aveva bisogno di essere "accudita"?

In fondo, a prescindere dalle risposte, tutto dentro di lei le urlava che Flash era la persona giusta. Che poteva essere l'uomo con cui avrebbe trascorso il resto della vita. Era stato tutto troppo veloce, si erano appena incontrati, ma, date le circostanze, avevano imparato a conoscere le cose importanti l'uno dell'altra molto in fretta.

Flash la faceva sentire protetta. La ascoltava attentamente quando parlava, e non guardava il telefono o intorno a sé come se stesse cercando qualcosa di più interessante da fare. Quando era con lui si sentiva il centro del suo mondo. E sperava che provasse la stessa sensazione. Voleva che qualsiasi uomo con cui fosse stata non avesse dubbi sul fatto che lei era esattamente dove voleva essere.

Ed era proprio il motivo per cui lui stava dando a entrambi una settimana di pausa.

Sorrise. Era davvero una pausa quando parlavano per ore ogni sera e si mandavano continuamente messaggi per chiedersi come stavano? Non ne era sicura. Sapeva solo che Flash le mancava. Persino parlargli non le sembrava abbastanza. Voleva vederlo. Toccarlo. La sensazione che provava quando si tenevano per mano era di conforto assoluto per lei.

Proprio mentre stava disponendo su una teglia da forno le verdure e il pollo che aveva appena tagliato, il suo telefono vibrò.

Lanciando uno sguardo verso il bancone, vide che Flash le aveva mandato un messaggio.

Flash: *Brutte notizie, dovrò chiamarti molto tardi. Sono appena arrivate nuove informazioni e resteremo più a lungo del previsto per analizzarle.*

Un senso di delusione la pervase, ma lo scacciò. Non aveva idea di quali informazioni avesse ricevuto, ma era orgogliosa di lui perché faceva tutto il possibile per proteggere il mondo.

Kelli: *Ok. Non ho programmi per stasera. Continuerò a pensare a che tipo di carriera voglio intraprendere, magari guarderò un altro episodio di Alone: soli nel nulla, così più tardi ne parliamo.*

Flash: *Non vedo l'ora di sapere cosa pensi di chi si arrende stasera. E sono passati sei giorni. Domani sera vengo a prenderti e ti porto fuori... se per te va bene. Pensa a dove vuoi andare a mangiare.*

I capezzoli di Kelli si inturgidirono all'istante. A quanto pareva, quando Flash diceva qualcosa faceva sul serio. Aveva detto una settimana, e l'indomani sarebbe stata una settimana. Era più che pronta a rivederlo, per capire se il legame che avevano era reale. Pensava di sì, ma lo avrebbe scoperto con certezza il giorno seguente. Non vedeva l'ora.

Kelli: *Per me va benissimo.*

Flash: *Ottimo. Ti mando un messaggio quando ho finito qui. Se starai dormendo, non c'è problema. Possiamo parlarne domani.*

Era un problema per lei. Non aveva capito che avrebbe potuto finire *così* tardi. Le piaceva dormire, ma ultimamente rimaneva sveglia fino a orari assurdi per via delle loro telefonate.

Kelli: *Ok. Mi mancherà parlare con te.*

Flash: *Non quanto mancherà a me parlare con te. Devo andare. Sto ricevendo occhiatacce da Kevlar.*

Kelli: *A dopo.*

Flash: *A dopo.*

Kelli sospirò. Avrebbe voluto che fosse già l'indomani. C'erano un sacco di ristoranti fantastici in cui poteva portarlo, doveva solo aspettare e vedere di cosa aveva voglia e cosa gli piaceva.

Il resto della serata passò abbastanza velocemente. La sua cena fu deliziosa, anche se un po' solitaria. Si era abituata a mangiare mentre parlava con Flash. La puntata di *Alone: soli nel nulla* era stata emozionante e non vedeva l'ora di discuterne con lui. Era stupita dalla resilienza dei concorrenti. Facevano sembrare semplice campeggiare all'aperto con temperature sotto lo zero. Per non parlare di cacciare e uccidere scoiattoli e altri animali e di tentare di pescare quando le condizioni erano pessime.

Supponeva che qualcuno avrebbe detto che quello che aveva fatto lei era stato altrettanto straordinario, ma aveva avuto Flash a fare tutto il lavoro. Probabilmente insieme a lui sarebbe riuscita a sopravvivere a temperature rigide. Avrebbe potuto stare seduta nel rifugio – costruito da lui – a cucinare gli animali che lui catturava e scuoiava.

Kelli rise di sé. No, sarebbe stata una situazione che avrebbe odiato. Non le sarebbe piaciuto non fare la propria parte.

Guardò l'orologio e rimase sorpresa di vedere che erano le nove. Non era tardissimo, considerando l'ora in cui era andata a dormire nell'ultima settimana, ma lo era per Flash trovarsi ancora al lavoro.

Spense la TV e andò in camera. Indossò la maglia a maniche lunghe e i pantaloncini con cui andava a letto di solito, poi tornò lentamente in corridoio, per andare nell'unico bagno che c'era nell'appartamento. Quando finì di fare le sue cose, si infilò sotto le coperte e posò il telefono sul comodino. Prese il tablet e aprì il libro che stava leggendo.

Non pensava che sarebbe riuscita a prestarvi molta attenzione, dato che stava aspettando notizie da Flash, quindi fu piacevolmente sorpresa quando si perse nella storia.

Alla fine lui le mandò un messaggio più di un'ora dopo, dicendo che era esausto e che stava andando a casa a dormire, ma le promise di chiamarla presto l'indomani per decidere a che ora avrebbe dovuto andarla a prendere per portarla a cena.

Invece di mettersi a dormire, continuò a leggere. Voleva scoprire chi era il cattivo nel libro.

E fu per quello che verso mezzanotte era ancora sveglia... e un rumore fuori dall'ordinario proveniente dall'ingresso del suo appartamento attirò la sua attenzione.

Kelli si irrigidì, inclinando la testa, come se ciò le avrebbe permesso di sentire meglio.

Il cigolio dei cardini della porta fece impennare subito l'adrenalina.

Aveva chiuso a chiave, ne era certa, ma aveva bloccato la serratura? Aveva messo la catena? Credeva di no. Aveva avuto le mani occupate dalle borse della spesa e aveva la sensazione di essersene dimenticata. Nessuno aveva una copia delle chiavi del suo appartamento, tranne sua madre, quindi, chiunque fosse appena entrato, non era qualcuno con cui avrebbe voluto trovarsi faccia a faccia in un appartamento buio nel cuore della notte.

Si mosse prima di pensare a quello che stava facendo e saltò giù dal letto, guardandosi intorno freneticamente. Dove avrebbe potuto andare? Se avesse lasciato la camera da letto, chiunque fosse entrato l'avrebbe vista subito. Non era un posto tanto grande. Il bagno era nel corridoio, quindi anche quello era fuori questione. Non che lì dentro ci fosse un buon nascondiglio. E non poteva infilarsi sotto il letto perché aveva dei cassetti che riempivano lo spazio sotto la rete.

Per un secondo andò nel panico, poi avrebbe potuto giurare di aver sentito la voce di Flash nella sua testa dirle di respirare. Di essere intelligente.

Voltandosi di scatto, Kelli rifece in silenzio e in fretta il letto, tirando su le coperte in modo che sembrasse che non si fosse mai sdraiata. Certo, le lenzuola erano ancora calde, ma non poteva farci niente.

Prese il telefono e andò nell'unico posto possibile.

La cabina armadio.

Era abbastanza spaziosa, cosa che l'aveva entusiasmata quando aveva affittato la casa. Aveva vari scaffali e due aste appendiabiti contro una parete: le maglie si trovavano su quella più in alto, i pantaloni su quella più in basso. Avrebbe potuto nascondersi dietro ai pantaloni, ma non c'era molto spazio e chiunque fosse entrato l'avrebbe sicuramente vista.

Alla fine il suo sguardo, che cercava in modo frenetico, si posò sulla valigia che lei aveva disfatto la settimana prima. Era nell'angolo in fondo, con la cerniera aperta come l'aveva lasciata, perché era stata troppo pigra per chiuderla, per non parlare di metterla nell'armadio dell'ingresso dove di solito la riponeva.

Muovendosi d'istinto, e ringraziando la fortuna di non arrivare al metro e cinquantotto, ne sollevò una parte, entrò e si rannicchiò in posizione fetale, la riabbassò e poi armeggiò con la cerniera.

Chiunque fosse entrato si stava spostando lungo il corridoio. Poteva sentire i passi avvicinarsi sempre di più.

Finalmente riuscì ad afferrare la linguetta e a chiudere parzialmente la cerniera.

Trattenne il respiro quando sentì una voce maschile imprecare in camera sua.

Kelli non era mai stata così terrorizzata. Nemmeno quando le avevano puntato una pistola in faccia. E si rese conto che era stato perché Flash allora era con lei. La sua presenza non aveva aumentato o ridotto la probabilità che le sparassero, ma il semplice fatto di vivere quell'esperienza con qualcun altro l'aveva resa meno terrificante.

Stare rannicchiata al buio ad ascoltare una persona estranea lanciare oggetti in giro era *più* che terrificante. Era quasi paralizzata dalla paura.

Sentì la mano pulsare e si rese conto che stava stringendo il telefono con così tanta forza che le avrebbe di sicuro lasciato dei segni sul palmo.

Il cellulare! Era così in preda al panico da essersi completamente dimenticata di averlo preso dal comodino!

Stava per chiamare il 911 quando l'intruso entrò nell'armadio. La luce si accese e Kelli capì che da un momento all'altro sarebbe stata trovata, probabilmente violentata e forse uccisa.

L'uomo – ora sapeva con certezza che si trattava di un uomo perché imprecava e borbottava continuamente – frugò tra i suoi vestiti. Poi sentì un forte schianto, che la fece trasalire nel suo nascondiglio, e un peso posarsi sulla valigia. Doveva aver tirato giù un'asta appendiabiti completa, che era ovviamente atterrata proprio dov'era nascosta lei.

Ma era un bene. Non la distruzione dei suoi averi, ma il fatto che fosse sepolta sotto i vestiti. Significava che il tizio che non aveva motivo di credere che lei fosse in quella valigia, proprio sotto il suo naso.

Non si arrischiò a muoversi nemmeno di un centimetro mentre lui era nella stessa stanza; se si fosse anche solo minimamente spostata avrebbe visto i vestiti muoversi oppure la luce dello schermo del telefono avrebbe potuto filtrare attraverso la parte aperta della valigia. No, doveva rimanere completamente immobile e in silenzio. Ovviamente, proprio in quel momento, iniziò a pruderle il naso.

Se avesse starnutito, sarebbe stata praticamente morta.

Strizzò gli occhi e fece del suo meglio per reprimere la reazione involontaria del suo corpo a ciò che la circondava.

Con suo immenso sollievo, l'uomo uscì dall'armadio, ma lo sentì continuare a gettare oggetti in giro per la camera da letto. Quindi il pericolo era ancora molto reale.

Si prese il rischio di guardare il telefono che stringeva ancora in una morsa letale e toccò lo schermo. Fece una smorfia a causa della luminosità, ma la abbassò rapidamente, visualizzò le chiamate recenti e cliccò sul nome di Flash.

Era stupido, avrebbe dovuto chiamare il 911, ma la prima e unica persona che le era venuta in mente era stata Flash. Lui l'avrebbe aiutata. Sapeva dove abitava e non avrebbe esitato ad andare lì. Non aveva il minimo dubbio.

Un po' impacciata, si portò il telefono all'orecchio... per niente al mondo lo avrebbe messo in vivavoce, non se voleva rimanere nascosta. Squillò due volte poi Flash rispose. «Kelli? Che problema c'è? Stai bene?»

Aprì la bocca per rispondere che no, non stava assolutamente bene e che aveva bisogno di lui, ma si bloccò quando l'intruso rientrò nell'armadio.

«Kelli?»

La sua voce risuonò forte. Troppo forte. Ma, ancora una volta, Kelli ebbe paura di muovere anche un solo muscolo. Perché l'uomo era tornato? Sapeva che era lì? Aveva capito che in casa non c'era letteralmente nessun altro posto dove nascondersi?

«Se non mi rispondi vengo da te. Capito?»

Sì, aveva capito. Chiuse gli occhi e le scese una lacrima. Il suo respiro si stava facendo sempre più ansimante. Le sembrava che non le arrivasse abbastanza aria.

Flash doveva averla sentita andare in iperventilazione

attraverso l'altoparlante, perché abbassò il tono e le disse con voce più calma: «Sono qui, Kelli. Sto arrivando. Respira più lentamente. Ce la puoi fare.»

Non era vero. Non poteva farcela! Il panico stava prendendo il sopravvento. A un certo punto il tizio diede un calcio al bordo della valigia. Era sicura che si sarebbe accorto che era troppo pesante, e l'avrebbe trovata.

Invece imprecò ancora un po' e se ne andò di nuovo.

«Sono in macchina. Resisti, Kelli. Tieni duro.»

Aveva pensato che chiunque fosse entrato nell'appartamento se ne sarebbe andato, invece lo sentì continuare a camminare pesantemente in giro, distruggendo altra roba.

Flash avrebbe impiegato quasi mezz'ora per arrivare a casa sua. Forse meno, visto che era notte fonda e probabilmente c'era poco traffico, ma potevano succedere così tante cose in trenta minuti... anche in venti.

«Ho paura» sussurrò, a voce così bassa che era sicura che Flash non sarebbe riuscito a percepire nulla.

Ma la sentì.

«Lo so. Sento il tuo respiro accelerato. Cos'è successo? Hai avuto un incubo?»

«No. C'è qualcuno.»

«Cazzo, qualcuno si è introdotto nel tuo appartamento? Devo chiamare Dude, è quello che abita più vicino a te.»

Ormai era quasi sopraffatta dal panico. Non poteva chiudere la chiamata! Se l'avesse fatto, avrebbe perso completamente la testa. Lui era l'unica cosa che le impediva di saltare fuori dal suo nascondiglio e correre urlando per l'appartamento, cercando di raggiungere la porta.

«Lo aggiungo alla chiamata. Non riattacco. Aspetta.»

Il sollievo quasi la stordì, o forse era la mancanza di ossigeno. Non ne era sicura. Sapeva solo che lui non avrebbe chiuso la chiamata.

«Dude? Sono Flash. Ho bisogno di te. Qualcuno è entrato nell'appartamento di Kelli. Lei è nascosta.»

«Indirizzo?»

Flash lo snocciolò all'amico.

«Dove sei?» gli chiese Dude.

«Sto arrivando, ma mi mancano ancora circa venticinque chilometri.»

«Ok. Posso essere lì in dieci minuti.»

«Potrei anche batterti sul tempo, Kelli?»

«Sì?» sussurrò lei, sentendosi molto più forte sapendo che qualcuno stava arrivando.

«È ancora lì?»

Si bloccò, sforzandosi di sentire qualcosa, qualsiasi cosa. Poi, con sua sorpresa, non sentì rumori... ma percepì un odore.

Di bacon.

Quello stronzo stava *cucinando*? In frigo ne aveva un po' di quello che andava in microonde. Preferiva quello "vero", ma quando le veniva voglia di mangiarlo era più facile e sporcava meno cuocerne una fetta o due nel microonde.

«Kelli?» La voce agitata di Flash la riportò alla conversazione.

«Sì» rispose.

«Ok. Resta dove sei, non fare rumore. Arriveremo presto. Stai andando bene. Sei brava, tesoro.»

Non si sentiva brava. Le prudeva ancora il naso, la posizione in cui si trovava le provocava dei crampi in tutto il corpo e faticava ancora a respirare, soprattutto ora che si era messa a piangere.

«Sappiamo chi è?» chiese Dude.

«No.»

Quello la portò a chiedersi: chi poteva *esserci* nel suo appartamento? Cosa voleva? Era al quarto piano, nella parte centrale della passerella, non esattamente la posizione ideale per qualcuno che voleva fare irruzione. La stavano tenendo d'occhio? Sapevano che era una donna che viveva da sola? Non aveva notato nulla di anomalo, ma ciò non significava molto. Non era un Navy SEAL, non era addestrata a individuare delle persone che potevano star spiando il suo appartamento.

Avrebbe potuto essere l'addetto alla manutenzione, ma sarebbe stato un po' strano. O l'amministratore, anche lui aveva un passepartout... ma era improbabile a quell'ora di notte.

Chi potesse esserci nell'appartamento, chi l'avesse distrutto, chi fosse in cucina anche in quel momento a cucinare il *bacon* nel microonde era un mistero assoluto.

«Chiudo. A presto» disse Dude conciso.

«Kelli? Sei ancora lì?» chiese Flash dopo un attimo.

«Sì» sussurrò.

«Uno dei miei ricordi preferiti della Giamaica è Fred la cavalletta. Ricordi?»

Ovvio che sì. Quando era stato il suo turno di raccontare una fiaba, aveva inventato la storia sciocca su Fred, e Flash aveva riso a crepapelle.

«Penso che dovresti scriverla. Sarebbe un ottimo libro per bambini. Hai mai pensato di raccontare storie per vivere?»

Sapeva cosa stava facendo. Cercava di distrarla e, incredibilmente, stava funzionando. Flash continuò a parlarle con un tono calmo mentre guidava verso l'appartamento. Ormai non sentiva più rumori in camera da letto né fuori, e l'odore di bacon era diminuito. Non si poteva sapere se la persona che si era introdotta se ne fosse andata o se era ancora lì.

All'improvviso, la visione di Flash che irrompeva dalla porta d'ingresso solo per essere accolto da un tizio armato la fece tremare quasi in modo incontrollabile.

«Non so se ha una pistola» sussurrò. «Non l'ho visto.»

«Va tutto bene, Kelli. Ci penso io. Non preoccuparti.»

Non preoccuparti. Sì, certo. Kelli era completamente sopraffatta dalla preoccupazione.

«Sarò lì tra tre minuti. Voglio che tu rimanga nascosta a prescindere da ciò che sentirai. Non uscire finché non ti do io il via libera. Non posso fare quello per cui sono stato addestrato se dovessi preoccuparmi che tu non venga ferita. Ok? Resterai lì finché non mi sentirai gridare "Fred"? Credo che sia un'ottima parola in codice.»

Quello fece aumentare il suo livello di stress, ma riuscì a dire: «Sì.»

«Brava ragazza. Finirà presto, te lo prometto. Sei stata davvero coraggiosa e intelligente a nasconderti dove non poteva trovarti. Sono impressionato. Ok, sto parcheggiando. Anche Dude è appena arrivato. Ora chiudo la chiamata, ma sono qui. Ci vediamo presto.»

Kelli deglutì a fatica. «Fai attenzione» sussurrò.

«Certo. Stasera ho un appuntamento importante che non mi perderei per niente al mondo. A presto, tesoro.»

La linea cadde. Incredibilmente, si accorse di aver sorriso al suo commento sull'appuntamento. Come diavolo aveva fatto a farla *sorridere* nel mezzo di quella situazione terrificante? Era stressato, lo aveva percepito nella sua voce, eppure era rimasto comunque concentrato e calmo. Proprio come lo era stato in quell'autobus in Giamaica.

Flash riusciva a mantenere sempre il controllo, ed era per *quello* che Kelli riusciva a sorridere. Perché era bravo nel suo lavoro, motivo per cui aveva chiamato lui invece della polizia. Se il tizio fosse stato ancora lì, Flash se ne sarebbe occupato. Lo avrebbe sottomesso e trattenuto finché non fossero arrivati i poliziotti per arrestarlo. Doveva solo rimanere nascosta e in silenzio finché lui non avesse pronunciato la parola in codice.

Fece un respiro profondo e si sforzò di sentire qualcosa dal suo nascondiglio. L'attesa la stava uccidendo, ma non si sarebbe mossa nemmeno di un centimetro finché Flash non le avesse detto che andava tutto bene. Si fidava ciecamente di lui. Punto.

CAPITOLO QUINDICI

FLASH BALZÒ FUORI dal SUV e salutò con un cenno Dude. Salirono le scale due alla volta fino al quarto piano. Non c'era nessuno in giro. Il posto era deserto, ma ciò non significava che chiunque fosse entrato nell'appartamento di Kelli non fosse ancora lì.

Comportandosi come se avessero lavorato insieme per tutta la vita – una volta SEAL, sei SEAL per sempre – Dude andò da un lato della porta e Flash dall'altro. Era ovvio che fosse stata manomessa, c'erano segni di scasso sullo stipite, e il pannello non era completamente chiuso.

Entrambi avevano la pistola in mano e gli occhi socchiusi, e le labbra serrate del suo compagno SEAL indicavano che era altrettanto pronto ad agire, a prescindere da ciò che avrebbero trovato all'interno.

Dude fece un cenno verso la porta, poi a lui e alzò tre dita.

Flash ricambiò il cenno e fece un passo indietro, dando all'altro uomo lo spazio per lavorare.

Dude si posizionò di fronte alla porta, fece il conto alla rovescia con le dita – tre, due, uno – e sollevò una gamba per dare un calcio al pannello con tutta la forza che aveva.

La porta si spalancò, sbattendo contro il muro del piccolo ingresso dell'appartamento di Kelli.

Stranamente, l'odore di bacon fu la prima cosa che Flash notò mentre entrava rapidamente con l'arma pronta a sparare.

Entrambi ispezionarono la zona giorno e la cucina; erano vuote. Ignorando la totale distruzione, Flash percorse il corridoio. Dopo aver controllato il bagno e averlo trovato vuoto, proseguirono verso la camera da letto principale.

Lenzuola e coperte erano state tirate via, i comodini erano rovesciati e rotti. C'erano soprammobili e libri sparsi ovunque. Foto che chiaramente erano state appese al muro ora si trovavano sul pavimento ed erano state calpestate, e i frammenti di vetro erano dappertutto. Anche la libreria era stata rovesciata.

Chiunque avesse fatto quel casino... doveva essere stato arrabbiato. Non si trattava di un'irruzione a caso, ci avrebbe scommesso la vita.

Dude andò a controllare l'armadio, e quando Flash lo raggiunse vide che aveva subito lo stesso tipo di trattamento del resto dell'appartamento.

Le aste appendiabiti erano state tirate via e i vestiti erano sparsi ovunque nell'ampia stanza. Flash scosse la testa davanti a quell'inutile distruzione. Aveva l'impressione che chi aveva fatto quel disastro non stesse cercando qualcosa di valore. Aveva rotto delle cose e distrutto gli effetti personali di Kelli solo perché poteva. Ciò rendeva la situazione ancora più pericolosa ai suoi occhi, perché se l'intruso non aveva avuto intenzione di rubare nulla... qual era stato il suo obiettivo?

«Dov'è Kelli?» chiese Dude.

Flash non aveva idea di dove si fosse nascosta. Certo, non avevano fatto una ricerca approfondita, ma non aveva visto nessun posto dove avrebbe potuto rintanarsi.

«Controlliamo di nuovo il bagno?» suggerì.

Ma non trovarono nessuna traccia di Kelli, e l'adrenalina di Flash aumentò ancora di più. Ed era già piuttosto alta. Dov'era? Se n'era andata? Chiunque era entrato l'aveva trovata? L'intruso l'aveva portata giù con l'ascensore mentre lui e Dude correvano su per le scale?

No... era sicuro che non fosse ciò che era successo. Non aveva chiuso la chiamata finché non era entrato nel parcheggio. E non aveva visto nessuno aggirarsi nei paraggi o costringere Kelli a salire in macchina, nessuno portarla in spalla. Era lì da qualche parte. Doveva esserci e basta.

Poi si ricordò di quello che le aveva detto. Della parola d'ordine per il via libera. Se n'era completamente dimenticato nella foga del momento.

«Fred!» gridò.

«Ma che cazzo!?» chiese Dude, lanciandogli un'occhiata.

«Fred!» urlò di nuovo Flash, entrando in camera da letto.

Poi lo sentì: un fruscio proveniente dalla cabina armadio.

«Abbiamo controllato l'armadio, vero?» chiese a Dude, dirigendosi verso di esso.

Ciò che vide gli fece tremare le gambe. Un grande mucchio di indumenti nell'angolo si stava muovendo. «Aiutami!» esclamò, cadendo in ginocchio e togliendo freneticamente i vestiti.

Dude gli arrivò accanto in un batter d'occhio, e tirarono fuori dall'enorme pila pezzi di un'asta attaccapanni, pantaloni, maglie e persino scarpe. Sotto c'era una valigia.

«Kelli?» chiese Flash incredulo, mentre vedeva apparire dall'apertura della cerniera delle piccole dita. Poi vide un occhio, e infine il corpo di Kelli, quando la parte superiore si aprì di scatto rivelando il suo nascondiglio.

«Porca puttana!» esclamò Dude.

Flash stava già allungando le mani verso la donna che si era insinuata nel suo cuore rifiutandosi di andarsene. Lei si lanciò fuori dalla valigia, e lui si ritrovò a cadere all'indietro sul pavimento dell'armadio con una Kelli tremante e spaventata tra le braccia.

«Sei venuto» gli sussurrò contro il collo.

«Certo che sì» la blandì. Il suo cuore batteva all'impazzata. Stava cominciando a rendersi conto che avrebbe potuto perderla. Che chiunque si fosse introdotto avrebbe potuto farle seriamente del male, aggredirla in un modo da cui avrebbe potuto non riprendersi più.

O addirittura ucciderla, se la distruzione causata dall'intruso era un'indicazione della sua rabbia.

Non sapeva per quanto tempo fossero rimasti abbracciati lì, seduti sul pavimento dell'armadio, ma alla fine Dude rientrò – Flash non aveva idea di quando se n'era andato – e disse: «La polizia sta arrivando. E ho chiamato Kevlar. So che sono le due e mezza di notte, ma i ragazzi della tua squadra mi avrebbero fatto il culo, *e* anche a te, se non li avessimo informati il prima possibile di quello che è successo qui.»

Non aveva torto. A ruoli invertiti, se avesse scoperto che era successo qualcosa a uno dei suoi compagni o alle loro donne e lui non fosse stato chiamato, sarebbe stato furioso... e un po' ferito. «Grazie» gli disse un po' in ritardo.

«A rischio di sembrare Tex, non ringraziarmi» si lamentò Dude.

Flash si ritrovò a sorridere. Tex era famoso per essere irritabile quando qualcuno provava a ringraziarlo per qualcosa. Faceva parte del suo fascino.

«Ok. Mi puoi aiutare ad alzarmi, per favore?» gli chiese. Non aveva alcuna intenzione di lasciare andare Kelli tanto presto.

Dude annuì e lo prese per le braccia. Li tirò su insieme come se stesse sollevando un semplice pezzo di carta. «Tutto bene?» chiese con un tono un po' brusco.

«Sì» rispose, e tenendola in braccio uscì dalla camera da letto. Dude gli passò davanti e fece spazio sul divano, e Flash si sedette insieme a lei. Durante tutto il processo Kelli non aveva protestato né detto niente, e ciò lo preoccupò.

«Kelli?» la incoraggiò.

Finalmente lei sollevò la testa e incontrò il suo sguardo. «Sei venuto» ripeté.

«Verrò sempre, se ne ho la possibilità.» Avrebbe voluto dirle che sarebbe sempre corso da lei senza pensarci due volte, ma la verità era che a volte non era fisicamente in grado di essere al suo fianco. Ma Kelli aveva bisogno di sapere che anche se *lui* non poteva essere presente, ci sarebbero stati i suoi amici. Tipo Dude. Come se potesse leggergli nel pensiero, lei guardò il suo amico. «Apprezzo che tu ti sia alzato nel cuore della notte e sia venuto qui.»

Lui annuì. «Non avrei mai potuto rifiutarmi.»

Poi Kelli si guardò intorno, e Flash capì il momento esatto in cui si rese conto della distruzione che la circondava.

«Faremo ripulire tutto» le disse in fretta.

Lei osservò il suo appartamento, girando la testa da una parte all'altra. «L'ho sentito mentre andava in giro a rompere tutto, anche se in quel momento non sapevo esattamente cosa stesse facendo.»

«Come facevi a sapere che non ti avrebbe trovata in quella valigia?» le chiese Dude, mentre il suono delle sirene iniziava a penetrare nella notte silenziosa.

«Non lo sapevo» rispose con una piccola scrollata di spalle e alzando lo sguardo verso di lui. «Ero sveglia, a letto, e stavo leggendo quando ho sentito la porta aprirsi, i cardini cigolare. Mi sono alzata e ho capito che era troppo tardi per chiudermi in bagno, o in qualsiasi altro posto. Mi avrebbe vista non appena fossi uscita dalla camera. Ho rifatto il letto, sperando che pensasse che non fossi in casa, poi sono andata nella cabina armadio. Volevo nascondermi dietro ai vestiti. Meno male che non l'ho fatto, visto che ha tirato giù le aste. Poi ho visto la valigia. Di solito la metto nell'armadio all'ingresso, ma questa settimana non ho mai avuto voglia di farlo. Mi sono rannicchiata dentro... quasi non riuscivo a credere di esserci entrata... poi ho chiuso la cerniera il più possibile prima che lui arrivasse in camera e ho trattenuto il respiro, sperando che non gli venisse in mente di guardare lì.»

«Ed era un uomo? L'hai sentito?» chiese Flash.

«Sì» confermò. «Imprecava un sacco. E...» Fece una pausa, sollevando la testa per annusare l'aria. «Mi è sembrato di sentire odore di bacon. Credo che l'abbia cucinato prima di andarsene.»

Flash era sbalordito. Lo aveva percepito anche lui, ma aveva pensato che fosse l'odore lasciato da uno spuntino notturno di Kelli. «*Perché*? Perché avrebbe dovuto farlo?»

Lei scrollò le spalle. «Non ne ho idea.»

«Scusa, non l'ho detto per ottenere una risposta, stavo solo esprimendo il mio stupore.»

«Devi assolutamente dirlo ai detective, magari ha lasciato delle impronte digitali sul frigorifero o sulla confezione.»

Kelli annuì e Flash notò l'espressione shoccata che apparve sul suo viso. Non era ferita, ma psicologicamente si era ritrovata ad affrontare un sacco di cose spiacevoli in un breve lasso di tempo. L'irruzione, la distruzione dei suoi averi e il pensiero che quel tizio fosse ancora là fuori.

«Dopo aver parlato con la polizia, ti porto a casa.»

Lo guardò confusa. «Casa?»

«A casa mia.»

Il sollievo che le illuminò il viso gli confermò di aver preso la decisione giusta.

«Ok» disse sommessamente.

In quel momento apparvero sulla soglia due poliziotti ad armi spianate, che puntarono contro loro tre.

«Mani in alto!» urlò un agente.

Kelli girò subito la testa contro il collo di Flash, mentre sollevava entrambe le mani in modo che potessero essere viste.

Anche lui le alzò, rendendosi conto di aver lasciato la sua arma sul pavimento dell'armadio dove l'aveva posata quando aveva visto la pila di vestiti muoversi. Non ci volle molto perché i poliziotti capissero che loro non rappresentavano una minaccia.

Kelli impiegò molto tempo a riportare i fatti accaduti, e ancora di più per raccontarli *di nuovo* una volta arrivati i detective. Poi, quando si presentò l'NCIS, dovette raccontare tutta la serata da capo. A quel punto, erano arrivati anche Kevlar e il resto della squadra e il sole stava facendo capolino all'orizzonte. Kelli era stata sveglia praticamente tutta la notte, e Flash capì che era allo stremo. Doveva portarla in un posto sicuro dove dormire.

Se ne occupò Dude di spiegare a Kevlar e agli altri l'accaduto, così lei non dovette farlo una quarta volta. Mentre lei parlava con l'amministratore dell'appartamento Kevlar gli si avvicinò... e gli ricordò qualcosa che lo scosse profondamente.

«Brant Williams è ancora a piede libero. E in Giamaica ha preso i documenti di entrambi, che contengono i vostri indirizzi. Potrebbe essere stato lui?»

Il primo istinto di Flash fu di dire di no. Che era impossibile. Ma si trattenne.

Perché non avrebbe potuto essere lui? Quell'uomo doveva essere incazzato perché il suo piano era stato sventato. Inoltre, l'autobus che aveva fatto modificare e sotterrare, probabilmente pagando una bella cifra, non era più utilizzabile per futuri rapimenti. E in aggiunta aveva dovuto lasciare il Paese per sfuggire al lungo braccio della legge, e ora era un ricercato. Quindi perché non avrebbe dovuto dare la caccia a Kelli negli Stati Uniti? O a lui, se era per quello?

«Cazzo» disse dopo un attimo. Non sarebbe stato sicuro portare Kelli nel suo appartamento. Soprattutto se si trattava di Williams... che sapeva dove abitava.

«Tieni. Stai a casa mia» disse Smiley, porgendogli un mazzo di chiavi. «Non sa dove abito, e io posso stare da te. In agguato. Se oserà farsi vedere, se ne pentirà.»

Era un'offerta molto generosa, ma Flash esitò, riluttante a mettere in pericolo Smiley, anche se sapeva che il suo amico sapeva cavarsela da solo. Inoltre... voleva davvero mettere le mani su Williams.

«Prendile» lo incitò Kevlar. «È una buona soluzione e ha

senso, dato che tutti noi abbiamo le nostre donne di cui occuparci.»

Flash prese le chiavi, poiché la sicurezza di Kelli era più importante del suo orgoglio e del suo desiderio di neutralizzare Brant Williams di persona. «Grazie» disse a Smiley. «Fai attenzione.»

«Non sono io quello che deve stare attento» ribatté lui con un lampo di rabbia negli occhi. «E non ringraziarmi ancora. Non hai visto il posto. In effetti, assomiglia un po' a questo.» Smiley indicò con la testa il caos intorno a loro.

Flash gemette, mentre i suoi compagni di squadra ridacchiarono.

Vide Kelli avvicinarsi, e voltò subito le spalle ai suoi amici per andarle incontro.

«Mi dispiace che la polizia stia facendo così tante domande all'amministratore» gli disse, quando le prese le mani tra le sue.

«Non essere dispiaciuta. Ha la chiave di casa tua, è normale che lo interroghino.»

«Mi spiace comunque.»

A lui no. Anzi, era piuttosto sicuro che Preacher e MacGyver stessero progettando di parlare con quell'uomo dopo che i poliziotti se ne fossero andati.

«Pronta ad andartene?» le chiese.

Kelli si guardò intorno. C'erano ancora tecnici della scientifica che andavano avanti e indietro.

«Remi, Wren e Addison arriveranno tra poco per iniziare a esaminare la tua roba e separare ciò che può essere recuperato da ciò che dovrà essere buttato via. Wolf e Mozart sostituiranno le serrature, probabilmente con qualcosa che richiederà quattro chiavi e la scansione di un'impronta digitale per essere aperto. Josie e Maggie parleranno con Julie per sostituire eventuali vestiti danneggiati e laveranno il resto in modo che tutto sia fresco e pulito.»

«Oh. Non serve che lo facciano» disse Kelli.

«Certo che no. Ma vogliono farlo.»

«Io...» I suoi occhi si riempirono di lacrime.

Sì, era decisamente allo stremo. «Vieni qui» le disse Flash, stringendola forte a sé.

«Non so cosa dire. Cosa fare.»

«Non devi dire o fare niente. Quello di cui hai bisogno è di dormire un po'. Le cose sembreranno migliori quando ti sveglierai.»

La sentì fare un respiro profondo. «Andiamo a casa tua?»

Quella era la parte che non voleva dirle... ma non avrebbe avuto segreti per quella donna. «Cambio di programma. Resteremo a casa di Smiley per un po'.»

Lo guardò accigliata. «Perché?»

«Non sappiamo chi si è introdotto, ma Williams non è ancora stato trovato.»

«E sa dove abitiamo» concluse Kelli per lui.

Flash avrebbe dovuto sapere che non sarebbero servite spiegazioni. La sua donna era intelligente. «Esatto.»

Lei sospirò. «Va bene. Ma odio avere la sensazione che stiamo cacciando Smiley dal suo appartamento.»

«Non è quello che stiamo facendo. È più che felice di stare a casa mia. Anzi, spera che dietro a tutto questo ci sia Williams e che osi entrare nel mio appartamento.»

«Non voglio che gli capiti qualcosa di brutto» disse Kelli sommessamente.

«È impossibile che qualcuno riesca a cogliere Smiley impreparato. Ultimamente è uno stronzo figlio di puttana, da quando Bree Haynes è scomparsa di nuovo in una nuvola di fumo.»

«È la donna che ha trovato a Las Vegas, giusto?»

«Sì. Ed è lei che ha salvato Ellory e Yana dall'uomo che le aveva vendute per i loro organi.»

Kelli aggrottò la fronte. «C'è qualcosa che possiamo fare per aiutarla?»

Dio, Flash adorava quella donna. Aveva un sacco di problemi da affrontare, eppure pensava agli altri. «No. Bree è chiaramente nei guai, ma sa anche come rimanere nell'ombra. Stiamo tutti sperando che prima o poi trovi il coraggio di parlare con uno di noi.»

Kelli ondeggiò tra le sue braccia e Flash decise che la conversazione era ufficialmente chiusa. Le mise un braccio intorno alle spalle e la girò verso la porta. Avevano già ottenuto il permesso di andarsene dai detective, che avevano entrambi i loro recapiti e li avrebbero contattati non appena avessero avuto informazioni sull'irruzione o altre domande.

Flash salutò i suoi compagni di squadra e tutti ricambiarono con un cenno del mento. Kevlar aveva promesso di parlare con il loro comandante per spiegargli la situazione e dirgli che Flash non sarebbe andato al lavoro quel giorno. Gli altri avrebbero aiutato le donne a sistemare le cose di Kelli. E se avesse dovuto indovinare, probabilmente entro quel pomeriggio avrebbero ricevuto un sacco di roba da mangiare nell'appartamento di Smiley.

Flash non era mai stato così grato di avere un gruppo di amici così eccezionali come lo era in quel momento.

Dude si avvicinò a loro quando raggiunsero il SUV, e Kelli si voltò verso di lui e gli diede un lungo e sentito abbraccio, come se lo conoscesse da anni. «Grazie per essere venuto quando Flash ha chiamato.»

«Se hai bisogno di qualcosa, *chiama*. Se dovesse succedere quando Flash e la sua squadra sono in missione, sappi che io e i miei amici siamo sempre disponibili. Qualunque cosa accada. Capito?»

«Sì, signore» rispose Kelli con aria insolente, sorridendogli. Ma l'espressione che vide sul suo viso fece svanire il suo divertimento.

«Funziona sempre» disse Dude con una risatina, poi le diede una leggera spinta sul braccio voltandosi verso Flash. «Prenditi cura di lei» gli ordinò, e si girò per andare verso la sua auto.

«È... autoritario» borbottò Kelli.

«Non ne hai idea» ribatté Flash. Tutti conoscevano le preferenze sessuali di Dude. Quanto gli piacesse avere il controllo totale a letto. A volte il suo essere dominante traspariva in altri aspetti della sua vita... ed era stato evidente che, sebbene Kelli non avesse compreso appieno le vibrazioni che emanava, ne era stata comunque influenzata.

«Vieni. Devo portarti a letto.»

Lei gli sorrise. «Mi piace l'idea.»

Flash scosse la testa. Non lo aveva detto in *quel* senso, ma ora che ci pensava, il pensiero di tenerla tra le braccia mentre dormivano era estremamente allettante.

Guidando verso l'appartamento di Smiley, tornò a chiedersi chi poteva essere entrato nell'appartamento di Kelli. Perché? Cosa volevano? Sarebbero tornati?

Era stato Williams?

Aveva troppe domande e nessuna risposta, ma chiunque si era introdotto aveva fallito... perché Kelli aveva mantenuto la calma. E se ci avesse riprovato, avrebbe scoperto che lei non era più sola. Giurò di starle accanto finché il colpevole non fosse stato trovato.

E se *era* stato Williams, lo stronzo che li aveva rapiti e sepolti vivi... era un uomo morto. *Nessuno* doveva permettersi di toccare ciò che era suo.

E Kelli Colbert gli apparteneva, decisamente.

———

Brant Williams si accigliò mentre osservava il caos placarsi fuori dall'appartamento della stronza. Come diavolo aveva fatto a non vederla? A non trovare il suo nascondiglio? Aveva perlustrato l'appartamento e pensato di non averla vista andarsene. Ma non era così. Era stata lì per tutto il tempo! Aveva sprecato *un'altra* occasione per fare soldi.

Sì, era negli Stati Uniti soprattutto perché odiava il fatto che il marinaio e la stronza fossero scappati, e perché voleva dimostrare di essere più furbo di quel coglione e di tutti i suoi amici. Ma il costo della vita era caro in quel Paese. Si era reso conto dopo pochi giorni che i soldi erano troppo importanti. Ne aveva bisogno. Gliene servivano tanti per poter andare avanti con la sua vita... nel lusso, come meritava. Così, quella sera, aveva pianificato di rapire la donna e chiedere un riscatto, proprio come aveva avuto intenzione di fare a casa, in Giamaica.

Ma il tizio della Marina era andato in suo soccorso.

E nell'ultima settimana aveva scoperto che non era un *semplice* marinaio... era un cazzo di SEAL. Non c'era da stupirsi che li avessero trovati così in fretta.

Ma lui non era un uomo che si arrendeva. Per lo meno non

ancora. Avrebbe pazientato. Sapeva dove viveva il SEAL, e probabilmente era lì che stava portando quella stronza in quel momento.

Alla fine, avrebbe trovato un modo per dimostrare a entrambi che, in fondo, era *lui* quello più intelligente. Avrebbe ottenuto i suoi soldi in un modo o nell'altro, e non gli importava chi avrebbe dovuto uccidere per riuscirci.

Aveva bisogno di un nuovo piano – *ancora* – ma si sarebbe inventato qualcosa, e una volta fatto... la stronza e quel cazzo di Wade Gordon sarebbero morti. L'obiettivo finale erano i soldi, ma cosa quasi altrettanto importante... voleva che quei due pagassero per aver mandato a rotoli tutti i suoi piani originali.

CAPITOLO SEDICI

«DOVE HAI DETTO CHE STIAMO ANDANDO?»

Flash guardò la donna accanto a lui e fu di nuovo sopraffatto dall'ammirazione per lei. Nonostante la vita continuasse a metterla alla prova, riusciva sempre a reagire, affrontando un giorno alla volta. Era esattamente il tipo di donna che stava cercando, qualcuno che non si lasciasse turbare dalle piccole cose... ma Kelli non si lasciava turbare nemmeno da quelle *grandi*.

Avrebbe avuto tutto il diritto di essere arrabbiata, di lamentarsi di non poter tornare nel suo appartamento perché la persona che si era introdotta poteva essere ancora in agguato. Non piangeva per l'ingiustizia della vita. Non recriminava che le cose che le erano rimaste potevano stare dentro a una sola valigia.

Era sempre amichevole, ottimista e fiduciosa.

E Flash la desiderava di più ogni giorno che passava. Stava diventando sempre più difficile dormirle accanto senza approfittare della situazione. In particolare del fatto che l'appartamento di Smiley aveva un solo letto... matrimoniale, per giunta. Sì, avrebbe potuto dormire sul divano, ma Kelli aveva detto con fermezza che se lui fosse stato sul divano, lei avrebbe dormito sul pavimento. Il che era ridicolo.

Così, dal giorno dell'irruzione, erano andati ogni sera a letto insieme e avevano dormito abbracciati. Erano state cinque notti di tortura. Non sapeva quanto ancora avrebbe potuto resistere senza infilare la mano sotto quei pantaloncini sexy che lei metteva per dormire... dimostrandole quanto la ammirasse e la desiderasse.

«Flash?»

Oh, gli aveva fatto una domanda.

«All'Aces Bar and Grill. È di proprietà di Jessyka Sawyer, che è sposata con Benny. Te li ricordi, vero?» Quando lei annuì, aggiunse: «Pensavo che ci avrebbe fatto bene uscire un po'.»

Fece un mormorio di assenso, poi cambiò bruscamente argomento. «Credo di aver deciso cosa voglio fare. Sai, come carriera.»

Flash le lanciò uno sguardo sorpreso. Aveva studiato attentamente la documentazione ricevuta dal consulente del community college, e avevano anche avuto un paio di conversazioni sui pro e i contro dei diversi lavori. «Ah sì?» le chiese, sinceramente interessato.

«Mm-mm. L'elettricista» rispose con sicurezza.

«Wow! L'elettricista. Ok, come mai?»

«Ho pensato: cosa potrei fare di davvero utile? Voglio dire, ci sono un sacco di lavori importanti, ma sono davvero utili nella nostra vita quotidiana? Prendiamo ad esempio i guardafili o gli strumentisti di sala operatoria, sono entrambi vitali nella nostra società, ma non potrei usare quelle competenze quando torno a casa alla sera. Però, se conoscessi nei dettagli tutto ciò che riguarda l'elettricità, potrei sicuramente aiutare i nostri amici se avessero bisogno di far controllare qualcosa, oppure potrei installare un sofisticato sistema di illuminazione nel mio appartamento. Se mai dovessi possedere una casa, potrei mettere un miliardo di luci natalizie e sapere come gestire l'impianto elettrico in modo che non si sovraccarichi.» Scrollò le spalle. «O quello o l'idraulico... ma credo che mi verrebbe da vomitare se dovessi sturare un water pieno di cacca.»

Flash non poté fare a meno di ridere per la terminologia. «Penso che sia un'ottima scelta.»

«Davvero? Non lo dici tanto per dire o per assecondarmi?»

«Assolutamente no. Se è ciò che ti interessa, fallo.»

«Grazie. Sono soddisfatta della decisione che ho preso. Non appena ne avrò la possibilità tornerò al college per vedere cosa serve per iscriversi ai corsi.»

Era sempre più orgoglioso di lei.

«Flash?»

«Sì?»

«Si mangia bene all'Aces? Non lo chiedo per essere scortese, è solo che alcuni bar hanno ottimi drink, ma cibo schifoso. Tipo roba surgelata da buttare in friggitrice.»

«Capisco cosa intendi. Ma all'Aces il cibo è eccellente. Jessyka ha fatto un ottimo lavoro nel rendere il suo locale sicuro per le donne – e anche per gli uomini, se è per questo – con un'atmosfera accogliente, del buon cibo e un vasto assortimento di drink.»

Flash entrò nel parcheggio del bar e cercò di vederlo con gli occhi di qualcuno che non c'era mai stato. Sembrava un po' malandato. Non aveva insegne lampeggianti né un aspetto moderno, ma come per tante cose nella vita... era l'interno ciò che contava.

Dopo aver parcheggiato, Flash scese e incontrò Kelli davanti al SUV. Le prese la mano e le sorrise. «Da fuori non è un granché, ma fidati, è un vero tesoro nascosto.»

«Certo che mi fido» disse, come se fosse scontato. Gli rivolse un sorriso sbilenco. «Hai notato che sull'insegna la S di Aces è spenta? Potrei sistemarla... cioè, dopo che avrò imparato come fare ai corsi.»

Flash ridacchiò. «Certo che sì» concordò. Aprì la porta, e quando entrarono sentì diverse persone chiamare il suo nome per salutarlo.

Kelli ridacchiò accanto a lui.

«Che c'è?» chiese, conducendola verso il bancone del bar, dove Jessyka li stava guardando raggiante. «È solo che... entrare e sentire tutti che dicevano il tuo nome mi ha fatto venire in mente quel vecchio telefilm. *Cin cin*. Te lo ricordi? Tutti urlavano "Norm!" quando quel tipo entrava nel bar.»

Flash ricordava perfettamente, e immaginava che l'Aces fosse un po' come il bar Cheers del telefiltm.

«Era ora che la portassi qui!» lo ammonì Jessyka quando le si avvicinarono. «Ciao, Kelli! È bello rivederti. Come stai? Dopo l'irruzione, intendo. La polizia ha scoperto chi è stato? L'hanno preso?»

«Respira, Jess» le disse Flash con un sorriso.

«Scusa. Tendo a parlare velocemente perché è scontato che tra un po' qualcuno avrà bisogno di me, e se non faccio subito tutte le domande, quando dovrò allontanarmi per occuparmi di qualcos'altro mi dimenticherò delle cose che volevo chiedere.»

«È bello anche per me rivederti» replicò Kelli allegramente. «Sto bene. Flash non pensa sia saggio tornare nei nostri appartamenti e Smiley è stato davvero generoso a lasciarci usare il suo. E sì, la polizia ha controllato le impronte trovate sulla confezione di bacon che la persona ha maneggiato dopo essere entrata... e hanno scoperto che è proprio chi Flash e i suoi amici pensavano. Il tizio della Giamaica.»

«Porca miseria! Davvero? E si è introdotto in casa tua? Perché?»

«Soldi. Vendetta» ipotizzò Flash, desideroso di cambiare argomento. Aveva portato Kelli fuori per cercare di alleviare un po' lo stress di tutto quello che stava succedendo, non per ripassare i dettagli. «Benny ha il turno con i bambini stasera?» le chiese.

Jessyka sorrise. «Sì. Ha detto che avrebbe organizzato una serata karaoke. Credimi, sono contenta di perdermela. Amo i miei figli, ma non sanno proprio cantare. Cosa posso offrirvi?»

«Prendo quello che c'è alla spina» disse Flash.

«Penso che prenderò un rum e cola» aggiunse Kelli.

«Arrivano subito. Preferite sedervi qui al bar o a un tavolo?»

«Al tavolo» rispose Flash.

«Ok. Vi porterò i drink non appena saranno pronti. Qui ci sono i menù. Verrò a prendere la vostra ordinazione quando porterò le bevande.»

Flash prese due menù da una pila sul bancone e mise una mano sulla schiena di Kelli, accompagnandola in un posto lontano dal frastuono del bar e dai tavoli da biliardo dall'altra parte della stanza.

Si sedettero e lei disse: «Mi piace. Questo posto ha un'atmosfera... accogliente.»

«Jess e Benny hanno lavorato duramente per far sentire i clienti al sicuro e a loro agio.»

«Be', ci sono riusciti. È meraviglioso.»

Quando Jessyka arrivò al loro tavolo con le bevande, erano già pronti per ordinare.

«Penso che prenderò l'hamburger Santa Fe con patatine fritte, grazie.»

«Oh, ottima scelta. Facciamo la salsa guacamole in casa, e la maionese al chipotle crea dipendenza. Flash? Cosa prendi?» gli chiese Jessyka.

«Direi l'hickory burger. Non lo mangio da un po' e ho una gran voglia della tua salsa barbecue. Non so cosa ci metti, ma secondo me c'è qualcosa di non proprio legale lì dentro.»

Jessyka ridacchiò. «Niente di illegale, giuro. E sono d'accordo, è buonissima.»

Una volta allontanata, Flash appoggiò i gomiti sul tavolo e si sporse verso Kelli. Era bellissima quella sera. I jeans che indossava le fasciavano le gambe sinuose, facendogli pensare troppo alla sensazione che gli avrebbe dato sentirle strette intorno alla sua vita. E la maglia che aveva scelto era blu scuro con lo scollo a V, che lasciava intravedere appena il suo generoso décolleté. Era sufficiente a far impazzire un uomo. La adorava. Era elegante e sexy allo stesso tempo.

In quel momento lo stava fissando, facendolo sentire come se fosse il centro del suo universo. Aveva notato quel particolare di Kelli: quando qualcuno le parlava manteneva il contatto visivo, facendo capire alla persona con cui stava chiacchierando di essere coinvolta al cento per cento.

«Come stai, *realmente*, dopo tutto quello che è successo la settimana scorsa? E non voglio sentire banalità. Non è passato molto da quando eravamo in una situazione piuttosto incerta.

Poi sei tornata a casa, hai passato momenti di terrore perché il nostro rapitore è entrato nel tuo appartamento, hai dovuto traslocare e andare a vivere nella casa di uno sconosciuto senza praticamente nessuna delle tue cose... e io ti lascio sola tutto il giorno per via del mio lavoro. Sono preoccupato per te. Temo che tu stia reprimendo i tuoi sentimenti per cercare di farmi sentire meglio riguardo a tutta la situazione.»

Kelli si allungò e gli prese la mano. «Il punto è questo, Flash» disse con calma, guardandolo negli occhi. «Nella vita succedono cose brutte. È inevitabile. Ma sono qui. Sono viva. Sono sopravvissuta. E continuerò a sopravvivere a qualsiasi cosa la vita mi riservi. Da piccola, quando mio padre è morto, ho imparato che piangere non aiuta. Anche essere una stronza amareggiata non funziona. Non fa altro che farmi stare male. Credo fermamente che chiunque abbia vissuto una tragedia guardi la vita in modo diverso. Perdere il lavoro, rovesciare il bicchiere pieno di caffè non appena uscita dalla caffetteria, rimanere imbottigliata nel traffico... non è niente in confronto al trauma che ho vissuto con mio padre.»

Scrollò le spalle. «Ho imparato a elaborare qualcosa di davvero drammatico in giovane età, quindi ora, quando mi trovo di fronte a cose che non sono molto piacevoli, il mio cervello le *elabora* in maniera differente rispetto a molte altre persone. È semplicemente il mio modo di essere. Sì, venire rapita è stato orribile, ma non ero da sola. Altrimenti sarebbe stato molto diverso. E sì, ero terrorizzata quando qualcuno è entrato nel mio appartamento e ho dovuto nascondermi, ma ero con te al telefono e hai detto che saresti venuto. Questo ha reso tutto più sopportabile.

E, *ovviamente*, non avrei voluto dover traslocare da casa mia e sapere che quel Brant è ancora là fuori a cercarmi, a quanto pare... ma il lato positivo è che ho potuto passare più tempo con te. E sono qui in un ristorante fantastico, pronta a mangiare un hamburger gigantesco e a divertirmi molto con un uomo che ammiro e che mi piace tantissimo. Quindi, sto bene, Flash. Più che bene.»

Dovette usare tutto il suo autocontrollo per non alzarsi, tirarla in piedi e trascinarla fuori dall'Aces per portarla in macchina. La desiderava. *Subito*. Ma, soprattutto, aveva bisogno della sua positività nella vita. Il suo modo unico di guardare il mondo era il risultato diretto di un trauma subito quando era più giovane, ma non poteva negare che fosse estremamente irresistibile. E attraente.

«Che c'è? Perché mi guardi così?» gli chiese. Le sue guance diventarono di un rosa acceso a causa di come la stava fissando.

«Mi sto innamorando di te» sbottò.

Kelli spalancò gli occhi.

«Non te l'ho detto per spaventarti, ma solo per metterti al corrente. Sono dipendente da te. Voglio starti sempre vicino. Ogni mattina, quando esco per andare al lavoro, non penso ad altro che a tornare a casa da te. E quando varco la porta e vedo il tuo sorriso accogliente, e parliamo delle nostre giornate... è come se mi venisse tolto un peso dalle spalle, ogni dannata volta.

Quindi... proprio come ti avevo avvertito del fatto che ti avrei dato una settimana per decidere se frequentarmi era ciò che volevi davvero, ti dico con largo anticipo che voglio che entro due anni ci siamo già scambiati gli anelli, che tu rimanga incinta del nostro bambino e che abbiamo una casa tutta nostra. Kelli, quando ti guardo vedo il mio futuro nei tuoi occhi... e invece di spaventarmi, mi rasserena.»

«Flash» sussurrò lei.

Non aveva idea se fosse stato un sussurro sconvolto o carico di desiderio.

«Scusa. Lo so, è troppo, troppo presto, ma volevo solo che tu sapessi come la penso riguardo a quello che c'è tra noi, che per me non è un'avventura. Di solito non vado a vivere con le donne che ho incontrato in vacanza o al lavoro... a prescindere da *cosa* possa esserci stato tra noi.»

Kelli si leccò le labbra, ma non disse nulla. Lo fissò con quei suoi grandi occhi castani.

La porta si aprì ed entrambi alzarono lo sguardo per vedere chi fosse entrato. Kevlar e Remi sorrisero quando li videro, andando dritti al loro tavolo. Flash avrebbe voluto solo salutarli e mandarli a sedere da qualche altra parte, perché lui e Kelli stavano facendo una conversazione molto importante. La *più* importante della sua vita. Ma pensò che sarebbe stato meglio che lei elaborasse con calma quello che le aveva detto.

Sperava solo di non averla spaventata, rovinando definitivamente le cose tra loro.

«Ehi! Possiamo sederci con voi?» chiese Remi.

«Certo» rispose Kelli.

Mentre il suo leader si accomodava accanto a lei, Flash notò che sembrava un po'... strano. Non riusciva a capire che problema ci fosse, ma il suo amico non aveva il suo solito atteggiamento rilassato. Avrebbe voluto chiederglielo, ma non davanti alle donne.

Forse era preoccupato per la missione su cui stavano lavorando. Sarebbe stata un'operazione impegnativa. Si sarebbe svolta in Groenlandia, tra tutti i posti immaginabili. Non era esattamente un focolaio di terrorismo, ma giravano voci su un gruppo che aveva recentemente stabilito una base operativa per infiltrare degli operatori negli Stati Uniti. La loro squadra si sarebbe presto diretta in quel Paese per eliminare l'uomo responsabile dell'operazione prima che la situazione potesse sfuggire di mano.

Flash non amava particolarmente le missioni che si svolgevano in posti dal clima freddo, ma eliminare i terroristi prima che potessero ferire o uccidere dei civili innocenti era ciò che facevano, a prescindere dalla temperatura.

Jessyka si fermò al loro tavolo e prese le ordinazioni del drink e del cibo di Remi e Kevlar, chiaramente sollecitando il servizio, perché quando arrivarono gli hamburger di Flash e Kelli c'erano anche l'insalata e la bistecca che i loro amici avevano ordinato.

Kelli sembrò felice di chiacchierare con Remi, e anche se Kevlar continuava a intervenire qua e là nella conversazione, Flash si rese conto che *era* teso.

La domanda sul *perché* trovò risposta una volta finito di mangiare. Mentre Remi stava raccontando a Kelli dei pigiama party che si svolgevano a casa di Caroline e di quanto fossero divertenti, all'improvviso Kevlar si alzò.

La sua donna non sembrò troppo sorpresa da quel movimento brusco, finché non le girò intorno e si inginocchiò.

A quello, sembrò che tutti i presenti nel locale avessero smesso di parlare.

«Remi. Una volta ti ho detto che ti avrei sposata. Che ti avrei messo l'anello al dito, un bambino nella pancia e che avrei fulminato con lo sguardo chiunque avesse osato rivolgere anche solo una seconda occhiata alla mia bellissima moglie. Hai affrontato diverse mie missioni, hai avuto un tempo più che sufficiente per sapere cosa ti aspetta stando con me. Non sono perfetto. Posso essere uno stronzo. Ma ti amo più di quanto avrei mai pensato di poter amare un'altra persona. Vuoi sposarmi? Avere i miei figli? Invecchiare con me?»

Remi era raggiante. «E io *ti ho* detto che quando me l'avresti chiesto, avrei accettato. Credo di aver capito che eri l'uomo giusto per me quando galleggiavamo insieme nell'oceano e hai condiviso l'aria con me. Quindi dico sì... all'anello e al bambino. E anche se nessuno mi degnerà di uno sguardo, ti lascerò guardarli male... non fulminare, hai detto *guardare male* quando mi hai avvertita delle tue intenzioni future. Sì, Vincent! Sì a tutto!»

Kevlar si alzò e sollevò la sua fidanzata dalla sedia, facendola girare in tondo. Avevano entrambi dei sorrisi sciocchi, mentre tutti i presenti urlavano e applaudivano.

Flash guardò Kelli e vide che aveva un sorriso a trentadue denti. Era evidente quanto fosse felice per la sua nuova amica, e non poté fare a meno di prenderle la mano. Lei gli rivolse quel sorriso felice, e in quell'istante ebbe l'impressione che loro due fossero le uniche persone al mondo. Se avesse potuto conservare fisicamente quel momento, e la sua felicità, per tirarli fuori quando la vita si fosse fatta dura, lo avrebbe fatto.

Kevlar rimise Remi in piedi e le infilò al dito un bellissimo anello con diamante taglio smeraldo. Non era appariscente, ma avrebbe sicuramente fatto capire a chiunque lo avesse visto che quella donna non era libera.

«E faremo la nostra festa qui, vero?» domandò Remi. «Ho parlato con Josie e mi ha già chiesto cosa ne pensassi di una doppia cerimonia con lei e Blink. Adoro l'idea! Lui significa così tanto per me, e anche per te, lo so. *Potrei* aver già proposto a Jessyka l'idea di organizzare il ricevimento qui all'Aces. Ha accettato e detto che le serve solo sapere la data perché chiuderà il bar, tranne che per noi. Oh! E Josie vuole assicurarsi che anche il gemello di Blink e i suoi amici piloti possano venire. E ovviamente, Wolf e il suo team e tutte le loro famiglie. Marley sta già cercando l'abito perfetto da indossare, anche se le ho detto che non sono sicura di volere le damigelle tradizionali. Come potrei scegliere chi avere come testimone? È impossibile! Ci sono troppe persone a cui voglio bene, e non mi va che qualcuno si senta offeso. Staremo un po' stretti tutti qui all'Aces, ma questo è il posto perfetto! È informale, accogliente e il cibo e le bevande sono eccezionali...»

«Respira, Remi. Possiamo fare quello che vuoi. Tutto ciò che mi interessa è che tu sia mia e che io ti appartenga ufficialmente.»

«Sei già mio, e io sono già tua» replicò lei quasi distrattamente, posando la mano sulla spalla di Kevlar per poter ammirare il suo anello.

«Puoi dirlo forte.»

«Champagne offerto dalla casa!» annunciò Jessyka a gran voce da dietro il bancone, sollevando una bottiglia.

Gli applausi risuonarono ancora una volta intorno a loro, mentre tutti festeggiavano non solo il fidanzamento ufficiale di Remi e Kevlar, ma anche lo champagne gratis.

Flash tenne stretta la mano di Kelli e guardò i suoi amici sedersi di nuovo, scambiandosi di posto in modo che la futura sposa potesse mostrarle il suo anello.

«Congratulazioni, amico» disse a Kevlar, dandogli una pacca sulla spalla.

«Grazie. Vuoi la verità?» replicò lui a bassa voce. «Sono

contento che sia fatta. Accidenti, sapevo quale sarebbe stata la sua risposta, eppure ero comunque nervoso.»

«Me ne sono accorto. E sono felice che fosse per questo, perché stavo diventando un po' paranoico» scherzò Flash.

«Aspetta che sia il tuo turno, e capirai cosa intendo. Anche se sai di amare la tua donna, e che lei ama te, è snervante fare la proposta.»

Flash non ne era sicuro, e guardò Kelli. Quando le avrebbe chiesto di sposarlo non lo avrebbe fatto in pubblico. Sarebbe stata una cosa intima tra loro due. Non perché avesse paura che lei non accettasse, ma perché voleva viziarla, farla sentire la donna più amata del mondo. Mentre pensava a dove e come si sarebbe proposto, gli balenarono nella mente immagini di fiori, di una cena per due, di un bel panorama.

Fu solo quando la sentì ridere per qualcosa che Remi aveva detto che scosse la testa e si concentrò sul presente. Stava sicuramente correndo troppo, ma sapeva fin nel profondo che lei un giorno avrebbe portato il suo anello. Proprio come lui avrebbe portato quello di Kelli.

L'atmosfera festosa nel locale durò a lungo; una proposta di matrimonio con esito positivo aveva il potere di rendere tutti felici.

Così, quando il telefono di Flash suonò, si stava ancora godendo quel clima allegro. Guardò lo schermo e vide che era Smiley.

«Ehi. Non indovinerai mai cosa ha fatto il nostro leader. Ha finalmente trovato il coraggio di chiedere a Remi di sposarlo» disse Flash. «A quanto pare un altro ha capitolato» scherzò.

«Fantastico. Ascolta, non c'è un modo bello per dirlo,

quindi lo dirò e basta. Stasera qualcuno ha cercato di incendiare il tuo condominio.»

Gli si gelò il sangue. «*Cosa?*»

«Stanno tutti bene ed è stato domato prima che potesse causare danni seri, ma da quello che dicono i vigili del fuoco è originato dal tuo balcone. Qualcuno l'ha cosparso di benzina e ha costruito un ordigno incendiario. Un vicino ha visto il fumo e ha chiamato il 911, poi sono riusciti a prendere una manichetta dall'appartamento accanto al tuo e hanno domato l'incendio prima che riuscisse a bruciare qualcosa di più di ciò che avevi fuori... cioè il barbecue e la sedia da giardino.»

«Merda! Ok. Tu stai bene?»

«Sì. Ero dentro... e forse non sarebbe una cosa da dire, ma ero in bagno. Non mi sono accorto di nulla finché non ho sentito le urla del tuo vicino.»

Flash si sentì rivoltare lo stomaco. Smiley avrebbe potuto rimanere ferito. Accidenti, sarebbe potuto succedere a tutte le persone di un intero condominio, o quantomeno avrebbero potuto perdere tutto. Per fortuna il suo vicino se n'era accorto. Gli doveva una birra. No, una scorta a vita di birra. «Vado a portare Kelli a casa poi arrivo subito.»

Si rese conto che la conversazione intorno al tavolo si era interrotta e che tutti lo stavano fissando, ma per il momento l'unica cosa su cui riusciva a concentrarsi era Smiley.

«Non serve. Qui va tutto bene. Ho dato il tuo numero di telefono al detective che è arrivato sulla scena e gli ho fatto un riassunto riguardo a Williams. Sono sicuro che ti contatterà presto, e potresti dover andare alla stazione per rilasciare una deposizione, ma qui è tutto sotto controllo.»

«Devi tornare a casa tua. Porto Kelli in un hotel.»

«Non essere stupido. Restate lì. Tutti e due. Io sto bene

qui. Mi piace la tua cucina. E al momento sto guardando i tuoi DVD di *Criminal Minds*. So che c'è anche in streaming, ma fa tanto vecchio stile e mi piace guardarlo su disco.»

La frustrazione lo stava divorando. «Dobbiamo trovarlo. Chiudere questa storia.»

«Sono d'accordo» ribatté Smiley. «Ecco perché ho detto a Tex di aumentare gli sforzi. Di coinvolgere quella tipa nel New Mexico. Lui è impegnato, ha le mani in pasta in un milione di cose, come al solito. Abbiamo bisogno di qualcuno che si occupi esclusivamente di questo. E... Ryleigh, credo che si chiami così o qualcosa del genere, è brava quanto Tex, se non addirittura migliore, anche se a lui non piace ammetterlo. Potrebbe riuscire a trovare questo stronzo, dire alla polizia dove si trova, magari fornire anche le prove necessarie per arrestarlo definitivamente.»

«Va bene. Se hai bisogno di qualcosa, e intendo *qualsiasi cosa*, chiama. Capito?»

«Certo. Ci vediamo domani all'allenamento.»

Quando il suo amico chiuse la chiamata, Flash alzò lo sguardo e vide tre paia di occhi fissi su di lui.

«Cos'è successo?»

«Smiley sta bene?»

La prima domanda era arrivava da Kevlar, la seconda, come prevedibile, da Kelli.

«C'è stato un problema nel mio condominio. Stanno tutti bene.»

«Williams» disse Kevlar. Non fu una domanda.

«Probabile.»

Kelli aggrottò la fronte. «Cosa possiamo fare?»

«Per ora niente, tranne che rimanere vigili. Teniamo le porte ben chiuse a chiave e gli occhi aperti. Non ti piacerà, ma ho bisogno che rimani nell'appartamento di Smiley mentre sono al lavoro. Se hai bisogno di qualcosa, puoi ordinarla a domicilio, oppure farmelo sapere così passerò a prenderla tornando a casa.»

«Posso accompagnarla io se ha bisogno di uscire» si offrì Remi.

«Lo apprezzo, ma questo stronzo potrebbe già sapere di te e delle altre donne. Non voglio che decida di seguire una di voi per scoprire dove alloggiamo. E non voglio *assolutamente* che vi usi per arrivare a Kelli o a me.»

«Forse è meglio se me ne vado da qui?» chiese Kelli calma. «Potrei andare in Florida. O a New York. Accidenti, nel Maine. È un'area piuttosto rurale.»

«No!» esclamò Flash, poi fece un respiro profondo. «No. Smiley chiederà a Tex di incaricare la sua amica hacker del New Mexico di occuparsi esclusivamente di questo. Troverà Williams, così la polizia potrà metterlo dentro. Dobbiamo solo avere pazienza ancora per un po'.»

Kevlar aggrottò la fronte. «Non mi piace.»

Flash sbuffò. «Nemmeno a me.»

«Sono disposta a essere cauta, ma cosa succederebbe se questa tipa *non* riuscisse a trovarlo? Non voglio che Brant vinca e che io e te siamo costretti a rimanere nascosti e a rinunciare a vivere. E cosa succederebbe se non lo trovassero prima che veniate inviati in missione? Dovrei restare chiusa per sempre nell'appartamento di Smiley? Non è accettabile. Voglio vivere la mia vita! Voglio iniziare i corsi al college così da poter diventare elettricista e riparare l'insegna di Jessyka.» Quando finì di parlare Kelli stava ansimando, quasi in preda al panico.

Flash spinse indietro la sedia, si allungò e la sollevò dalla sua. Se la sistemò a cavalcioni sulle gambe in modo che si guardassero negli occhi, poi le prese il viso tra le mani. «Ricordi cosa ti ho detto prima che arrivassero Remi e Kevlar?» le chiese.

La vide deglutire a fatica, poi annuire. «Pensi che tutte quelle cose potrebbero succedere se dovessimo nasconderci? No. Quindi sistemerò tutto. Troverò quel codardo e mi assicurerò che capisca di aver scelto le persone sbagliate. Il giorno in cui ha deciso di metterci in quell'autobus è stato la sua rovina, solo che ancora non lo sa.»

«Non voglio perderti» sussurrò Kelli.

«Perdermi? Come?»

«Se dovessi ucciderlo, potresti andare in prigione.»

«Non andrò in prigione» le disse con sicurezza. Non aveva intenzione di promettere che non avrebbe ucciso Williams, perché se ne avesse avuto la possibilità lo avrebbe sicuramente fatto fuori. Se quel bastardo fosse semplicemente finito in carcere, il rischio che uscisse sarebbe sempre stato come una spada di Damocle sulle loro teste. E Flash non aveva dubbi che se fosse uscito di galera, avrebbe di nuovo iniziato a dar loro la caccia.

Non sapeva come, né quando, ma Brant Williams sarebbe stato sconfitto. Non avrebbe impedito loro di vivere la vita che immaginava nelle sue fantasie. Per niente al mondo.

Kelli chiuse gli occhi, fece un respiro profondo, poi lo guardò di nuovo e annuì.

La sua fiducia e la sua fede in lui erano un dono, e qualcosa che Flash avrebbe custodito e protetto con la vita. Aveva sempre desiderato che lo guardasse come stava facendo in quel momento. Con la speranza e il loro futuro negli occhi.

Voltò la testa senza togliere le mani dal suo viso e disse a

Kevlar: «Ho bisogno che tu parli con il comandante. Deve togliermi dalla prossima missione. Non me ne andrò finché Williams sarà liberò.»

Kelli iniziò a protestare, ma lui la ignorò.

«Consideralo fatto» disse il suo amico con un cenno del capo.

«Shhh» mormorò Flash, premendole le labbra sulla fronte. «Andrà tutto bene.»

«Chiamerò anche Wolf per fargli sapere cos'è successo e per dirgli di spargere la voce su Williams. Ogni SEAL della zona, ex e in servizio, starà in allerta per intercettarlo. Lo prenderemo. Non ho dubbi» disse Kevlar.

«Invece di stare a casa di Smiley, potresti venire da noi? Voglio dire, l'unione fa la forza, no?» disse Remi.

«Forse» rispose Flash con esitazione. Non aveva tutti i torti, ma comunque mettere qualcun altro nel mirino di quello stronzo gli sembrava sbagliato. Smiley era single, stare da Remi avrebbe significato lasciare due donne da sole mentre era al lavoro.

Non vedeva l'ora di andare al suo appartamento per controllare i danni. Per assicurarsi che Smiley non avesse minimizzato eventuali ferite che lui o i suoi vicini potevano aver subito, ma il suo desiderio di stare al fianco di Kelli era più forte. Avrebbe rivisto il suo amico piuttosto presto.

«Pronta a tornare a casa?» le chiese.

Lei annuì.

«Dovremmo andare anche noi» disse Kevlar.

«Mi dispiace di avervi rovinato la serata» disse all'amico, mentre aiutava Kelli ad alzarsi dalle sue ginocchia.

«Non hai rovinato niente» ribatté lui con un tono esasperato. «Remi ha accettato di sposarmi, faremo una grande festa qui all'Aces... cos'avresti rovinato?»

«Esatto» concordò Remi, dando un lungo abbraccio a Kelli. «Fidati di Flash. Troverà una soluzione.»

Lei annuì e fece un piccolo sorriso all'amica.

Flash salutò Jessyka con la mano, e lei ricambiò il saluto da dietro il bancone. Avevano pagato il conto in precedenza, quindi niente impediva loro di andare dritti all'uscita.

Una volta all'esterno si guardò intorno, ma non vide nulla di insolito. Tornare al bar sarebbe stato fuori questione finché Williams non fosse stato trovato. L'ultima cosa che voleva era che un rapitore insoddisfatto decidesse di sfogare le sue frustrazioni sul posto in cui Flash e tutti gli altri SEAL amavano passare il tempo.

Il viaggio di ritorno all'appartamento di Smiley durò più del solito, dato che cambiò spesso strada, facendo del suo meglio per cercare di sfuggire a Williams nel caso lo stesse seguendo. Non avrebbe tirato un sospiro di sollievo finché non fossero entrati in casa, con la porta chiusa a doppia mandata.

Williams avrebbe sempre potuto provare a distruggere il condominio di Smiley, ma era abbastanza sicuro che quell'uomo non sapesse dove si trovavano... per il momento. Probabilmente era per quello che aveva sfogato la sua irritazione sul suo appartamento. Quel tizio era una minaccia e doveva essere fermato. Ma per quella sera Flash aveva piani diversi. Era impossibile sapere cosa gli avrebbe riservato il futuro, quali piani Williams avesse in serbo. E lui non aveva intenzione di lasciar passare un altro giorno senza dimostrare a Kelli quanto seriamente la volesse nella propria vita... per sempre.

Certo, qualsiasi cosa avessero fatto sarebbe stata una sua decisione. Forse era troppo sconvolta dopo aver sentito dell'ultimo tentativo di Williams di tormentarli. Ma più tardi, quando fossero andati a letto, avrebbe saputo senza ombra di dubbio che lui era stato serio quando le aveva detto cosa desiderava.

E quello che desiderava era lei. Sotto di lui. Sopra di lui. In qualsiasi modo riuscisse ad averla. Fremeva dalla voglia di assaporarla, di allargarle le cosce e vedere la sua fica bagnata per lui.

Era sicuro al novanta per cento che anche lei lo desiderasse. L'eccitazione che Kelli provava non era evidente come la sua, ma non si era mai sottratta ai suoi tocchi. E quando la sera prima aveva fatto scivolare una mano sotto la sua maglietta, posandola sulla sua schiena, si era inarcata contro di lui.

Il momento non era dei migliori, e se lei era davvero troppo preoccupata per Williams non avrebbe insistito, ma visto il modo in cui il suo sguardo guizzava tra le sue gambe e la frequenza con cui arrossiva, aveva la sensazione che quella sera si sarebbero presi una pausa dalla loro vita reale. Perdendosi l'uno nell'altra. Non vedeva l'ora.

CAPITOLO DICIASSETTE

KELLI ERA COMBATTUTA. ERA UN PO' sconvolta dal fatto che Brant avesse cercato di incendiare l'appartamento di Flash, ma non poteva fare a meno di notare che lui sembrava diverso da quando avevano lasciato l'Aces. Più concentrato. Più affettuoso. Quell'ultima parte le piaceva da morire.

Era già stata con degli uomini, non era vergine, ma nessuno le aveva mai fatto sperimentare le sensazioni che provava con lui. Come se la sua pelle fosse troppo tesa, la temperatura corporea troppo alta a causa del continuo arrossire. E in quel momento era inquieta e non riusciva a staccargli gli occhi di dosso. Mentre lui guidava, osservò i muscoli delle sue braccia contrarsi, cosa che le fece pensare che avrebbero avuto la stessa reazione mentre incombeva su di lei.

Quando le lanciava delle occhiate, vedeva qualcosa nel suo sguardo che prima non c'era: un'intensa attrazione che non cercava più di nascondere. E quegli sguardi la trafiggevano, facendola bagnare tra le gambe in modo imbarazzante.

Avrebbe dovuto essere preoccupata per Smiley, cercare di escogitare un piano nel caso Brant li avesse trovati e affrontati. Invece, riusciva solo a pensare a ciò che sarebbe successo più tardi... quando sarebbe andata a letto con Flash.

Doveva fare lei la prima mossa? Doveva dirgli apertamente che lo desiderava? E se non fosse stato pronto per un'intimità più profonda? E se tutte le sue dichiarazioni precedenti fossero state solo frutto della foga del momento?

Scosse la testa. No. Non era nello stile di Flash. Non lo conosceva da molto, ma se diceva qualcosa lo pensava davvero.

E a quello, si eccitò di nuovo.

Mentre camminavano mano nella mano verso l'appartamento di Smiley, Kelli non era ancora sicura di cosa sarebbe successo una volta entrati. Sapeva cosa *voleva* accadesse, ma si sentiva anche in colpa perché non riusciva a smettere di pensare al sesso quando Flash probabilmente era preoccupato per il suo appartamento che era quasi andato a fuoco. Quando la porta si chiuse alle loro spalle, Kelli si sentì improvvisamente a disagio. Era ancora sazia grazie all'ottimo hamburger mangiato all'Aces, quindi ammazzare il tempo prima di andare a letto cucinando qualcosa era fuori discussione. Potevano guardare la televisione, ma lei non era proprio dell'umore giusto.

Poi Flash, essendo Flash, prese il controllo. Non le diede il tempo di pensare a qualcosa da dire o da fare.

Si voltò di colpo e la spinse contro una parete del piccolo soggiorno.

Poi abbassò la testa e la baciò.

Kelli avrebbe potuto giurare di aver visto le stelle, e in un attimo il suo già esagerato desiderio aumentò ancora di più.

La sensazione che le diede quel bacio fu simile a mille candele accese dentro di lei. Un secondo prima riusciva a malapena a trattenere la brama per quell'uomo, e quello successivo stava bruciando nel profondo.

Ricambiò con la stessa intensità, non fu una partecipante passiva di quel bacio. Afferrò i capelli di Flash e lo strinse forte mentre le loro lingue si intrecciavano. Gli avvolse una gamba intorno alla sua e si strusciò contro di lui come meglio poté.

Flash si tirò indietro, e senza dire una parola la fissò per un istante, poi si afferrò l'orlo della maglietta.

Sì. Kelli era totalmente coinvolta. Senza pensare al suo fisico o ai momenti d'imbarazzo quando si era spogliata davanti ai suoi ex amanti, imitò i suoi movimenti e si tolse la maglia. Poi fu una gara a svestirsi, e Flash si era già slacciato i pantaloni che in pochi secondi scesero intorno alle sue caviglie.

Kelli ridacchiò quando lui quasi inciampò perché non si era tolto gli stivali prima di tentare di levarsi i jeans. Mentre lui si occupava di quello, lei riuscì a sfilarsi pantaloni e scarpe. Stava per slacciarsi la chiusura del reggiseno quando lui si raddrizzò.

Era completamente nudo e Kelli fissò il suo cazzo con stupore.

Non riusciva a credere che avesse nascosto quel mostro nei pantaloni. Aveva notato il rigonfiamento impressionante nel costume da bagno, e lo aveva sentito sotto il sedere mentre era seduta sopra di lui nella ciambella sul fiume, ma vederlo in erezione era... scoraggiante.

«Lascia fare a me» le disse con voce roca, portando la mano sulla chiusura del reggiseno.

Il suo cazzo le sfiorò la pancia e lasciò una striscia umida che le fece quasi cedere le gambe. Voleva quell'uomo. Subito. Se non lo avesse sentito dentro di sé sarebbe morta.

Ok, stava esagerando, ma non le importava.

Non appena le slacciò il reggiseno, Kelli scrollò le spalle e lasciò cadere quel maledetto affare a terra tra loro, poi si inginocchiò prima che lui potesse muoversi e gli avvolse le dita intorno all'uccello.

«Porca puttana» gemette Flash, infilandole una mano nei capelli e posando l'altra sul muro dietro di lei.

Kelli non esitò, e lo prese in bocca.

Iniziò a muovere la testa avanti e indietro e lui strinse le dita tra i suoi capelli. Sentirlo sulla sua lingua dava una sensazione fantastica, e il sapore muschiato del liquido preseminale le impregnò la bocca. Sapere che lei, Kelli Colbert, stava eccitando quell'incredibile esemplare di uomo la riempì di fiducia, e la sua fica si stava bagnando sempre di più, preparandosi per lui.

«Piano, Kelli. Abbiamo tutto il tempo del mondo» mormorò Flash.

Ma lei non voleva andare piano. Voleva qualcosa di duro e veloce. Di disperato. Esattamente come si sentiva.

Portò la mano libera dietro di lui per afferrargli una natica, per cercare di fare del suo meglio per regalargli il pompino più incredibile che avesse mai ricevuto. La sua ricompensa fu il gemito torturato che gli uscì dalle labbra e un altro schizzo acre di liquido preseminale. Gemette anche lei percependo il sapore.

«Cazzo, donna!» esclamò Flash, poi si chinò e la tirò in piedi prendendola per le braccia.

Kelli emise un lamento. Non aveva ancora finito. Non le

piaceva molto ingoiare, ma per quell'uomo avrebbe fatto qualsiasi cosa. Però, a quanto pareva, non era nei suoi programmi per quella sera.

Sentendosi stordita per la facilità con cui la maneggiava, si tenne stretta mentre lui la sollevava tra le braccia e la portava sul tavolo della cucina. Per fortuna l'appartamento di Smiley era privo di tocchi personali e il tavolo era vuoto.

Il legno era freddo sotto il suo sedere, anche con le mutandine.

Flash le mise una mano al centro del petto e la spinse delicatamente indietro. Lei si sdraiò e inarcò la schiena quando lui le afferrò le mutandine.

Si preparò a sollevare il sedere, pensando che gliele avrebbe sfilate, ma rimase sorpresa vedendo i muscoli delle sue braccia contrarsi mentre gliele strappava di dosso.

Fu una cosa talmente eccitante che ansimò. «Sì» mormorò, allargando le gambe. Il tavolo era all'altezza perfetta perché il cazzo di Flash fosse allineato con la sua fica. Aspettò che la penetrasse. Era pronta. Più che pronta. Lo voleva. Ne aveva bisogno. Aveva bisogno di *lui*.

Le sembrava di aver aspettato quel momento da sempre, quando in realtà si erano incontrati da poco. Ma l'esperienza che avevano condiviso aveva forgiato un legame più forte che mai.

«Sei bellissima» le disse, divorandola con lo sguardo dalla testa ai piedi. Poi si chinò leggermente per posarle le mani sul seno prosperoso. «Ho intenzione di passare un anno intero ad adorare queste bellezze. Le succhierò, le leccherò e forse metterò delle pinze sui capezzoli.»

La sua fica si contrasse. Non era mai stata interessata a cose come i sex toys o il dolore, ma mentre Flash le pizzicava i capezzoli, gli spasmi di eccitazione tra le gambe le fecero pensare di essersi persa qualcosa.

«Ma ora tutto ciò a cui riesco a pensare è entrare dentro di te.»

«Sì» sussurrò Kelli.

Con sua sorpresa, all'improvviso si voltò e si allontanò dal tavolo.

Lei aggrottò la fronte, confusa. Se ne stava... andando?

Lo guardò attraversare di corsa la stanza, raccogliere i pantaloni e frugare nelle tasche. Poi lasciarli cadere e tornare di gran passo verso di lei, con il cazzo ancora duro che ondeggiava davanti a lui come una bandiera al vento.

Fu quando se lo prese in mano che Kelli si rese conto che aveva recuperato un preservativo e ora se lo stava infilando.

Era decisamente sorpresa. Con tutti quei discorsi che aveva fatto sul metterla incinta, aveva pensato quasi che lui potesse "accidentalmente" dimenticare di sollevare l'argomento della contraccezione. Ma non le aveva nemmeno chiesto se stesse usando qualcosa. Aveva semplicemente fatto la cosa giusta per assicurarsi che fosse protetta.

Quando Flash finì con il preservativo, si accigliò vedendo che lei aveva chiuso le gambe. Gliele allargò con forza e le afferrò il sedere, tirandolo fino al bordo del tavolo. Kelli si sdraiò e gli sorrise.

Ma lui non la stava guardando in viso; i suoi occhi erano incollati tra le sue gambe. «Tutta bella bagnata» mormorò, passandole il pollice lungo le pieghe, per finire sul clitoride che strofinò con una certa violenza.

Kelli adorava i suoi modi, amava quanto fosse duro, e non le stava minimamente facendo male.

Non mostrò alcuna pietà mentre le accarezzava il clitoride. Lei sussultò, ma Flash le mise una mano sulla pancia e la tenne ferma, mentre la portava vicino all'orgasmo più velocemente di quanto lei avrebbe pensato fosse possibile.

«Vieni per me» le ordinò. «Sei bagnata, ma ho bisogno che tu sia fradicia. Non posso essere delicato questa prima volta, e non voglio farti male. Sei minuscola, e io no.»

Kelli soffocò una risata. Qualcuno, in tutta la sua vita, le aveva mai detto che era minuscola? No.

Ma non ebbe il tempo di contraddirlo, di dirgli che sarebbe riuscita a prendere tutto quello che voleva darle, perché raggiunse l'orgasmo e tutto il suo corpo tremò per il piacere che la travolse.

E mentre stava ancora venendo, Flash le allargò ancora di più le gambe, le infilò il cazzo tra le pieghe e la penetrò con una spinta decisa.

———

Flash si sentiva come se stesse bruciando dentro. Non era riuscito a trattenersi dal baciare Kelli nell'istante in cui la porta si era chiusa alle loro spalle, ma aveva pensato che si sarebbero scambiati un bacio in soggiorno e che poi le avrebbe preso la mano per condurla in camera da letto, nella speranza di fare l'amore per la prima volta a lungo, lentamente e con dolcezza.

Ma lei, ovviamente, aveva avuto altre idee.

Quando dopo essersi tolta i vestiti si era inginocchiata davanti a lui, avrebbe potuto giurare che la sua vista si era oscurata per un attimo, e prima ancora di rendersi conto di cosa stesse succedendo lei gli aveva preso l'uccello in bocca, facendogli vivere la sua più grande fantasia. Vedere le sue labbra aprirsi intorno al cazzo e i suoi occhi che sembravano dire "scopami", gli aveva fatto perdere tutto l'autocontrollo.

Era riuscito a malapena a non venirle in bocca e a spostarla sul tavolo della cucina, dato che non ce l'avrebbe fatta ad arrivare al letto per il bisogno urgente di essere dentro di lei proprio in quel preciso istante.

Ma quando aveva visto la sua fica per la prima volta, aveva esitato un attimo. Kelli era perfetta. Si era rasata i peli pubici lasciando solo una striscia sottile, e quella vista gli aveva fatto venire l'acquolina in bocca. Ma il suo uccello era stato più insistente; il bisogno di essere dentro di lei era stato più impellente di quello di respirare.

Quando si era visto il cazzo gocciolare aveva realizzato di non aver messo il preservativo. Per quanto avesse voluto riempirla con il suo sperma e metterla incinta, così che non lo avrebbe mai lasciato – concetto senza dubbio obsoleto dato che non era vero che le donne quando restavano incinte rimanevano in una relazione più di quanto facessero gli uomini – non aveva avuto intenzione di fare qualcosa di così irrispettoso come non usare una protezione senza aver prima parlato seriamente del loro passato sessuale e dei desideri riguardo agli eventuali bambini.

Così era tornato dove aveva lasciato i pantaloni, per prendere il preservativo che aveva messo nel portafoglio proprio quella mattina. Aveva odiato l'espressione incerta sul volto di Kelli quando era tornato al tavolo. Come se avesse pensato che lui aveva cambiato idea, o addirittura che la stesse lasciando lì.

Nemmeno per sogno; non era così forte.

Lei aveva chiuso le gambe, cosa di cui si era risentito. Gliele aveva allargate di nuovo, e aveva quasi perso il controllo quando aveva visto quanto era bagnata la sua fica. Gli ci era voluto ogni grammo di forza che possedeva per non scoparla subito. Ma aveva temuto di farle male, quindi, prima di penetrarla aveva dovuto farla venire.

Non ci era voluto molto. Il fatto che avesse raggiunto così velocemente l'orgasmo e che fosse pronta per lui aveva aumentato il suo appagamento come uomo. Così si era spinto dentro di lei, che ancora tremava in preda all'estasi, il più profondamente possibile.

Ora, ogni muscolo del suo corpo era teso mentre lottava per non venire subito. Era stretta. Dannatamente *stretta*. La sua fica si contraeva intorno a lui mentre l'orgasmo si dissolveva. Flash non aveva mai provato niente di simile.

Deglutendo a fatica, rimase immobile, lasciandola abituarsi alle sue dimensioni e godendosi la sensazione di essere dentro all'unica donna con cui avrebbe fatto l'amore per il resto della vita.

Kelli era quella giusta. Punto. Doveva solo convincerla che lui era l'uomo giusto per *lei*. Che non l'avrebbe mai delusa. Che si sarebbe fatto in quattro per essere la sua roccia, il suo sostenitore, qualcuno su cui avrebbe potuto contare.

«Flash?» gli chiese, fissandolo con gli occhi annebbiati.

«Sì?» Era stupito di riuscire ancora a parlare. In quel momento gli sembrava che tutto il sangue che aveva in corpo fosse confluito nel suo cazzo.

«Scopami.»

Iniziò a muoversi prima ancora che finisse di parlare, e gemettero al piacevole attrito del suo uccello che si muoveva avanti e indietro nel suo corpo accogliente.

Le sue tette rimbalzavano a ogni spinta, e Flash non aveva mai visto niente di così meraviglioso in vita sua. Non praticava il BDSM, ma, come le aveva detto, non vedeva l'ora di adornare i suoi capezzoli con delle pinze... magari impreziosite da gioielli, per vedere se un po' di dolore avrebbe aumentato il suo piacere.

Le sue mani agirono come se avessero vita propria, e le accarezzò i seni generosi, continuando a spingere con i fianchi. Glieli strinse e li massaggiò, poi si dedicò ai capezzoli. Erano turgidi, e quando li pizzicò lei gemette e sollevò il bacino per accogliere le sue spinte.

Sì, le piaceva. *Cazzo*, era perfetta.

Flash continuò a pizzicarglieli a tempo con i suoi movimenti, e la sentì piantargli le unghie nelle braccia mentre lo stringeva forte. Alla fine dovette lasciarle andare i seni per afferrarle i fianchi, dato che lei si contorceva e spingeva con violenza sotto di lui. Aveva il viso madido di sudore e la parte superiore del petto arrossata, e mentre si muoveva cercando di prenderlo più a fondo, affondò i talloni nel suo sedere.

Era gloriosa. Non sarebbe più riuscito a mangiare su quel tavolo – accidenti, su *nessun* tavolo – senza pensare a quel momento. Alla prima volta che aveva fatto l'amore con la donna che amava. Con la sua anima gemella.

Le palle gli formicolavano, ma Flash si rifiutò di venire. Voleva che quel momento durasse per sempre, voleva stare esattamente dove si trovava per il resto della vita. Aveva sempre apprezzato il sesso, ma con lei era qualcosa di... sconvolgente.

Non si era mai sentito così connesso a un'altra persona. Era come se lui fosse parte di Kelli, e viceversa. Era una cosa sdolcinata, ma vera.

Poi lo sconvolse ancora di più quando portò una mano tra di loro e iniziò a strofinarsi il clitoride.

«Oh!» esclamò, e Flash sentì i suoi muscoli interni contrarsi con forza intorno a lui.

«Così, Kel, prenditi ciò di cui hai bisogno.»

Non le serviva il suo permesso per toccarsi, ma era eccitante che lei non avesse paura di procurarsi un orgasmo.

Un attimo prima stava osservando Kelli che si toccava il clitoride, e quello successivo stava venendo. Non era più riuscito a trattenersi.

Si sentiva scombussolato. Non era mai venuto così intensamente o così a lungo.

Quando l'oscurità svanì dai suoi occhi, Flash si rese conto di essere sdraiato sopra di lei, probabilmente schiacciandola; il tavolo non doveva essere molto comodo. Si sollevò e la guardò negli occhi... e quello che vi vide gli fece pulsare il cazzo nelle sue profondità.

Aveva un'aria felice. Contenta. Appagata.

«Ehi» le sussurrò, all'improvviso senza parole.

«Ehi» rispose lei.

«Non sarebbe dovuto succedere» sbottò.

Flash si rese conto di aver fatto una cazzata nell'istante stesso in cui le parole gli uscirono dalle labbra. Per capirlo non ebbe bisogno di vedere la felicità nel suo sguardo trasformarsi prima in confusione e poi in dolore. Così si affrettò a rassicurarla. «Intendevo dire che volevo portarti a letto. Farti un massaggio. Fare l'amore in modo dolce e lento. Non avere questa... scopata veloce e fuori controllo sul tavolo.»

Kelli si leccò le labbra e gli scostò una ciocca di capelli dagli occhi. «Per la cronaca... mi è piaciuta questa scopata veloce sul tavolo. Era la prima volta per me, e ho amato che fossi così eccitato di avermi da non riuscire ad aspettare.»

«*Io*? Sei stata tu a farmi un pompino come se non potessi

resistere un altro secondo senza avere il mio cazzo in bocca» ribatté Flash.

Con suo immenso sollievo, Kelli rise. Percepì la sua risata anche da dentro di lei. La sua pelle era ancora umida e arrossata dal loro amplesso, i capelli erano scompigliati, e sembrava una meravigliosa dea. La *sua* dea.

Non volendo lasciare il calore del suo corpo, Flash le mise una mano sul sedere, tenendola contro di sé, e portò l'altra dietro le sue spalle, tirandola su. «Tieniti a me» le ordinò.

Gli cinse il collo con le braccia e lui la sollevò, si voltò e andò verso la camera da letto.

Kelli ridacchiò e, ancora una volta, lo sentì lungo il suo cazzo. Era una sensazione insolita, di cui non riusciva già a fare a meno. La portò in camera, tirò indietro le coperte e poi si chinò, adagiandola sul letto.

«Tutto bene?» le chiese. «Non sono stato troppo violento?»

«Benissimo» lo rassicurò. «E no, non sei stato per niente troppo violento. Mi è piaciuto.»

Sapendo di doversi tirare fuori per occuparsi del preservativo completamente pieno, altrimenti sarebbe stato inutile, Flash si sostenne con le braccia sopra di lei e disse: «Non muoverti. Resta così come sei. Torno subito. Devo sbarazzarmi di questo preservativo e prenderne uno nuovo.»

«Quanti ne hai nel portafoglio?» gli chiese con un'aria un po' insolente.

«Ne avevo solo uno, saputella. Ma la scatola che ho comprato è in bagno.»

«Sai, prendo la pillola» gli disse quasi con nonchalance.

Flash la fissò, mentre elaborava le sue parole. «Cosa vorresti dire?» le chiese con un tono basso.

«Solo che... è da molto tempo che non sto con qualcuno. A

seconda del tuo passato sessuale, se sai di essere... a posto... non dobbiamo usarli. I preservativi, intendo.»

La sua vista si annebbiò per il desiderio. Avrebbe potuto prenderla senza barriere? Riempirla con il suo sperma? Vederlo colare dalle sue pieghe?

Dovette sforzarsi per riuscire a deglutire e parlare. «Non sto con nessuno da più di un anno. E la Marina ci sottopone regolarmente a controlli. Sono a posto.»

«Bene, quindi, se vuoi una prova, posso mostrarti le pillole che ho nella borsa in bagno, poi potremmo...»

Flash non le lasciò finire la frase. Si tirò fuori dal suo corpo caldo, si tolse il preservativo, lo legò e lo gettò oltre il bordo del letto, poi si prese in mano il cazzo, pompò un paio di volte e si spinse di nuovo dentro la sua fica bagnata facendo un gemito profondo.

«Immagino che tu mi creda» disse lei ironicamente e con un piccolo sorriso.

«Hai creato un mostro» la avvertì mentre spingeva. «Passerò più tempo possibile qui. Non hai idea di che meravigliosa sensazione sia. Dio, ed è ancora meglio senza nessuna barriera tra di noi. Mi scuso ora per il fatto che domani sarai indolenzita, ma non posso fermarmi. Ti prego, non costringermi.»

Kelli si contorse sotto di lui. «Perché dovrei impedirti di fare qualcosa che mi fa sentire così bene?»

«Funzionerà» disse Flash con determinazione.

«Cosa?»

«Noi. Sarò il miglior fidanzato che tu abbia mai avuto. Vedrai. Non ti darò alcun motivo per voler andartene. Non ti tradirò mai, non ti farò mai del male, né fisicamente né in altro modo. Sarò protettivo e possessivo, ma senza essere un violento o uno stronzo. Ti darò spazio quando ne avrai bisogno e quando non ne avrai starò al tuo fianco. Mi farò in quattro per fare tutto ciò che ti serve, così potrai diventare la miglior elettricista che Riverton abbia mai avuto. Sarai così richiesta che potrai chiedere centinaia di dollari all'ora solo per cambiare le lampadine alla gente, e loro pagheranno volentieri solo per poter dire che l'ha fatto *Kelli Colbert*. E forse un giorno... non sarà Kelli Colbert, ma Kelli Gordon a cambiare le loro lampadine.»

«Flash» sussurrò, fissandolo con gli occhi spalancati.

«È troppo presto. Sì, lo so, scusa. Ma ti avevo già preannunciato quello che volevo.»

«Che ne dici se prendiamo le cose un giorno alla volta e non pianifichiamo ancora il nostro matrimonio?»

«D'accordo» rispose, incredibilmente felice che non gli avesse chiesto di togliersi da sopra di lei, spaventata dal fatto che lui aveva praticamente pianificato il resto della loro vita insieme. «Dimmi se qualcosa che faccio non ti piace. O se sei stanca.»

«Ok. Ho una domanda.»

«Sì?»

«Lascerai quel preservativo usato per terra tutta la notte?» Aveva un sorriso raggiante quando glielo chiese, e Flash capì che lo stava prendendo in giro.

«Sì.»

«Lo dirò a Smiley» minacciò.

«Se non riesco a fartelo dimenticare entro domattina, significa che non ho fatto il mio lavoro.»

Poi il suo sorriso svanì e gli mise una mano sulla nuca. «Mi sembra di essere in un sogno, e ho paura che quando mi sveglierò saremo di nuovo in quell'autobus. Affamati e spaventati. Non voglio che finisca.»

«È reale, e non finirà. Da adesso in poi, ti sveglierai abbracciata a me ogni giorno.»

«Promesso?»

«Promesso.» Poi si diede da fare per far dimenticare tutto alla sua donna, tranne lui.

CAPITOLO DICIOTTO

KELLI SOSPIRÒ, frustrata. Era pronta a iniziare le lezioni al community college, e più pensava di voler diventare elettricista, più ne era entusiasta. Ma dato che Brant Williams era ancora là fuori da qualche parte, ad attendere l'occasione di fare qualsiasi mossa avesse in serbo, lei era bloccata nell'appartamento di Smiley.

Almeno le cose con Flash andavano bene. Più che bene. Non era mai stata così appagata, sessualmente e in generale. Era un uomo meraviglioso. Aveva i suoi difetti, ma dimostrarle quanto tenesse a lei non era uno di quelli.

Al momento era al lavoro e lei si stava annoiando. Aveva voglia di fare una passeggiata, di andare a trovare Remi o un'altra delle ragazze, magari andare all'Aces a mangiare un altro delizioso hamburger, ma per ora era praticamente prigioniera nell'appartamento.

E faceva schifo.

Tuttavia, non aveva intenzione di fare qualcosa di stupido

come sfidare il buonsenso e uscire da sola. Sarebbe stato come chiedere a Brant di rapirla, e questa volta fare qualcosa di peggio che sotterrarla dentro a un autobus.

Doveva essere paziente. Doveva credere che quella Ryleigh lo avrebbe scovato. A quel punto la sua vita sarebbe tornata alla normalità. Ma *quale* normalità? Sarebbe tornata a vivere nel suo appartamento a La Jolla? Se l'avesse fatto sarebbe stata piuttosto lontana da Flash, e si era davvero abituata a vivere con lui. Era spaventoso quanto fosse facile vivere insieme, quanto fosse giusto.

Aveva parlato della situazione con sua madre, che le aveva semplicemente detto: "Quando lo sai, lo sai", e nient'altro. Avrebbe voluto anche incontrare Flash, ma con tutto quello che stava succedendo, sua madre era stata d'accordo sul fatto che Kelli doveva starsene lì tranquilla, e che lo avrebbe conosciuto al momento giusto.

Flash la chiamava o le mandava messaggi praticamente ogni ora, volendo assicurarsi che stesse bene, che tutto nell'appartamento fosse tranquillo. Kelli lo apprezzava, in parte perché il ricordo di Brant che si introduceva in casa sua era ancora fresco, ma soprattutto perché scriversi o parlare con lui la faceva sorridere, la faceva sentire meno sola.

Sì, si scriveva anche con Remi, Josie, Maggie, Addison e Wren, ma non era la stessa cosa. Quando lui si prendeva del tempo per controllare come andava, si sentiva tutta calda dentro e provava un piacevole rimescolio nella pancia. Sapeva che era stato rimosso dalle rotazioni delle missioni, almeno finché Brant non fosse stato catturato, ma stava ancora lavorando sodo per assicurarsi che i suoi amici e compagni di squadra potessero operare in sicurezza una volta partiti per quella in fase di pianificazione.

Kelli aveva appena finito di mandare un altro messaggio a Flash e si stava sistemando sul divano per leggere uno dei thriller che Smiley aveva nella sua libreria, quando bussarono alla porta.

Le si seccò la bocca.

Chi poteva essere? Di certo non una delle ragazze; le avrebbero sicuramente fatto sapere che sarebbero andate. E aveva appena parlato con Flash, quindi sapeva che non era lui.

Si alzò con cautela, e andò alla porta in punta di piedi. Si assicurò di rimanere in assoluto silenzio mentre guardava dallo spioncino.

Vide una donna con l'aria estremamente nervosa. Si stava mangiando un'unghia e continuava a lanciare occhiate lungo il corridoio, come se si aspettasse che l'uomo nero apparisse da un momento all'altro.

Sembrava avere circa trentacinque anni e non poteva essere molto più alta di lei. Aveva i capelli castano rossicci che le arrivavano a metà schiena e gli occhi nocciola o castano chiaro, era difficile dirlo nella penombra del corridoio. I jeans che portava erano larghi e le scarpe da ginnastica consumate. Indossava una semplice maglietta nera, senza alcun marchio.

Ma ciò che la colpì di più furono i lividi sul viso che stavano sbiadendo. Erano gialli, il che significava che erano quasi guariti, ma la donna non aveva usato del fondotinta per coprirli. In realtà, non era affatto truccata.

Ne fu incuriosita, nonostante il pericolo che lei avrebbe potuto rappresentare.

Quando la donna bussò di nuovo, Kelli si spaventò così tanto che quasi cadde all'indietro.

Doveva aprire o meno? Era tormentata dall'indecisione. Flash le aveva detto di non aprire la porta a nessuno, per nessun motivo, ma quella donna sembrava... terrorizzata. Sarebbe stato così nervoso qualcuno intenzionato a farle del male? Non credeva.

Inspirando profondamente, prese un decisione d'impulso e pregò di non pentirsene. Sbloccò le due serrature e tolse la catena, poi aprì la porta.

La donna sembrò confusa, e rimasero lì a fissarsi a lungo.

«Ciao. Posso aiutarti?» le chiese Kelli, mostrandosi più sicura di sé di quanto in realtà si sentisse.

«Ehm... scusa. Credo di aver sbagliato appartamento. Pensavo fosse quello di Jude Stark.»

Aveva sentito le altre ragazze dire che il vero nome di Smiley era Jude. All'epoca avevano discusso di quanto fosse fico, che sostanzialmente era l'identità segreta di un supereroe. Non avevano torto.

«Lo è.»

«Oh. Ehm, è qui?»

«No, è al lavoro.» Kelli non le avrebbe detto nulla di importante finché non avesse scoperto chi fosse e perché stesse cercando Smiley. C'era la possibilità che lavorasse con Brant, remota, ma pur sempre una possibilità.

Per qualche ragione la donna sembrò... addolorata? Non aveva senso. Era abbastanza sicura che Smiley non stesse frequentando nessuno, quindi non capiva cosa stesse succedendo.

All'improvviso la sconosciuta si voltò per andarsene.

A quello comprese: aveva pensato che lei stesse uscendo con Smiley. Dopotutto, era nel suo appartamento.

«Sto con Flash. Un amico di Smiley» sbottò, prima che lei si allontanasse troppo. «Ci sono stati dei problemi, quindi io e il mio ragazzo restiamo qui. Smiley ha proposto di scambiarci gli appartamenti. Lui sta a casa di Flash.» Lo disse in fretta, e per qualche ragione voleva davvero che la sconosciuta le credesse. «Smiley mi piace, ma è un po'... cupo per i miei gusti. Non in senso negativo, preferisco solo che i miei uomini siano un po' più amichevoli. No... questo lo fa sembrare cattivo, ma non intendevo in quel senso.»

«Va bene, capisco» disse la donna.

«Vuoi entrare?» le chiese. Flash l'avrebbe sgridata per aver invitato un'estranea nell'appartamento, ma tutto dentro di lei urlava che c'era qualcosa di *sbagliato* in quella donna... forse non era il termine giusto, ma sicuramente c'era qualcosa che non tornava. Sì, c'erano quei lividi, ma in aggiunta, e non c'era modo di dirlo con delicatezza... puzzava. Come se non si facesse la doccia da un sacco di tempo. E i suoi vestiti erano sporchi.

Il suo istinto le diceva di non lasciarla andare.

«Ehm, no, non importa.»

«Per favore? Ascolta, mi chiamo Kelli. Mi sto annoiando a morte. Non posso uscire di casa perché c'è un tizio là fuori che non desidera altro che mettermi le mani addosso per scopi nefasti. Quindi mi sto nascondendo finché Flash e gli altri non lo trovano. E dato che non voglio mettere a rischio la vita di Remi o delle altre donne, non possono venire a trovarmi. Sono stufa di guardare la TV e Smiley non ha poi così tanti thriller da poter leggere. Quindi mi faresti un enorme favore se venissi dentro a farmi compagnia per un po'.»

Kelli aveva esagerato, ma più ci pensava, più si convinceva che quella donna avesse *bisogno* di entrare. Chiaramente era andata lì per parlare con Smiley, e sperava di riuscire a farla rilassare abbastanza da farsi dire il motivo.

Lei guardò da un lato all'altro del corridoio, poi annuì piano.

Provò la sensazione di aver fatto qualcosa di miracoloso, sorrise e fece un passo indietro, lasciandole un po' di spazio. Si assicurò di chiudere la porta a chiave e con la catena dietro la sua misteriosa ospite e le indicò la cucina.

«Hai fame? Stavo per preparare il pranzo. Non eccitarti troppo, non è niente di speciale, solo dei panini al prosciutto e formaggio.»

«Non voglio essere di peso.»

«Oh, non lo sei. Dico davvero.» Kelli la precedette, e non le sfuggì quanto sembrasse interessata all'appartamento di Smiley. Era come se stesse assorbendo ogni piccolo dettaglio.

«Scusa, non ho afferrato il tuo nome» le disse, sapendo benissimo che non glielo aveva detto.

«Oh... sono Bree.»

Dovette fare un enorme sforzo per non ansimare e fissarla a bocca spalancata. *Quella* era Bree? La donna che Smiley stava cercando per tutta Riverton? E i lividi dovevano essere di quando aveva aiutato Ellory e Yana a scappare dall'uomo che le aveva vendute a qualcuno oltreoceano per i loro organi.

Il cuore iniziò a batterle forte. La donna non era per niente come se l'era immaginata. Per prima cosa, era dispiaciuta per lei. Ora che si trovava nell'appartamento ben illuminato e non nella penombra del corridoio, Kelli si rese conto che aveva un aspetto *davvero* orribile; aveva le occhiaie, quei lividi sbiaditi, i vestiti ancora più sporchi di quanto avesse pensato... e poi c'era l'odore che emanava.

Mentre preparava i panini blaterò di tutto e di niente. Voleva solo riempire il silenzio, come se ciò avesse potuto impedire a Bree di decidere di andarsene. Avrebbe voluto anche mandare un messaggio a Flash per fargli sapere chi c'era lì in quel momento, ma aveva la sensazione che quello l'avrebbe fatta scappare. Mentre mangiavano i panini al tavolo, Bree le chiese: «Quindi Smiley è a casa di Flash e voi due state qui?»

Annuì. «Sì. Per farla breve... be', in realtà credo che la storia non sia poi *così* lunga. Ero in Giamaica per l'addio al nubilato di mia cugina. Siamo andati a fare tubing, la ciambella di Flash si è rotta, siamo rimasti indietro insieme sul fiume e siamo stati gli ultimi ad arrivare. Sulla via del ritorno al resort siamo stati rapiti e messi dentro a un autobus che era stato interrato. Gli amici di Flash ci hanno trovati e siamo tornati a casa. Ma il rapitore aveva i nostri documenti ed è venuto negli Stati Uniti. Una settimana dopo il nostro ritorno è entrato in casa mia. Mi sono nascosta perché non potesse trovarmi, ma dato che non è più sicuro per me rimanere lì, e che quell'uomo ha anche l'indirizzo di Flash, Smiley ha detto che potevamo stare qui.»

«È in pericolo?»

La sua preoccupazione per lui era evidente; non aveva nemmeno cercato di nasconderla.

«A dire la verità, non credo. Mi sono fatta la stessa domanda, ma quei ragazzi sono dei SEAL... secondo me *apprezzerebbero molto* che il rapitore attaccasse uno di loro.»

«Già» disse Bree, ma aveva le sopracciglia aggrottate e sembrava ancora in apprensione.

Kelli non conosceva molto bene Smiley, ma immaginava che avere qualcuno che si preoccupava per lui come faceva quella donna non fosse una brutta cosa. Era un po' burbero e scontroso, e forse avere un'amica come Bree gli avrebbe fatto bene.

«Mi dispiace che vi dobbiate nascondere. Non è divertente.»

Kelli la studiò. Dava l'impressione di sapere per esperienza di cosa stava parlando. Poi si ricordò di quello che Flash le aveva detto sulla sua situazione... e capì che sapeva *esattamente* come si sentiva lei.

Provò un'immediata connessione con Bree.

Quando si era presentata, rivelando così di essere la donna che Smiley stava disperatamente cercando, il suo primo istinto era stato quello di mandare un messaggio a Flash per farglielo sapere, così lui avrebbe potuto dirlo al suo amico che di sicuro sarebbe andato all'appartamento. Ma più parlavano, più sospettava che se l'avesse fatto, Bree probabilmente se ne sarebbe andata e non sarebbe mai più tornata. Sì, aveva bussato alla porta pensando di parlare con Smiley, ma era ancora estremamente nervosa, e lei non voleva fare nulla che potesse farla scappare di nuovo. Era ovvio che avesse bisogno di un'amica, e all'improvviso Kelli voleva *essere* quell'amica.

Come se le avesse letto nel pensiero, Bree incontrò il suo sguardo e le chiese: «Dirai a Smiley che sono stata qui?»

«Vuoi che lo faccia?»

«Non lo so» sussurrò. Era chiaro che fosse combattuta. «Ero venuta pensando di essere finalmente pronta a parlargli, ma ora che sono davvero qui e che Smiley non è in casa, mi sembra quasi che questo sia un segno... come se non fosse il momento migliore per farlo.»

«Sono sicura che potrebbe aiutarti. Voglio dire, sono stata rapita e messa sottoterra e, prima che me ne rendessi conto, lui e la sua squadra ci stavano salvando.»

«La mia situazione non è proprio la stessa» replicò Bree.

«Senti, Flash mi ha raccontato un po' di te. Niente di

personale» la rassicurò, vedendola irrigidirsi. «Solo che Smiley ti ha incontrata a Las Vegas quando erano lì per cercare Josie. Era sconvolto quando sei scomparsa.»

«Ho dovuto farlo.»

«Sì, ma dovresti sapere che da quando hai salvato Ellory e Yana... *tutti* vogliono trovarti.»

«Possono unirsi al club» borbottò.

«Non prenderla nel modo sbagliato, ma hai un aspetto orribile.»

Con sua sorpresa, lei scoppiò a ridere. «Ci scommetto!»

«Voglio essere tua amica, Bree. Non dirò a Smiley che sei stata qui, ma... se venissi a trovarmi durante il giorno mentre Flash è al lavoro?» Poi parlò più velocemente, come se ciò avesse potuto impedirle di rifiutarsi. «Puoi farti la doccia, possiamo lavare i tuoi vestiti, puoi mangiare qualcosa di caldo. E mi faresti compagnia mentre i ragazzi fanno il loro lavoro per trovare il mio rapitore.»

«Perché? Perché dovresti aiutarmi?» le chiese.

Scrollò le spalle. «Perché sì. Primo, mi sei simpatica. So che ci siamo appena conosciute, ma c'è qualcosa in te che mi dice che sei una brava persona, e affidabile. E secondo, mi sento sola.»

Bree la fissò così a lungo che Kelli era sicura che avrebbe rifiutato, che avrebbe detto che doveva andare. Poi sospirò. «Ho bisogno di aiuto» sussurrò. «Sono esausta. Dormire in macchina fa schifo. Sono stufa del cibo dei fast food. E credo che l'uomo che mi sta dando la caccia abbia capito dove sono. Non so come, ma sono abbastanza sicura che sia qui a Riverton.»

«È per questo che sei venuta qui, vero? Per dirlo a Smiley.»

«È stupido. L'ho incontrato solo una volta, nel giorno

peggiore della mia vita. Ma non sono riuscita a smettere di pensare a lui. Al suo nome, al fatto che sia un SEAL e che fosse sembrato... incazzato per la mia situazione.»

«Smiley si farebbe in quattro per aiutarti. E anche i suoi amici» le disse con sincerità.

«Non voglio coinvolgerli.»

Kelli rise. «Non voglio sembrare scortese, ok, ridere in questo caso probabilmente *è* scortese, ma se c'è una cosa che ho imparato su Flash e i suoi amici è che amano essere coinvolti. In tutto. Sono davvero invadenti. Ma hanno le conoscenze e le capacità per risolvere praticamente qualsiasi problema. Resta, Bree. Lascia che ti aiutino.»

«So che è per questo che sono venuta, ma ora... non posso. Non ancora.»

«Va bene» disse Kelli con calma. «Allora che ne dici di farti la doccia e poi laviamo la tua roba? Dopodiché puoi decidere tu cosa fare.»

«Hai intenzione di dire a Smiley o al tuo ragazzo che sono stata qui?»

Kelli faticò a rispondere a quella domanda. Avrebbe voluto dirlo, ma voleva di più che Bree si fidasse di lei. «No. Almeno finché non mi dirai che posso.»

«Perché?»

«Perché credo che ti sia già stato sottratto troppe volte il potere di prendere delle decisioni sulla tua vita.»

«Grazie» sussurrò Bree, guardando il tavolo e il piatto vuoto davanti a lei. «Non hai idea di cosa significhi per me.»

Flash ci sarebbe rimasto male quando avrebbe scoperto che gli aveva nascosto qualcosa. Detestava farlo, ma credeva davvero che presto Bree avrebbe trovato il coraggio di parlare con Smiley. Al momento era più preoccupata per la salute e la sicurezza di quella donna. Una volta pulita e con del cibo più sano in pancia, sperava che avrebbe ritrovato il coraggio che l'aveva condotta alla porta di Smiley.

«Sai, ho pensato che fossi la sua ragazza» disse Bree.

«Di Smiley? Sì, l'avevo capito. Vieni. Ti mostro dov'è il bagno, così tu puoi fare le tue cose mentre io lavo i piatti.»

Bree aggrottò la fronte. «Davvero non chiamerai il tuo ragazzo mentre sarò in bagno?»

«Non lo farò. Te lo prometto.»

Kelli odiava che fosse ancora così scettica, ma ciò la rese ancora più determinata a non deludere la sua nuova amica.

Desiderando che non se ne andasse, perché temeva che non sarebbe più tornata, Kelli la convinse promettendole che in doccia avrebbe trovato un sacco di prodotti femminili. E sebbene Bree fosse più alta di lei di qualche centimetro, e molto, molto più magra, le suggerì di indossare un paio dei suoi leggings, una maglietta e una felpa finché i suoi vestiti erano in lavatrice.

Mentre Bree faceva la doccia, Kelli fissò il telefono con aria colpevole, mordicchiandosi l'unghia del pollice. Odiava non poterlo dire a Flash... e aveva la sensazione che Smiley non fosse il tipo d'uomo che perdonava e dimenticava un tradimento di quella portata.

Ma voleva più la fiducia di Bree che quella di Smiley. Lui aveva innumerevoli persone su cui contare; Bree non ne aveva nessuna. Lei aveva bisogno di un'amica, e Kelli era determinata a esserlo per lei.

La donna che uscì dal bagno sembrava una persona completamente diversa da quella che era entrata. Era come se lavarsi via lo sporco e la polvere avesse in qualche modo rivelato una versione più sicura di sé. Kelli la convinse a sedersi sul divano e il tempo passò in un lampo, mentre aspettavano che i suoi vestiti finissero di lavare e asciugare.

Con sua grande gioia, scoprì che era una ragazza intelligente, divertente e con i piedi per terra. Era anche molto attenta ed empatica. In qualche modo si ritrovò a raccontarle della morte di suo padre, quanto era stata devastante. Che i soldi che lei e sua madre avevano ricevuto non erano serviti a guarire il suo cuore. Le raccontò di voler diventare un'elettricista e della frustrazione di non poter iniziare le lezioni finché l'uomo che l'aveva rapita non fosse stato catturato.

Non le sfuggì che Bree non sembrò confusa quando menzionò le altre donne dei SEAL, come se in qualche modo le conoscesse. Non le chiese delucidazioni, né la interrogò sul suo passato, semplicemente perché non voleva che scappasse.

Una volta che i suoi vestiti furono pronti, e che Bree li indossò di nuovo, Kelli fu sinceramente triste che il tempo trascorso con la sua nuova amica fosse giunto alla fine. La seguì fino alla porta e le chiese: «Tornerai?»

Bree esitò, e lei si sentì stringere lo stomaco. Sarebbe uscita dalla porta e non sarebbe più tornata. Sarebbe stato doloroso, e non solo perché Smiley e gli altri non avrebbero capito il motivo per cui Kelli non li avesse chiamati subito per dire che la donna che stavano cercando si era presentata lì. Bree le piaceva. La sua visita aveva fatto scorrere velocemente la giornata.

«Credo di sì.»

Il sollievo le fece quasi girare la testa. «Bene» disse con un enorme sorriso.

«Fai attenzione» la avvertì Bree. «So che hai detto che non lascerai l'appartamento, ma questo non significa che il tipo non sappia che sei qui. Potrebbe seguire qualcun altro e scoprire dove sei.»

Kelli strinse le labbra. Non stava dicendo niente che non avesse già pensato, ma era comunque spaventoso sentirselo dire.

«Scusa, sono abituata a essere paranoica. Sono sicura che starai bene.»

«No, capisco. Ma Flash deve andare al lavoro, e non è che io possa stare lì con lui e gli altri mentre discutono di cose super-segrete da SEAL.»

«Direi di no. Che ne dici se do una mano a tenere d'occhio il posto? Voglio dire, sto sempre a guardarmi alle spalle. Che aspetto ha questo Brant?»

«Altezza media, capelli corti e scuri, pelle scura e barba ben rasata, ma immagino che ormai le cose siano cambiate. È snello... oh, e zoppica leggermente. Non so perché.»

«Sono informazioni molto utili. Non credo che tu sappia che tipo di macchina guida, vero?»

Scosse la testa. «No, mi dispiace.»

«Non c'è problema. Farò attenzione e se vedrò qualcuno che assomiglia all'uomo che hai descritto te lo farò sapere.»

«Grazie. Vuoi dirmi che aspetto ha il tizio che sta cercando *te*, così posso ricambiare il favore?»

«No.»

Tutto là. Solo una parola. Kelli cercò di non sentirsi offesa per essere stata liquidata in quel modo. «Ok. Probabilmente non sarei comunque di grande aiuto, visto che sto in questo appartamento tutto il giorno. Fai attenzione, Bree. Non ho molti amici, mi dispiacerebbe se te ne andassi e non ti rivedessi più.»

«Dispiacerebbe anche a me. Non so quando tornerò, ma se potrò farlo in sicurezza, lo farò.»

Non le sembrava molto promettente, ma annuì comunque. «Stai attenta là fuori» disse con dolcezza.

Lei annuì, poi aprì la porta. Kelli la guardò percorrere il corridoio finché non scomparve, poi bloccò di nuovo tutte le serrature. Le ultime ore erano state surreali, ma era molto contenta di aver incontrato l'inafferrabile Bree Haynes.

CAPITOLO DICIANNOVE

KELLI ERA STRANA, e Flash era frustrato perché non riusciva a capire cosa la preoccupasse... e lei non diceva nulla.

Aveva fatto il possibile per cercare di farsi dire qual era il problema. Si era scusato più e più volte per il fatto che fosse bloccata nell'appartamento di Smiley tutto il giorno, ma lei aveva scrollato le spalle, rassicurandolo che non era colpa sua e che stava bene. Si era offerto di portarla a trovare sua madre, ma lei aveva rifiutato, dicendo che parlavano sempre al telefono e che non aveva bisogno di vederla finché non fossero stati certi che era sicuro farlo.

Era doppiamente frustrato perché Williams era ancora uccel di bosco. Erano passate più di due settimane dall'incendio nel suo appartamento, e Ryleigh, la donna del New Mexico che lo stava cercando, non aveva avuto fortuna. Quella tipa gli piaceva, era schietta e diretta, molto simile a Tex. Aveva trovato il conto bancario che era stato aperto per ricevere il riscatto e l'aveva disattivato, ma era un dettaglio del tutto inutile per trovare Williams.

Era arrivata persino a disattivargli la carta di credito e a trasferire il denaro dal suo conto giamaicano a quello di Flash, solo perché poteva, rendendo inutilizzabile anche la carta di debito. Prima di bloccare le carte aveva hackerato le telecamere di sicurezza di tutti i posti in cui le aveva usate, e aveva anche inviato delle foto dell'uomo a tutti i loro amici. Ma non era ancora riuscita a trovarlo.

Trovarsi con le carte disattivate lo aveva quasi certamente fatto incazzare e gli aveva compromesso la possibilità di nascondersi in motel di merda o di noleggiare veicoli... ma aveva anche impedito di rintracciarlo. Eppure, Ryleigh aveva assicurato loro che lo avrebbe trovato. Che era vicina a farlo.

Flash doveva crederle.

A parte i pensieri che Kelli aveva in testa e di cui non voleva parlargli, sul piano personale le cose con lei stavano andando alla grande. Era la sua anima gemella sotto ogni aspetto. Flash detestava il fatto che non potesse essere libera di fare ciò che voleva, di andare avanti con la sua vita iniziando i corsi di elettricista. Era stato un po' scettico sulla sua decisione, ma più passava il tempo più lei si entusiasmava, e vederla così eccitata per il suo futuro rendeva felice anche lui.

La loro vita sessuale era ogni giorno più incredibile. La passione di Kelli rispecchiava perfettamente la sua. Quasi tutte le sere andava a letto dicendosi che avrebbe fatto l'amore lentamente, ma dopo pochi minuti lei mandava all'aria tutte le sue buone intenzioni. Era indomabile, e lui lo adorava. Amava fargli pompini, cosa che era la realizzazione del sogno di ogni uomo. Non si sentiva a suo agio quando lui ricambiava, ma stava imparando le gioie di essere leccata. Amava anche sperimentare nuove posizioni... e non avevano limitato le loro attività sessuali alla camera da letto, cosa che Flash non avrebbe mai ammesso con Smiley.

A quel proposito, era più che pronto a tornare a casa sua. Non che non apprezzasse il fatto che il suo compagno di squadra avesse offerto a Kelli un posto sicuro dove stare mentre lui era al lavoro, più che altro voleva stare nel *suo* spazio. Voleva vedere le sue scarpe nel *suo* soggiorno. Il suo intimo nel *suo* cesto della biancheria. Il suo corpo nella *sua* doccia. Nella *sua* cucina. Nel *suo* letto.

Quei pensieri erano ridicoli, ma non li respingeva. Voleva poter iniziare una nuova vita con la sua donna alle loro condizioni, non a quelle di quel bastardo di Brant Williams. Bisognava trovare quell'uomo. Subito.

Forse, quando fosse successo, Kelli si sarebbe sentita abbastanza a suo agio da parlargli di quello che la preoccupava da oltre una settimana.

In quel momento erano a letto e lui le stava accarezzando la spalla nuda mentre lei gli era distesa sopra. Da lì a poco avrebbe dovuto alzarsi, ma si stava godendo quel minuto di tranquillità con la donna che significava tutto per lui.

«I ragazzi andranno in missione presto?» gli chiese all'improvviso.

Flash aggrottò la fronte. «No. Perché?»

Scrollò le spalle. «Non lo so, dato che state tutti lavorando sodo a qualsiasi cosa stiate facendo, ho solo pensato che significasse che la missione sarebbe iniziata presto.»

«A volte facciamo ricerche per mesi prima di partire. Altre veniamo inviati all'improvviso. Dipende tutto dal tipo di missione. Per esempio, eliminare un HVT, un obiettivo di alto valore, potrebbe richiedere settimane di pianificazione per assicurarsi di ridurre al minimo i pericoli. Ma se c'è una situazione di ostaggi, potremmo non ricevere alcun preavviso.»

«Ha senso» disse Kelli contro il suo petto.

«Stai bene? Come mai questa domanda?» chiese Flash, chiedendosi se fosse quello a preoccuparla.

«Niente. Sto bene. Se prenderanno Brant, verrai reinserito nella rotazione delle missioni, giusto?»

Annuì. «*Quando* lo prenderanno, sì. Sei preoccupata per questo? Che io parta?»

«No.»

«No?» chiese sorpreso.

Kelli sollevò la testa e la appoggiò sul dorso della mano posata sul suo petto. «Perché dovrei? So già che sei eccezionale. Ti ho visto in azione in prima persona. E anche i tuoi compagni SEAL.»

La sua sicurezza e la totale fiducia in lui lo lasciarono senza parole. «So che le cose tra noi si sono mosse in fretta, per circostanze non proprio belle, ma puoi parlarmi di qualsiasi cosa, Kelli. Niente è off-limits tra noi. Capito?»

Riappoggiò la testa sul suo petto e annuì.

La sua riluttanza a guardarlo gli diede la certezza che gli stesse nascondendo qualcosa. E le sue parole successive lo confermarono.

Lei sospirò, poi disse sommessamente: «Mi fido di te, Flash, più di qualsiasi altro uomo con cui sia stata. So che *posso* parlarti di qualsiasi cosa, il che è fantastico. Voglio che tu sappia che non ti nasconderò mai nulla. Sono un libro aperto per te. Ma... a volte ci sono cose che riguardano *altre* persone e di cui non spetta a me parlarne.»

Flash aggrottò la fronte. «Ha a che fare con Williams e con quello che è successo? Ti ha contattata in qualche modo?»

«No.»

La sua risposta fu così immediata e sincera che Flash le credette.

«Sei in pericolo?»

«Io? No.»

Quello non lo fece sentire meglio. «Ma lo è qualcun altro?»

«Forse.»

«Guardami» le ordinò. Aspettò che sollevasse di nuovo la testa e incontrasse il suo sguardo. «Se una persona è in pericolo, devi dirlo a *qualcuno*. Se non a me, a uno dei miei compagni di squadra. O a Wolf o a qualcuno del suo team.»

«Non posso» sussurrò. «L'ho promesso.»

A Flash non piacque quella risposta. Per niente. Non si rese conto di essersi accigliato finché non vide gli occhi di Kelli riempirsi di lacrime.

«Non voglio che tu mi odi. Ti prego, mi distruggerebbe.»

«Non potrei mai odiarti. Ti amo.»

Le sue parole sembrarono risuonare nella stanza.

«Cosa?» chiese Kelli.

Non aveva avuto intenzione di dirlo, ma non se ne pentì. «Ti amo» ripeté. «Sei tutto per me. Lo so, continua a essere troppo presto, ma non me ne frega niente. È così che mi sento e che mi sentirò *sempre*. E sono disposto ad aspettare tutto il tempo che servirà finché tu non mi amerai a tua volta.

Non ti odierò, Kelli, qualunque cosa stia succedendo. So cos'è la lealtà. Accidenti, ci sono un sacco di cose che non potrò mai dirti a causa del mio lavoro, ho solo bisogno che tu mi prometta che se la vita di qualcuno è davvero in pericolo, parlerai con me o con qualcun altro di cui ti fidi. Ti assicuro che l'ultima cosa che vuoi è portarti dietro il senso di colpa per non aver parlato... e poi vedere accadere il peggio.»

«Lo so. E lo farò. È solo che... è una situazione delicata.»

Flash non riusciva a spiegarsi come avesse potuto ritrovarsi coinvolta in una cosiddetta "situazione delicata", restando chiusa nell'appartamento tutto il giorno. Ma non la interrogò. Doveva aver fiducia del fatto che sarebbe andata a parlargli quando fosse stata pronta. «*Non* metterti in pericolo» le intimò.

«Non lo farò. Non si tratta di me» lo rassicurò subito.

Ma Flash non si sentì particolarmente rassicurato. Si ripromise di contattarla più spesso durante il giorno, per accertarsi che stesse bene, che qualsiasi cosa in cui era coinvolta non la esponesse davvero ad alcun rischio.

Senza pensarci due volte, Flash si chinò e prese la piccola scatola che aveva messo sul comodino. Aveva fatto creare qualcosa per lei, e stava aspettando il momento migliore per dargliela. Ora sembrava fosse arrivato. Si girò e gliela porse.

Kelli si mostrò sorpresa. Poi confusa. Poi un po' preoccupata.

«Non è un anello» si affrettò a dire. «Ti amo, ma chiederti di sposarmi due secondi dopo avertelo detto per la prima volta è un po' troppo persino per me.»

Lei sorrise, poi prese la scatola e la aprì senza dire una parola.

Quando vide cosa conteneva, spalancò gli occhi e ansimò. «Flash» sussurrò. «Questo è...»

«È il cucchiaio che avevamo nell'autobus. Le ragazze l'hanno trovato mentre pulivano il tuo appartamento, e dato che non si abbinava al resto delle tue posate, mi hanno chiesto cosa farne. L'ho preso e stavo per farlo mettere in una teca o qualcosa del genere, ma ho optato per questo.»

"Questo", era un braccialetto. L'aveva portato da un gioielliere consigliato da Caroline e l'uomo l'aveva piegato e manipolato, rendendolo una splendida opera d'arte. Era ancora ovvio che fosse un cucchiaio, ma ora era lucido e pulito, anche se aveva ancora le sue piccole ammaccature. Un po' come lui e Kelli.

«Io... è perfetto» sussurrò. «Grazie.»

Quando lo guardò vide che aveva le lacrime agli occhi.

«Sono lacrime di felicità, vero?» chiese, improvvisamente nervoso, temendo di aver esagerato e fatto un errore.

«Certo. Lo porterò sempre. Mi ricorderà l'inferno che abbiamo passato, ma anche che ne siamo usciti vincitori. Che abbiamo lavorato insieme per trarre il meglio da quella situazione orribile.»

Flash prese il braccialetto. «Posso?» le chiese.

Kelli annuì, e lui glielo avvolse delicatamente intorno al polso. Era un bracciale rigido, di quelli che non avevano una chiusura, ma che bastava stringere. Le stava perfettamente.

«È il regalo più sentito e significativo che abbia mai ricevuto. Grazie, Flash.»

«Prego.» Lui si girò e la imprigionò sotto di sé. «Ho quindici minuti prima di dovermi alzare» la informò.

Aveva le guance ancora umide di lacrime, ma gli sorrise. «Potremmo dormire» gli suggerì con un luccichio negli occhi.

«Potremmo» concordò. «Oppure potremmo provare la "posizione dell'uomo pigro". Sai, credo sia giusto visto che sono io quello che deve alzarsi per andare all'allenamento.»

«Quella ti piace solo perché hai il mio seno dritto in faccia» protestò Kelli.

Lui ridacchiò. «Puoi biasimarmi? Hai delle tette che sarebbero capaci di far scoppiare una guerra.»

Kelli alzò gli occhi al cielo.

Le sorrise e iniziò a mettersi seduto, con la testiera del letto alle spalle, ma lei lo fermò. «Flash?»

«Sì?»

«Anch'io ti amo.»

Lui si chinò subito in avanti, con il cazzo che pulsava contro la sua coscia e il forte desiderio di spingersi dentro il suo corpo per mostrarle quanto le sue parole avessero significato per lui. Poi la baciò... a lungo, lentamente e con tutto l'amore che provava fin nel profondo per quella donna.

Poco dopo lei lo spinse sulle spalle, incitandolo a sedersi. Nessuno dei due si era vestito dopo aver fatto l'amore la sera prima, quindi le fu facile mettersi a cavalcioni. Kelli aveva ragione, quella posizione gli metteva le tette proprio in faccia, e Flash non esitò a prendere un capezzolo in bocca.

Lei gemette e inarcò la schiena. Il suo cazzo era intrappolato tra i loro corpi, ma sapeva che non ci sarebbe voluto molto prima che scivolasse nel posto a cui apparteneva, a casa.

Come al solito, Kelli iniziò a dimenarsi, impaziente di sfogare il suo desiderio. Si sollevò, e Flash si mosse con lei, non volendo perdere il capezzolo che stava mordendo e succhiando. Gli avvolse la mano intorno all'erezione e se lo infilò tra le gambe.

Sussultarono entrambi quando lei si lasciò cadere, prendendolo in profondità nel suo corpo. «Cavalcami, Kelli. Prendi quello che vuoi» la incitò.

Non dovette ripeterlo, e poi non fu più in grado di succhiarle le tette; rimbalzavano troppo per l'intensità con cui lo cavalcava.

Che donna. Lo lasciava sempre senza fiato. La amava così tanto.

Non impiegarono molto a venire entrambi. Adorava l'aspetto scompigliato che aveva Kelli dopo l'orgasmo. Non ci sarebbero mai stati dubbi sul fatto che fosse venuta o meno, lo avrebbe capito dal rossore della sua pelle, dal sudore sulla fronte e dall'espressione di assoluto appagamento sul suo viso.

L'ultima cosa che voleva fare era uscire dalla sua fica calda, ma uno sguardo all'orologio gli confermò che sarebbe arrivato tardi all'allenamento. Le prese il viso tra le mani e la baciò, poi disse: «Fai attenzione oggi. Comunque finirò presto al lavoro, che ne dici se stasera usciamo?»

«Sul serio?» chiese, l'eccitazione era chiaramente percepibile nella sua voce.

«Sì. Smiley deve venire a prendere delle cose... credo sia solo pigro e non voglia fare la lavatrice, quindi verrà a prendere dei vestiti puliti. Dopo che avrà fatto, possiamo andare dove vuoi.»

«C'è un fantastico ristorante thailandese a La Jolla.»

«Se è quello che vuoi, ci andremo.»

«Potrei mostrarti anche la mia spiaggia preferita e magari restiamo lì a guardare il tramonto.»

«È deciso» le disse, sporgendosi in avanti per baciarla di nuovo. «Ora devo alzarmi o Kevlar mi farà fare degli scatti in più sulla sabbia.»

Kelli sorrise. «Non sia mai.» Poi strinse i muscoli, facendolo gemere, e il suo cazzo pulsò in segno di apprezzamento.

«Sei stata proprio meschina» si lamentò, sollevandola con facilità, come se non pesasse quasi niente.

«Adoro quando lo fai» mormorò con un sospiro, sdraiandosi accanto a lui e stiracchiandosi.

«Fare cosa?» le chiese, distratto dal movimento delle sue tette.

«Sollevarmi come se fossi leggera come una piuma.»

«Lo sei» replicò. Poi si chinò e le baciò la fronte, sapendo che se avesse fatto qualcos'altro non si sarebbe più alzato dal letto. «Devi venire a chiudere la porta a chiave e mettere la catena» le disse. «Non tornare a dormire.»

«Lo so, e non lo farò.»

Flash si alzò dal letto finché aveva la forza di volontà di farlo, e dopo qualche minuto stava baciando Kelli sulla porta d'ingresso. «Ti mando un messaggio quando io e Smiley usciremo dal lavoro.»

«Ok. A che ora... più o meno?»

«Forse intorno alle tre.»

«Va bene. Guida con prudenza.»

«Certo. Ti amo, Kelli. Mi hai reso la vita molto migliore, e anche se non ammetterei mai di essere felice che ci abbiano rapiti, sono contento che tua cugina abbia deciso di festeggiare il suo addio al nubilato nello stesso resort di Chuck.»

«Anch'io.»

Flash la baciò un'ultima volta poi uscì. Sentì le serrature scattare in posizione e aspettò il tintinnio della catena di sicurezza che veniva inserita. Una volta certo che Kelli fosse al sicuro, percorse a grandi passi il corridoio e fece del suo meglio per non pensare al suo cazzo e per concentrarsi sul lavoro che avrebbe dovuto fare quel giorno.

––––––––

Kelli sperava davvero che Bree andasse lì quel giorno. Odiava nascondere le sue visite a Flash, ma era tornata due volte nell'ultima settimana e mezza, e sembrava che ogni volta fosse più rilassata. E anche più in salute. Le docce regolari e la possibilità di lavare i vestiti avevano contribuito notevolmente a darle un po' di sicurezza. E non guastava che Kelli la riempisse di cibo mentre era lì, offrendole anche delle verdure fresche e altra roba salutare da portare con sé.

Ma il motivo più importante per cui voleva che quel giorno andasse a trovarla era perché Flash aveva detto che ci sarebbe stato anche Smiley. Se fossero capitati lì nello stesso momento, magari Bree avrebbe trovato il coraggio di parlargli, di chiedergli finalmente l'aiuto di cui aveva bisogno. La prima volta che aveva bussato alla porta era sembrata molto abbattuta, ma ora che i suoi bisogni personali non la affliggevano più, forse avrebbe avuto la forza di aprirsi e chiedere aiuto per liberarsi di chiunque la stesse cercando.

Smiley sarebbe stato così sollevato di averla trovata, e Kelli sapeva che avrebbe accettato di aiutarla in un batter d'occhio. Secondo Flash, quello era stato il suo obiettivo fin dall'inizio. Assicurarsi di proteggerla dalle grinfie della persona a cui era stata venduta.

Kelli stava camminando avanti e indietro nervosamente e guardò l'orologio. Si stava avvicinando l'ora in cui avrebbero dovuto arrivare Flash e Smiley, ma di Bree ancora nessuna traccia. Aveva finalmente ammesso di aver seguito la squadra; sapeva dove abitavano tutti e che auto guidavano. Se avesse visto la vecchia Ford Ranger di Smiley nel parcheggio, molto probabilmente non si sarebbe fermata. Ciò avrebbe significato dover tenere segrete le sue visite a Flash ancora più a lungo.

Le sue parole di quella mattina l'avevano quasi fatta cedere. La rassicurazione di potergli parlare di qualsiasi cosa le aveva quasi fatto confessare tutto. Ma poi l'aveva distratta dicendole che la amava.

Le sembrava davvero irreale che lei, Kelli Colbert, un'incredibile sfigata che non era niente di speciale, fosse riuscita a farsi amare da Flash. E il punto era che non sapeva come aveva fatto. O come *continuare* a essere amata da lui. Era per quello che non aveva detto quelle parole per prima, anche se le aveva sentite fin dentro l'anima. Flash era... era un miracolo. E non solo perché quando erano stati rapiti era stato tutto per lei.

Era un brav'uomo. Premuroso. Protettivo. E inoltre era eccezionale a letto. Kelli diventava una persona che non conosceva quando stava con lui. Come quella mattina, che lo aveva cavalcato come se fosse stata una cowgirl a un rodeo. Ma dato che lui non si lamentava, e lei non si era mai sentita così appagata, non le importava di essere diventata all'improvviso... eccessivamente esuberante a letto.

Si fermò davanti alla finestra per guardare il parcheggio, ma non vide Bree né la sua Subaru Outback verde scuro. L'aveva spiata dopo la sua seconda visita, così l'aveva vista salire su quella macchina. Di solito arrivava nel primo pomeriggio, assicurandosi di andarsene prima del ritorno di Flash. Era già più tardi del solito... ma non poteva sapere che quel giorno gli uomini sarebbero usciti prima dal lavoro, quindi c'era ancora la possibilità che passasse e che lei e Smiley potessero effettivamente incontrarsi faccia a faccia.

Quando ricevette il messaggio di Flash che diceva che stava tornando a casa, decise a malincuore che Bree non sarebbe andata a trovarla. Era delusa, perché pensava davvero che lei fosse stata pronta a parlargli, ma stava scappando e nascondendosi da così tanto tempo, che immaginava dovesse essere spaventoso per lei prendere in considerazione l'idea di fare qualcosa al di fuori della sua routine.

L'ultima volta che era stata lì era *riuscita* a convincerla a memorizzare sul suo telefono il numero di cellulare di Smiley e anche il suo. Era piuttosto preoccupata per lei, dato che viveva in macchina ed era in fuga, quindi aveva voluto che avesse dei numeri di emergenza da contattare. Per ogni evenienza.

Kelli, se non altro, era contenta di vedere Smiley. Dopo essere stata chiusa per più di due settimane nell'appartamento, si sentiva in gabbia. Le sembrava di impazzire. La giornata era splendida, c'era il sole e non vedeva l'ora di uscire e di prendere un po' d'aria fresca, almeno per un po'. Sotto gli occhi attenti di Flash *e* Smiley, avrebbe decisamente potuto farlo.

Non provava affatto risentimento. Se fosse stata da sola, nel suo appartamento a La Jolla, sarebbe stata terrorizzata, sempre lì a chiedersi quando sarebbe tornato Brant... e cosa le avrebbe fatto una volta trovata. Ma a casa di Smiley, pur essendo da sola, si sentiva al sicuro. Sembrava che quell'uomo ancora non sapesse dove si trovavano lei o Flash. E Ryleigh, che stava facendo tutto il possibile per scovarlo, sosteneva di essere vicina a scoprire dove si fosse nascosto.

Senza la carta di credito o l'accesso al suo conto in banca, avrebbe dovuto fare una mossa al più presto, cosa che la spaventava, ma era consapevole che ciò avrebbe significato che lei e Flash avrebbero potuto andare avanti con le loro vite. Sperava.

Cosa sarebbe successo in seguito, era ancora da stabilire. Sarebbe tornata nel suo appartamento? Sperava che avrebbero continuato a frequentarsi, anzi, ne era quasi certa... era improbabile che Flash le dicesse di amarla un giorno per poi decidere quello successivo che la loro relazione era finita.

Kelli tolse la catena dalla porta visto che aveva ricevuto il suo messaggio, poi aspettò impaziente in cucina che i due uomini arrivassero. Quando sentì la chiave nella serratura, girò intorno al bancone.

Flash entrò per primo e Kelli gli rivolse un sorriso raggiante. Andò dritto da lei e la abbracciò forte, sollevandola da terra. Era il modo in cui la salutava sempre, come se fossero passate settimane invece che poche ore dall'ultima volta che l'aveva vista.

«Stai bene?» le chiese.

Lei rise. «Perché non dovrei?»

«Volevo solo assicurarmene.»

«Ehi, Kelli» la salutò Smiley con il suo solito modo brusco. «Mi piace quello che hai fatto alla casa» scherzò.

Kelli ridacchiò. «Intendi il fatto che l'ho pulita?» gli chiese. Quando lei e Flash si erano trasferiti, aveva avuto l'impressione che sul posto fosse passato un tornado. Era chiaro che Smiley non fosse una persona molto ordinata. Ma ora non c'era niente fuori posto. L'appartamento era tirato a lucido. Lo aveva pulito da cima a fondo... era stato un modo per tenersi occupata durante le lunghe e noiose giornate solitarie.

Guardandosi intorno, pensò che Smiley stesse facendo una smorfia dentro di sé vedendo quanto fosse diverso dall'ultima volta che l'aveva visto. Niente piatti sporchi nel lavandino, niente posta accatastata sul tavolo, e due coperte erano piegate con cura e drappeggiate sullo schienale del divano. Aveva persino sistemato la sua libreria e messo in ordine alfabetico per cognome i libri di ogni autore.

«Esatto» le rispose. Poi le si avvicinò e la abbracciò anche lui.

Kelli rimase sorpresa. Smiley non era di certo un tipo affettuoso, e il fatto che fosse così...be'... *gentile*, la fece sentire di nuovo in colpa. Aveva cercato disperatamente Bree, e lei gli stava nascondendo che era stata lì, nel suo appartamento, che aveva usato la sua doccia, la sua lavatrice e la sua asciugatrice.

Si sentiva una merda. Era un'amica orribile.

All'improvviso, il senso di colpa minacciò di sopraffarla.

Per fortuna Smiley non sembrò accorgersene. Fece un passo indietro e disse: «Vado a prendermi un po' di roba.»

Non appena scomparve in fondo al corridoio, Flash la cinse da dietro e appoggiò il mento sulla sua spalla. «Cosa c'è che non va?» le chiese a bassa voce.

«Niente, perché?»

«Perché sei diventata... tesa all'improvviso.»

Sospirò e si voltò verso di lui. «Sto bene. Mi sento solo un po' irrequieta oggi. È una bella giornata e sono bloccata dentro.»

Flash aggrottò la fronte. «Quando è stata l'ultima volta che sei stata fuori?»

Kelli gli lanciò un'occhiataccia.

«Giusto. Mi dispiace.»

«Di cosa?»

«Di non aver capito prima quanto sia difficile per te.»

«Non importa. Sono al sicuro, ed è tutto ciò che conta.»

«*Non* è tutto ciò che conta» dissentì. «Anche la tua salute mentale è importante. Non è solo questione di farti sentire al sicuro, non voglio nemmeno che tu ti senta intrappolata.»

«Hai detto che Ryleigh è vicina a trovare Brant, giusto?» gli chiese.

«Sì.»

«Quindi, non dovrò aspettare ancora a lungo. Spero.»

«Speriamo. Voglio comunque andare in quel ristorante thailandese che hai menzionato stamattina, ma magari andiamo prima in spiaggia, così prenderai un po' di sole. Una sessione di terapia all'aria aperta.»

«Mi piacerebbe molto» replicò lei con un sorriso. Il solo pensiero di sedersi sulla sabbia, di sentire la brezza sul viso, la rese felice.

Dieci minuti più tardi, Smiley uscì dalla sua camera da letto con tre borsoni.

Kelli ridacchiò. «Hai messo dentro tutto quello che possiedi?» gli chiese.

«Non so per quanto tempo starò via, ho pensato che tanto valeva prendere tutto.»

Flash gli si avvicinò e prese uno dei borsoni. «Ti aiuto a portarli giù.»

«Anch'io» disse Kelli, allungando la mano per prenderne uno dei due che aveva sulle spalle.

Smiley si allontanò da lei, accigliato. «No.»

«Dai, non sono poi *così* debole.»

«No» ripeté.

Fu il suo turno di accigliarsi. «Perché?»

«Perché no.»

Alzò gli occhi al cielo. «Non è una risposta. Flash, di' a Smiley che si sta comportando in modo ridicolo e di lasciarmi portare una delle sue borse.»

«Sai, sembri una bambina di otto anni che si lamenta con la mamma di qualcosa che suo fratello non le permette di fare» le disse Smiley.

Kelli aggrottò ulteriormente la fronte e si mise le mani sui fianchi. «E quindi?»

Lui non sembrò minimamente turbato dalla sua irritazione, si limitò ad andare verso la porta.

«Aspetta un attimo» disse Flash all'amico, poi si rivolse a Kelli: «Sei pronta per andare?»

«In spiaggia e a cena? Sì!» rispose eccitata. «Fammi prendere una felpa. E la borsa. Oh, e devo cambiarmi le scarpe!»

Sentì Smiley ridacchiare e dire a bassa voce: «Lo prendo come un no, in realtà non è pronta per andare.»

«Chiudi il becco, Smiley!» gridò Kelli, correndo verso la camera da letto.

Tornò in meno di un minuto, più che pronta a uscire dall'appartamento.

Una volta fuori, Flash si assicurò che la porta fosse ben chiusa a chiave. Mentre percorrevano il corridoio, Kelli si lamentò. «Potrei davvero portare una di quelle borse.»

«Potresti, ma non lo farai» replicò Smiley.

Ora era davvero divertita dalla sua testardaggine. Non le importava di portare o meno uno dei borsoni, era solo spassoso punzecchiare quel SEAL burbero.

Non appena lasciarono l'edificio fece una smorfia per l'intensità della luce, ma si rallegrò di essere all'aperto, baciata dai raggi del sole senza una finestra a proteggerla.

«Che giornata splendida!» esclamò con entusiasmo. Si fermò un attimo per chiudere gli occhi e alzare il viso al cielo, e si crogiolò nel calore.

Era ancora lì, a godersi il momento, quando all'improvviso fu strattonata, perdendo quasi il contatto con il suolo.

Spalancò gli occhi mentre barcollava all'indietro, portando

istintivamente le mani al collo, dove un braccio forte le stava quasi togliendo l'aria.

Il suo sguardo volò su Flash e il suo compagno di squadra, che si trovavano accanto al pick-up di Smiley; uno dei tre borsoni era ai loro piedi e gli altri due già sul cassone del veicolo. Ebbe l'assurdo pensiero di non aver mai visto Flash – o Smiley, se era per quello – con un'aria così... omicida.

I due uomini erano furiosi. Se non avesse già capito di essere nei guai, le loro espressioni lo avrebbero rivelato.

«Non avvicinatevi!» ringhiò l'uomo dietro di lei, mentre la costringeva a camminare all'indietro. Respirare era difficile, e tutto ciò che riusciva a fare era inciampare nella presa dell'uomo.

«Lasciala andare, Williams!» gli ordinò Flash.

Brant. Alla fine li aveva trovati.

Era la prima volta che usciva da giorni, e invece di stare in allerta doveva proprio fermarsi in mezzo al parcheggio e chiudere gli occhi.

Era un'idiota.

«Niente da fare» replicò il bastardo. Kelli sentì la puzza del suo sudore e le venne da vomitare. Ovunque fosse stato nascosto, non si era preso cura di sé, quello era certo.

«Stai commettendo un errore» disse Smiley. Lui e Flash stavano seguendo lei e Brant passo dopo passo, senza perdere terreno, e Kelli avrebbe potuto giurare di averli visti prepararsi a colpire da un momento all'altro.

«Non lo farei se fossi in voi» disse Brant, tirando fuori un coltello e puntandoglielo al petto, proprio sopra il cuore. «La ucciderò. Subito. Lo giuro! Quanto pensate che vivrà con un buco nel cuore? Non molto. Morirà dissanguata in pochi secondi e sarà *colpa vostra*.»

«Cosa cazzo vuoi?» gli chiese Flash con un tono basso e incazzato.

«Voglio i miei soldi!» urlò Brant con voce isterica.

«Quali soldi? Quelli che hai cercato di estorcere al governo? Sei proprio un idiota se hai pensato che la Marina avrebbe pagato anche solo un centesimo di quel riscatto.»

«Be', loro possono anche non aver pagato, ma tu lo farai se vorrai rivedere la tua preziosa ragazza. Ora smettila di camminare o lo farò! La ucciderò!»

«Allora puoi star sicuro che non avrai i tuoi soldi» disse Smiley con un tono glaciale.

Con sua sorpresa e orrore, Brant spinse giù il coltello, e lei ansimò per il dolore quando la punta penetrò nella sua maglia e nella pelle.

Flash allungò un braccio, fermando Smiley che stava per lanciarsi in avanti.

«Dico sul serio! Non ho niente da perdere. Fermatevi subito!» urlò Brant.

Il coltello ancora conficcato nel petto le faceva *davvero* male. Tra quello e la mancanza di ossigeno, Kelli faceva fatica a pensare lucidamente.

«Finché farete quello che dico, starà bene. Voglio un milione di dollari sul nuovo conto bancario che ho aperto stamattina. E se farete *qualcosa* per chiuderlo, ve la rispedirò a pezzi. Un orecchio un giorno, qualche dito quello dopo. L'ultima cosa che riceverete sarà il suo cuore. E non fate i furbi, perché la ucciderò!»

Un milione di dollari? Flash non aveva tutti quei soldi. Anche se avesse ricevuto l'aiuto di tutti i suoi amici, Kelli non era sicura che sarebbero riusciti a trovare così tanto denaro. Brant si era chiaramente fatto prendere dall'avidità, aumentando significativamente la sua richiesta rispetto ai cinquanta-mila dollari che aveva inizialmente sperato di ottenere per quel rapimento.

Dato che era concentrata sul fare arrivare aria nei polmoni, senza respirare troppo profondamente in modo che il coltello non le penetrasse ulteriormente nella pelle, non si rese conto che avevano raggiunto un veicolo. Fu solo quando il braccio intorno al suo collo si allentò, e Brant la spinse contro una portiera aperta, che pensò di provare a scappare.

Ma quell'idea fu subito accantonata quando lui, che aveva ancora il coltello in mano, la ferì sulla coscia.

Un dolore intenso esplose all'improvviso e lei urlò, sbattendo la mano sopra il taglio sulla gamba.

«Kelli!»

La voce di Flash sembrava lontanissima. Brant la spinse dentro al veicolo fino all'altro sedile e si mise al volante della vecchia e malandata auto a quattro porte, poi uscì dal parcheggio prima ancora che la portiera si chiudesse.

Guardando fuori dal finestrino, Kelli vide Flash e Smiley correre dietro all'auto, poi fermarsi di colpo e tornare verso il SUV di Flash.

Brant rise. Fu un suono così malvagio che la fece rabbrividire. «Quegli idioti non ci raggiungeranno. Li ho fregati! Tutto ciò che ho dovuto fare è stato aspettare ed essere paziente, e oggi è stato il mio giorno fortunato. Sapevo che eri nascosta da qualche parte. Ho provato a seguire il tuo ragazzo, ma mi sfuggiva sempre. Non riuscivo a trovare dove alloggiavate. Ma oggi lui e il suo amico sono stati imprudenti, e li ho seguiti. Avrò i miei soldi, in un modo o nell'altro!»

A Kelli faceva male la gola a causa della pressione che lui aveva esercitato con il braccio mentre la trascinava. E la coscia le bruciava. Almeno il seno non le faceva più tanto male... ma era terrorizzata. Dove la stava portando? Aveva perso la borsa in tutto quel trambusto, quindi non aveva il telefono per chiamare aiuto o dare indizi su dove stessero andando.

Brant guidava come un ossesso. Prendeva le curve a velocità troppo elevata, aveva urtato di striscio un paio di auto, andava contromano nei sensi unici e, in generale, infrangeva ogni norma stradale. Non passò molto che Kelli si rese conto che quello stronzo aveva avuto ragione. Flash e Smiley non lo avrebbero mai raggiunto.

L'avrebbe passata liscia.

Lanciò un'occhiata furtiva all'uomo al volante e cercò di escogitare un piano. Un modo ingegnoso per scappare prima che facesse qualcosa di più che farla sanguinare. Perché l'avrebbe uccisa, non aveva il minimo dubbio. Anche se avesse ottenuto i soldi, non l'avrebbe lasciata vivere. Era troppo incazzato perché il suo piano di rapirli in Giamaica era fallito, perché lei e Flash erano fuggiti e perché gli ci era voluto tanto tempo per trovarli.

Poi notò qualcosa con la coda dell'occhio.

Abbassò la testa per fingere di controllare il taglio sulla gamba, e la girò quel tanto che bastava per dare un'occhiata al sedile posteriore, e fu sorpresa di vedere un paio di occhi nocciola che la fissavano.

C'era Bree Haynes sul retro! Era seduta sul pavimento dietro al sedile di guida, coperta dai vestiti e da altri oggetti che ingombravano tutta la parte posteriore dell'auto. Sembrava che ci fossero tutti gli effetti personali di Brant... ma come *Bree* fosse finita lì era un mistero per lei.

La sua amica scosse la testa e si portò un dito alle labbra, come per raccomandarle di stare zitta, poi le mostrò un telefono.

Il sollievo che provò le fece girare la testa. O forse era la perdita di sangue. Non lo sapeva. Non aveva idea di come diavolo Bree fosse finita in quella macchina, ma il fatto che avesse un telefono, che si augurava sarebbe riuscita a usare per comunicare con Smiley, fu sufficiente ad alimentare le sue speranze.

Brant non aveva ancora vinto. Kelli poteva anche essere ammaccata e malconcia, ma non era morta. E finché respirava, sperava che Flash la trovasse. Girò di scatto la testa in modo da guardare di nuovo davanti a sé e fece un respiro profondo. Poi un altro. Non avrebbe fatto nulla che potesse tradire la presenza di Bree. Quella donna era letteralmente la sua unica speranza di uscirne viva. Era l'unica speranza per entrambe. Perché chissà cos'avrebbe fatto Brant se avesse scoperto di avere un passeggero clandestino.

CAPITOLO VENTI

SMILEY SI AGGRAPPÒ alla maniglia interna del SUV quando Flash affrontò una curva su due ruote.

«Dai, dai» borbottò Flash, mentre entrambi cercavano freneticamente il catorcio marrone che Williams aveva usato per portare via Kelli da sotto il loro naso.

Il ricordo del suo urlo di dolore quando quello stronzo le aveva ferito la gamba era qualcosa che Smiley non avrebbe dimenticato tanto presto. Né il verso angosciato che era uscito dalle labbra di Flash; vedere la donna che amava – sì, sapeva che il suo amico era innamorato pazzo di Kelli – venire ferita senza poter fare nulla al riguardo era stato terribilmente doloroso per il suo compagno di squadra.

Smiley vide un'auto sul ciglio della strada con la fiancata tutta strisciata e la parte anteriore sfondata per aver sbattuto contro un palo della luce, così urlò: «Vai a destra!»

Flash imboccò un'altra curva troppo velocemente, mentre facevano del loro meglio per seguire il percorso fatto da

Williams, guidati solo dalla distruzione che aveva lasciato al suo passaggio.

Proprio quando pensavano di averlo perso, il telefono gli vibrò nella tasca. Sentendosi un idiota per non aver chiamato subito i rinforzi, lo tirò fuori e fissò il messaggio inviato da un numero sconosciuto.

Sconosciuto: *Sono Bree, sono in macchina con Kelli e quello stronzo ha appena superato la 37esima strada*

La sua mente impiegò un attimo per capire cosa stesse leggendo. Era estremamente confuso. Bree? La *sua* Bree? Come faceva ad avere il suo numero? E come *cazzo* faceva a essere in macchina con Williams e Kelli? Stava lavorando con lui?

Ma che cazzo stava succedendo?

Sconosciuto: *Stavo andando da K quando siete usciti, ho visto cos'è successo e sono salita in macchina mentre lui era distratto da voi e la feriva. Appena svoltato su Aspen Street*

«Prosegui dritto!» disse a Flash.

«Ma credo che sia andato a ovest» protestò lui.

«Dritto!» urlò. Per fortuna il suo amico lo ascoltò e proseguì in quella direzione invece di svoltare. «Bree mi sta scrivendo. È in macchina con loro. Mi sta dicendo dove stanno andando.»

«Ma che cazzo succede?!» chiese Flash.

Era ciò che Smiley voleva sapere, ma al momento aveva bisogno di più informazioni su Williams. Non aveva idea di quali fossero le intenzioni di Bree, ma se lei poteva condurli da Kelli, non le avrebbe fatto domande... non ancora. Più tardi? Sì. Lei aveva molto di cui rispondere. Ma doveva concentrarsi sulla donna del suo amico in quel momento.

Smiley: *Ricevuto*

Ma non riuscì a trattenere una domanda.

Smiley: *Stai bene?*

Sconosciuto: *Per ora. Stiamo superando la 40esima*

Smiley continuò a riferire le informazioni che Bree gli stava dando. Il panico gli provocò un nodo in gola, perché ora c'erano due donne in pericolo invece di una e perché, per la seconda volta, Bree si stava mettendo a rischio per aiutare una delle sue amiche. Quando avesse messo le mani su quella donna, si sarebbe assicurato che capisse che era una cosa inaccettabile. Che doveva smettere di mettersi in pericolo.

. . . .

Sconosciuto: *Rallentiamo. Percorrendo Cedar Street. Entrati nel vialetto. Casa marrone, un piano, 47. Siamo al 47 di Cedar Street!!!*

Smiley: *Stiamo arrivando. Resta dove sei. NON andartene. Dico sul serio.*

Sconosciuto: *Non lo farò. Sono stanca. Ho bisogno di aiuto.*

Smiley era quasi più sconvolto che Bree avesse ammesso di aver bisogno di aiuto che dal fatto che si fosse infilata di nascosto nell'auto di Williams. Da tutto ciò che aveva imparato su quella donna durante la sua lunga e infruttuosa ricerca, sapeva che era molto testarda e fin troppo indipendente, e non gli piaceva come fosse sembrata... sconfitta. Cosa assurda, visto che si trattava solo di poche parole su uno schermo, ma non riusciva a scrollarsi di dosso il pensiero che fosse allo stremo.

Si sarebbe occupato di Williams insieme a Flash, poi lui e Bree Haynes avrebbero fatto una lunghissima chiacchierata.

———

Kelli spalancò gli occhi mentre entravano in un vialetto di fronte a una casa fatiscente che sembrava disabitata da molto tempo. Brant non le diede nemmeno il tempo di provare ad aprire la portiera e scappare, non che avrebbe potuto fare molto con il dolore alla gamba che pulsava così forte. La afferrò per un braccio, la sollevò bruscamente dal sedile del passeggero e la tirò fuori dalla portiera del guidatore.

Senza dire una parola, la trascinò fino alla porta d'ingresso, che colpì con un calcio violento, spalancandola. La polvere fluttuò nella luce del sole che filtrò all'interno, e l'uomo richiuse la porta con un altro calcio, dopo averla tirata dentro.

«Brant...»

«Stai zitta, cazzo» ringhiò minaccioso.

Kelli tacque, decidendo che era nel suo interesse.

La sua mente era un turbinio di pensieri, mentre cercava di capire come diavolo uscire da quella situazione. Ma non aveva idea di cosa fare. Quello stronzo le aveva ferito la coscia, rendendole impossibile camminare bene, figuriamoci correre. Sentiva il sangue colare lungo la gamba al di sotto dei pantaloni, e faceva aderire il tessuto mentre si muoveva. Per non parlare della ferita al petto. Il coltello non era entrato molto in profondità, ma era comunque dolorosa.

Brant la trascinò in una stanza sul retro della casa, con spazzatura e cibo in decomposizione disseminati ovunque. C'era un materasso ammuffito in un angolo, e nel sudiciume intorno a lei vide diversi aghi usati. La spinse – per fortuna non verso il materasso disgustoso – facendola cadere carponi in mezzo alla sporcizia. Kelli si girò subito sul sedere per affrontarlo; se l'avesse attaccata con quel coltello, avrebbe reagito come meglio poteva.

Ma lui sembrò dimenticare la sua presenza non appena la lasciò andare, e iniziò subito a camminare avanti e indietro, borbottando tra sé e sé.

Tenne lo sguardo fisso sull'uomo che era evidentemente impazzito, indietreggiando lentamente finché non si ritrovò contro una delle pareti. L'unica finestra era sul muro posteriore, ed era così sporca e incrostata che non pensava si sarebbe aperta. Se Brant l'avesse lasciata da sola nella stanza avrebbe potuto forzarla, ma lui si sarebbe accorto subito che stava cercando di scappare.

Per ora doveva accontentarsi del fatto che non l'avesse legata. Ovviamente pensava, a ragione, che non sarebbe andata da nessuna parte con quella ferita alla gamba.

Ripensò a Bree. Come aveva fatto a salire in macchina? Era riuscita a dire a Smiley dove si trovavano? Avrebbe fatto qualcosa di stupido e si sarebbe fatta uccidere? Sarebbe stato un peccato, soprattutto considerando che il suo piano di far incontrare lei e Smiley era fallito.

Non sapeva quanto tempo fosse passato da quando si era seduta contro il muro a guardare Brant che parlava da solo camminando avanti e indietro. Immaginava pochi minuti. Ma quando finalmente lui si fermò e la guardò, Kelli si irrigidì.

Non era positivo. Proprio per niente.

«È arrivato il momento» le disse, estraendo il coltello da un fodero che aveva lungo il fianco. Passò il pollice sulla punta e fece un sorrisetto. «Non ho bisogno che tu sia viva per ottenere il riscatto. Mi serve solo che il tuo ragazzo e i suoi amici *pensino* che tu lo sia. Francamente, sei stata una spina nel fianco fin dalla Giamaica, e sono stufo di avere a che fare con te.»

Kelli tentò di ritrarsi da lui e si rimproverò per non aver provato a fuggire. Difendersi da un uomo armato di un coltello *affilatissimo* – e sapeva che lo era perché l'aveva sperimentato in prima persona quando le aveva penetrato la carne – sarebbe stato tutt'altro che divertente.

Ma in ogni caso, non si sarebbe arresa facilmente. Avrebbe fatto il possibile per catturare il suo DNA sotto le unghie, per graffiarlo in modo che fosse ovvio che aveva lottato. Avrebbe fatto qualsiasi cosa che potesse rivelare alla polizia e alla scientifica che Brant era colpevole. Forse non sarebbe stata lì a vederlo finire in prigione, ma sperò con tutta sé stessa che pagasse per quello che stava per fare.

Mentre Brant le si avvicinava fu travolta dai rimpianti. Amava Flash, più di quanto avesse mai amato chiunque altro in tutta la sua vita. Lui le dava sicurezza, le faceva credere di poter essere chiunque voleva, di poter fare qualsiasi cosa. La faceva ridere, sospirare di piacere, e adorava la sua compagnia. E si rammaricò di non avere avuto più tempo da trascorrere con lui, di non avere più la possibilità di vivere il futuro che Flash aveva immaginato per loro.

Fece un respiro profondo e si concentrò sulla mano destra di Brant, quella che impugnava il coltello. Era arrivato il momento; avrebbe vinto o sarebbe morta provandoci.

Cercando di incarnare l'atteggiamento spietato da SEAL di Flash, aspettò che lo stronzo si avvicinasse abbastanza per fare la sua mossa. Avrebbe cercato di togliergli il coltello di mano, di sferrare il primo colpo. Poi lo scontro avrebbe avuto inizio.

Flash era concentrato a non urtare nessuna auto mentre sfrecciava sulle vie di Riverton verso Cedar Street. Non aveva idea di come diavolo Bree Haynes fosse finita nell'auto di Williams, ma a caval donato non si guardava in bocca... tutto ciò a cui riusciva a pensare era arrivare a Kelli.

Vedere Williams ferirla era stato come se la lama fosse affondata nella sua stessa carne. L'espressione straziata di Kelli gli sarebbe rimasta impressa per il resto dei suoi giorni. Era stato ferito in missione e lo aveva visto succedere a molti altri, ma niente gli aveva fatto lo stesso effetto come vedere il dolore di *Kelli*.

Dentro di lui ribolliva di furia. Williams era un uomo morto. Su quello non aveva dubbi. Aveva osato mettere le mani sulla *sua* donna, l'aveva fatta sanguinare. Ne avrebbe pagato le conseguenze.

«Lì!» urlò Smiley.

Erano entrambi carichi. Nessuno dei due aveva chiamato Kevlar o qualcun altro, e probabilmente i loro amici si sarebbero incazzati, ma avrebbero capito... prima o poi. Non c'era stato tempo per fermarsi a chiamarli, o anche solo per mandare un messaggio. Flash era stato concentrato sulla guida e Smiley a comunicare con Bree, poi a cercare il 47 di Cedar Street sulla mappa nel cellulare.

Fece un respiro profondo per tentare di rallentare l'adrenalina che gli scorreva nelle vene, e svoltò sulla strada. Il suo sguardo si posò subito sul catorcio di Williams. Era parcheggiato nel vialetto di una casa marrone a un piano, proprio come Bree aveva descritto. Sembrava un covo dove gli spacciatori vendevano la loro merce, o un posto dove i tossici andavano a drogarsi e a fare feste. Le fondamenta erano precarie e il tetto aveva dei piccoli buchi qua e là. Flash non si sarebbe sorpreso se quello fosse stato il posto in cui Williams si era nascosto dopo essere rimasto senza soldi.

Flash e Smiley si fermarono tre abitazioni più avanti, balzarono fuori dal SUV e si diressero rapidamente verso il numero 47.

Proprio mentre si avvicinavano al lato della casa, dal retro sbucò una donna. Flash rimase sorpreso per un attimo, ma Smiley non esitò, cambiò traiettoria e andò dritto da lei.

Capì che doveva trattarsi dell'inafferrabile Bree, la donna

da cui era ossessionato da tempo. Quando il suo amico le fu abbastanza vicino, la afferrò per un braccio... con l'aria di chi non l'avrebbe mai più lasciata andare.

«C'è una finestra rotta sul retro. Credo che possiate entrare da lì» disse lei a bassa voce.

Era tutta scompigliata, ma in controllo delle sue emozioni. Cosa sorprendente, considerando quello che aveva appena fatto. Aveva i capelli unti e i vestiti stropicciati, ma teneva la testa alta e le spalle dritte, mentre indicava loro il retro della casa. Smiley non l'aveva ancora lasciata andare, ma sembrava quasi che lei non se ne fosse accorta o che non gliene importasse.

I tre girarono furtivamente intorno alla casa, e il retro sembrava messo peggio dell'ingresso. C'era una recinzione che doveva essere crollata da tempo, le erbacce arrivavano fino alle cosce e l'odore di immondizia in decomposizione era quasi insopportabile.

Ma Flash aveva occhi solo per la finestra. Bree aveva ragione, non era troppo alta da terra e il vetro era andato completamente in frantumi. Lui e Smiley sarebbero riusciti a entrare facilmente, soprattutto perché non erano ostacolati dagli zaini e dall'attrezzatura che di solito trasportavano durante le missioni.

Si prese qualche secondo per ascoltare, e non sentì nulla provenire dall'interno, cosa che lo spaventò a morte. Williams aveva già ferito o ucciso Kelli? Era davvero lì dentro?

C'era solo un modo per scoprirlo. Se lei era ferita, avrebbe avuto bisogno di cure mediche. Accidenti, lo era *già*; doveva entrare *subito*.

Senza aspettare di consultarsi con Smiley, Flash afferrò il davanzale e si tirò su. Fu all'interno della casa in pochi secondi, rimase accovacciato vicino alla finestra, cercando di capire cosa fare. Non aveva armi, solo le mani, che erano letali quanto una pistola nelle mani di *chiunque altro*, ma doveva comunque avvicinarsi, e se Williams si fosse fatto prendere dal panico avrebbe potuto ferire Kelli prima che lui potesse raggiungerlo.

Prima, il coltello che le aveva puntato al cuore era stato sufficiente a farlo fermare, ma non poteva permettersi che il bastardo scappasse una seconda volta. Doveva eliminare quell'uomo una volta per tutte.

«Scapperai di nuovo?» sentì Smiley chiedere a Bree.

«No.»

«Non ti credo.»

«Lo so, ma non sto mentendo.»

Un secondo più tardi Smiley fu al fianco di Flash.

Si sentì pervadere da un senso di gratitudine verso il suo amico e compagno di squadra, provando al contempo un po' di compassione per lui; non doveva essere stato facile lasciare la donna che aveva cercato per così tanto tempo. La possibilità di ottenere delle risposte era letteralmente a portata di mano, ed entrambi erano consapevoli che lasciarla sola là fuori era come un invito a scappare di nuovo. Aveva fatto ciò che si era prefissata di fare, li aveva condotti dove Kelli era tenuta prigioniera. Non c'era nulla a trattenerla lì.

Nulla, tranne il fatto di essere ancora braccata da un brutale trafficante di sesso.

«Io vado a destra, tu vai a sinistra» disse Smiley in un sussurro appena percettibile.

Flash annuì, e proprio mentre si muovevano, udirono una voce da una stanza sulla destra.

Il piano cambiò in un batter d'occhio e si voltarono entrambi in quella direzione.

Si fermarono davanti alla porta e Smiley alzò una mano. Poi fece il conto alla rovescia con le dita.

Tre...

Due...

Prima che dicesse "uno", un urlo terrorizzato e disperato provenne dall'interno della stanza.

I due si mossero contemporaneamente. Flash colse la scena con un'occhiata: Kelli era contro un muro e tirava calci a Williams che faceva di tutto per pugnalarla.

Si sentì travolgere dalla rabbia.

Si lanciò su quel bastardo, che era talmente concentrato a ucciderla da non accorgersi nemmeno che non erano più soli. Lo placcò di lato e caddero pesantemente a terra.

Flash si raddrizzò subito e iniziò a prenderlo a pugni. Gliene sferrò alla testa, alla gola, persino al petto, nella speranza di colpirlo abbastanza forte da fermargli il cuore.

«Flash, prendi Kelli!» urlò Smiley.

Passò un bel po' prima che le sue parole penetrassero, ma non appena successe si voltò.

Kelli era sdraiata sul pavimento, immobile.

Si affrettò a raggiungerla a carponi e si accorse a malapena che Smiley stava riprendendo da dove lui si era interrotto con Williams.

«Kelli?» la chiamò con voce roca, incombendo su di lei. Niente di tutto ciò che aveva sperimentato nella vita gli aveva fatto provare un sollievo più profondo di quello che sentì quando lei aprì i suoi bellissimi occhi e lo fissò.

«Flash?» sussurrò.

«Sono io! Sono qui. Sei al sicuro. Dove ti fa male?»

«Stai sanguinando» gli disse.

Flash sbatté le palpebre. Si guardò le nocche, che erano effettivamente ricoperte di sangue. «Sono più preoccupato per te. Parlami, tesoro. Merda, devo chiamare la polizia e un'ambulanza.»

Non appena quelle parole gli uscirono dalla bocca il suono delle sirene risuonò in lontananza.

«Sembra che l'abbia già fatto Bree» disse Kelli con un piccolo sorriso.

Che donna. Lo lasciava sempre senza parole. Aveva spazzato via tutto ciò che pensava di sapere sull'essere forti e su cosa servisse per essere coraggiosi. Aveva sempre ammirato le donne dei suoi amici per la loro forza, ma fino a quel momento non aveva realizzato quanto ognuna di loro fosse straordinaria. Soprattutto la sua.

«Sul serio, dimmelo, Kelli. Ti ha ferita di nuovo? Quando siamo entrati ti stava pugnalando.»

«Credo di aver dato un calcio alla mano che teneva il coltello. Poi tu l'hai placcato.»

Flash chiuse gli occhi, sollevato, ma solo per un attimo. Doveva portarla fuori da lì. Quello non era il posto per lei... una stanza disgustosa, sporca, probabilmente piena di germi. «La coscia?» le chiese.

«Fa male.»

«Giusto. Ovvio che fa male. Ti porto via da qui. Dimmi subito se ti fa più male quando ti sposto. Va bene?»

«Ok. Lui è...» Si interruppe.

Flash si guardò dietro le spalle e non fu sorpreso di vedere Smiley in piedi accanto a Williams, che era sdraiato immobile e sanguinante. Il coltello era a poca distanza dal corpo e il suo collo era piegato con un'angolazione innaturale.

«Ho dovuto difendermi» disse il suo amico, scrollando le spalle. «Si è praticamente rotto il collo mentre lottavamo. Oh, e ho bisogno che tu mi picchi, fratello. Subito. Prima che arrivi la polizia.»

Si era praticamente rotto il collo. Sì, certo. Ci voleva molta forza per spezzare il collo a qualcuno, e Smiley chiaramente non aveva avuto problemi a farlo.

Flash sapeva perché il suo amico e compagno di squadra gli aveva chiesto di picchiarlo. Tex o uno qualsiasi dei loro amici non avrebbero mai permesso a nessuno dei due di passare anche un solo minuto dietro le sbarre per aver ucciso quel pezzo di merda, ma una dichiarazione di legittima difesa sarebbe stata molto più credibile se Smiley avesse almeno dato l'impressione di aver partecipato a una rissa. Al momento, non aveva un graffio.

«Cosa fai?» chiese Kelli, quando Flash si alzò e senza esitare tirò un pugno in faccia al suo amico. Poi un altro. E un altro ancora.

«Ancora uno» grugnì Smiley.

«Basta! Cosa stai facendo?»

Flash lo colpì di nuovo, e i due uomini si scambiarono un piccolo sorriso soddisfatto quando del sangue cominciò a gocciolare dal naso di Smiley. «Può bastare» gli disse con un cenno del capo. Poi si voltò e si diresse verso la porta, evidentemente ansioso di vedere se Bree fosse ancora lì o se era scappata, come ogni altra volta che le si era avvicinato abbastanza da parlarle.

«Che diavolo è successo?» chiese Kelli, mentre Flash si chinava per sollevarla.

«Legittima difesa» le disse calmo. «Abbiamo dovuto difenderci e purtroppo abbiamo finito per uccidere Williams.»

«Oh... giusto.» Gli mise le braccia al collo e lui attraversò tutta quella sporcizia per andare alla porta.

Nell'istante in cui uscirono nella luce del tardo pomeriggio, Flash sentì di poter respirare con un po' più di facilità. Probabilmente perché ora poteva davvero farlo. L'aria fresca, non intrisa dell'odore di cibo marcio e polvere, fu come un balsamo per la sua anima.

Alla sua destra vide Smiley accanto a Bree; aveva di nuovo la mano intorno al suo braccio. Non riusciva a credere che non fosse scappata, ed era emozionato per il suo compagno di squadra. Forse ora avrebbe potuto arrivare in fondo alla situazione di quella donna. La sua ossessione e la sua curiosità potevano finalmente essere placate.

Era interessato anche lui a sentire la sua storia... dopo essersi assicurato che Kelli stesse bene.

Le auto della polizia stavano affollando il quartiere degradato, ma Flash guardò l'ambulanza che si trovava dietro, e camminò in quella direzione. Una delle macchine si fermò facendo stridere i freni, e quando un agente balzò fuori dal veicolo intimandogli di fermarsi, lui sbraitò: «Non vedi che sta sanguinando e ha bisogno di cure?»

Con suo sollievo, l'agente lo lasciò proseguire, ma rimase alle loro calcagna, chiaramente non disposto a perderli di vista finché non avesse capito cosa diavolo fosse successo.

Flash adagiò delicatamente Kelli sulla barella sul retro dell'ambulanza e si costrinse a farsi da parte in modo che i paramedici e gli operatori sanitari potessero fare il loro lavoro. Lasciarla andare fu forse una delle cose più difficili che avesse mai fatto, ma il sorriso di Kelli mentre lo fissava negli occhi lo aiutò a restare calmo.

C'era mancato poco. Troppo poco. Non voleva più trovarsi

in una situazione del genere. Poteva affrontare il fatto che la *sua* vita fosse in pericolo, o di essere circondato da terroristi sotto il fuoco incrociato, ma sapere che una mossa sbagliata avrebbe potuto portare alla morte della donna che era diventata tutto per lui, gli faceva letteralmente tremare le ginocchia. L'unico conforto in quella situazione era che Williams non rappresentava più una minaccia.

No... non era *l'unico* conforto. Ora avrebbero potuto tornare alle loro vite. Kelli avrebbe iniziato a seguire le lezioni per diventare elettricista, lui sarebbe tornato a vivere nel suo appartamento, insieme a lei, sperava. Avrebbero potuto sposarsi, mettere su famiglia e vivere felici e contenti.

E Flash non vedeva l'ora.

CAPITOLO VENTUNO

KELLI SUSSULTÒ e portò una mano sopra la testa per tenersi alla testiera del letto, mentre Flash si spingeva dentro di lei con forza.

«Sì!» esclamò.

Ne aveva bisogno; dopo tutto quello che era successo, aveva bisogno di sentirsi viva. E non c'era modo migliore che vedere l'uomo che amava perdere il controllo mentre la scopava.

Il giorno precedente era stato spaventoso. Terrificante. Era stata troppo vicina a morire. Se Flash e Smiley non fossero arrivati... no, se *Bree* non fosse stata nel parcheggio al momento giusto, il risultato sarebbe stato molto diverso.

Ma Bree *era* lì, così Flash e Smiley *erano* arrivati.

La coscia le pulsava, ma anche in preda alla passione Flash stava attento a non afferrargliela. Era stato riluttante a fare l'amore, ma lei aveva insistito. Probabilmente era troppo presto, ma non le importava. Era andata all'ospedale, dove le avevano dato dei punti, e dove Flash aveva camminato avanti e indietro, emanando quell'energia nervosa da maschio alfa che aveva messo tutti a disagio. Un detective del Dipartimento di Polizia di Riverton era andato lì per raccogliere la sua deposizione, mentre aspettava che il medico le suturasse la ferita alla gamba.

Dato che l'uomo conosceva già Brant Williams e il loro caso, e sapeva che era ricercato per il rapimento in Giamaica, Flash e Smiley non erano stati a rischio di arresto immediato. Soprattutto dopo aver visto lei e ascoltato la straziante storia di com'era stata rapita... di nuovo.

Non sapeva dove fossero andati Smiley e Bree, anche se presumeva fossero nel suo appartamento. Lui e Flash erano tornati subito ognuno a casa propria, e i loro compagni di squadra si erano gentilmente offerti di aiutare a impacchettare e spostare le cose di tutti nei rispettivi appartamenti. Quindi, quando la sera precedente era stata dimessa dal pronto soccorso, erano riusciti ad andare direttamente a casa di Flash, dove entrambi erano crollati per la stanchezza.

Tuttavia, Kelli si era svegliata poche ore più tardi a causa di un terribile incubo, e aveva deciso che ciò che le serviva per rimettersi in sesto, per cancellare il brutto sogno, era il suo ragazzo dentro di lei. E al diavolo le sue ferite.

E ora eccola lì, a farsi scopare con intensità, proprio come aveva voluto.

«Vieni» le ordinò Flash, mentre portava una mano tra le sue gambe e iniziava a toccarle il clitoride con la stessa forza con cui si stava spingendo dentro di lei.

Ci era già vicina, ma il suo tocco la fece volare nell'estasi. Udì a malapena il suo urlo trionfante quando anche lui venne.

Erano entrambi sudati, e Kelli sentì il suo cuore battere

forte. Sorrise. Sì, era proprio quello di cui aveva avuto bisogno. Per sentirsi viva... per celebrare il fatto che avevano vinto.

«Maledizione, donna» si lamentò Flash, mentre usciva delicatamente da lei e la sistemava con cura sul letto per non urtarle la gamba. Poi le si accoccolò contro il fianco, con un braccio sulla sua pancia, la gamba sulla coscia sana e la testa sulla sua spalla.

Quella era la posizione invertita di come dormivano di solito. Normalmente era lei che si rannicchiava contro di *lui*, ma in realtà amava essere quella che riceveva le coccole, piuttosto che quella che le faceva.

«Ti ho fatto male alla gamba?»

«No.»

«Sei sicura?»

«Sì.»

«Sei stata un po'... aggressiva... sei sicura di stare bene?»

Non aveva torto. *Era* stata aggressiva. Aveva insistito perché la scopasse, ignorando le sue obiezioni riguardo alle ferite. «Quando ero su quel pavimento a guardarlo con quel coltello in mano, sapevo che era la fine. Che stavo per morire. Non mi sono sentita così nemmeno quando eravamo in quell'autobus sottoterra. Non so perché, ma nella mia mente c'era sempre il pensiero che saremmo riusciti a scappare. Però ieri... pur sapendo che Bree era sul sedile posteriore e che aveva il telefono, non pensavo che qualcuno sarebbe riuscito ad arrivare in tempo. Soprattutto quando gli sarebbe bastata una rapida pugnalata. E l'unico rimpianto che avevo era di non poterti più rivedere.»

Sentì il respiro sorpreso di Flash, ma continuò.

«Non volevo restare lì sdraiata e lasciarmi pugnalare a

morte. Avrei lottato, ma sapevo che le possibilità di riuscire a tenerlo a bada a lungo erano scarse. La vita è breve, Flash. Ho passato troppo tempo a vivere in modo meccanico. Ho chiuso con questo. Sono sicura che la gente guarderà la nostra relazione e ci sorriderà, ma alle nostre spalle dirà che non ce la faremo. Che ci siamo mossi troppo in fretta. Che ho una sorta di complesso del salvatore... o come si chiama. Che sto con te solo perché mi hai salvata... due volte. Ma non è così. Niente affatto.

Ti amo, Wade Gordon. Voglio passare il resto della vita con te. Voglio laurearmi in tecnologia elettrica e poter andare a casa di Remi e sistemare le sue luci quando si guastano. Voglio riparare l'insegna dell'Aces Bar and Grill. Voglio piangere quando parti per una missione e gioire quando torni. Voglio passare del tempo con Wren e le altre ragazze, ubriacarmi e parlare di quanto sia fantastica la nostra vita sessuale. Voglio essere la zia onoraria dei figli di Maggie e di Addison. Voglio averne uno mio. Voglio fare sesso selvaggio con mio marito quando avremo cinquant'anni, sessant'anni e oltre. Voglio tutto questo, Flash. Sono avida. E ho capito tutto ciò mentre guardavo Brant avvicinarsi a me con quel coltello e con uno sguardo folle.

Quindi, sì, sono stata aggressiva perché sapevo che non mi avresti toccata, visto che avevi paura di farmi del male. Ma non lo avresti mai fatto. Mai. Lo so fin nel profondo. Spero che non ti dispiaccia che ti sia saltata addosso... perché ho la sensazione che lo farò spesso.»

«Sposami.»

Kelli lo fissò. Flash aveva alzato la testa quando lei aveva iniziato a parlare, così da poterla guardare negli occhi... e ora era rimasta per un attimo senza parole.

«Voglio tutto questo anch'io. Voglio essere la persona più rumorosa dell'auditorium quando prenderai la laurea. Voglio fotografarti mentre hai indosso la salopette e la cintura portautensili e sei in cima a una scala a riparare delle cose. Voglio tornare a casa da te dopo ogni missione e dopo ogni giornata di lavoro. Voglio passare del tempo con i miei amici SEAL mentre vegliamo sulle nostre donne che si ubriacano durante una serata tra ragazze, per poi portarti a casa e scoparti da sbronza. Voglio essere un padre, avere dei figli identici a te, insegnare loro a essere forti e sicuri di sé, proprio come la loro mamma.

E sai già che anch'io ti amo. Ho quasi perso la testa quando sono entrato in quella stanza e ho visto Williams che cercava di pugnalarti. Fanculo a chiunque pensi che non ce la faremo, perché intendo passare ogni giorno della mia vita a renderti felice. A dimostrare che sono l'uomo che pensi io sia. Perché la verità è che non sempre sono gentile, almeno con le persone che mi danno sui nervi. Sposami, Kelli. Farò volentieri sesso selvaggio con te quando avrò ottant'anni, anche se potrei aver bisogno di assistenza medica per farlo alzare.»

Kelli non poté trattenersi e rise. Quello era un momento importante della sua vita e stava ridacchiando. Cosa che rendeva tutto ancora più perfetto. Non aveva bisogno di grandi gesti, che si mettesse in ginocchio. Aveva solo bisogno di lui.

«Sì.»

«Sì?» le chiese, come se non potesse credere a quello che aveva sentito.

«Sì, ovvio, ti amo» disse semplicemente.

Lui abbassò la testa e Kelli capì che stava cercando di ricomporsi. Quando la rialzò, vide che i suoi occhi brillavano.

Flash poteva anche pensare di essere poco gentile, ma non con lei. Mai con lei.

«Tra qualche mese ne avremo abbastanza di tutti questi matrimoni, eh?» disse. «Con Remi e Josie che sposano Kevlar e Blink, la nostra cerimonia, quella di mia cugina e di tua sorella... sarà pazzesco.»

«Faremo una fuga d'amore» disse Flash senza esitazione.

«Cosa? Davvero?»

«Certo, se sei d'accordo. Voglio metterti l'anello al dito e avere il tuo nel mio il prima possibile. Non ho la pazienza di organizzare una cosa in grande, e poi le persone che saranno alla festa di Kevlar e Blink all'Aces sono le stesse che inviteremmo al nostro ricevimento. Preferirei usare quei soldi per dare l'acconto per comprare una casa.»

«Sì!» disse Kelli con gioia. «Ma potremmo dover invitare mia madre a qualsiasi cerimonia faremo. Credo che le si spezzerebbe il cuore se se la perdesse.»

«Che ne dici di Las Vegas? È un po' un cliché, ma possiamo invitare la tua famiglia e la mia, e poi fare una festa lì sulla Strip.»

«Ehm... senza offesa, ma dopo quello che è successo a Bree a Las Vegas... no. Magari possiamo semplicemente andare qui al municipio» propose Kelli.

«Ok, deciso. Quindi facciamo tutto?»

«Tutto cosa?»

«Sposarci, comprare una casa, fare dei figli, fare sesso selvaggio quando avremo novant'anni.»

Kelli ridacchiò di nuovo. L'età fino alla quale avrebbero fatto sesso sfrenato continuava ad aumentare. «Facciamolo» confermò.

Flash sorrise, poi tornò serio. «Grazie per non aver mollato» sussurrò.

«Mai» giurò Kelli. «I ragazzi della tua squadra si arrabbieranno se non saranno invitati al nostro matrimonio? Di certo non sono stati contenti di essersi persi tutta la situazione con Brant.»

«Non erano contenti perché sapevano che eri in pericolo e spaventata. Perché io e Smiley non li avevamo come supporto. Non si arrabbieranno se andiamo in comune e ci sposiamo. Promesso.»

«Ok. Ehm... pensi che potremmo fare una breve luna di miele in quel resort nel New Mexico?»

«Il Rifugio?»

«Sì.»

«Sono sempre al completo, ma posso provare a chiamarli» disse Flash senza esitazione.

Quella era la ragione numero ottocentoventisei per cui Kelli amava quell'uomo. «È solo che mi piacerebbe incontrare la donna che si è impegnata così tanto per trovare Brant. Ma se lui viveva in quella casa abbandonata, credo che le sarebbe stato impossibile trovarlo.»

«Penso che sia un'idea perfetta. Ho sentito così tante cose positive sul Rifugio. Sai di Melba, vero?»

«Chi è Melba?»

«La mucca di casa.»

«Non ci credo!» esclamò Kelli, inarcando le sopracciglia.

«Sì. E hanno anche un sacco di altri animali. E da quello che ho capito, i proprietari e le loro mogli hanno avuto la loro buona dose di drammi, ma ora si sono sistemati e stanno costruendo un mini villaggio nella proprietà, dove cresceranno tutti insieme i loro figli.»

«Mi sembra una cosa meravigliosa.»

«Forse dovremmo trovare un grande appezzamento di terreno dove poter fare lo stesso. Convincere tutti a costruire la casa lì, così possiamo vivere tutti insieme.»

«Riesci a immaginare di avere Smiley lo scontroso che vive alla porta accanto?» scherzò Kelli. Poi tornò seria. «Non farà del male a Bree, vero?»

«No! Perché me lo chiedi?»

«È solo che... non sembrava esattamente felice di vederla.»

«Devi capire che la stava cercando da un bel po' di tempo. Il fatto che fosse scomparsa nel nulla lo stava facendo impazzire. Era preoccupato per lei. Credo che qualcosa in lei gli abbia toccato profondamente l'anima come nessun altro aveva mai fatto.»

«Era spaventata» disse Kelli. Poi sospirò. «Devo confessarti una cosa. Bree è venuta a trovarmi a casa di Smiley per circa una settimana. Un giorno è venuta a cercarlo. Credo che fosse pronta a chiedergli aiuto. Ha pensato che fossi la sua ragazza, perché ero nel suo appartamento. L'ho invitata a entrare perché aveva un disperato bisogno di una doccia. Le ho dato da mangiare, abbiamo lavato la sua roba... ed è tornata un paio di volte. Ecco perché ieri era nel parcheggio; stava venendo a trovarmi, ma era più tardi del solito.»

«Era questo che ti preoccupava? Il segreto che non potevi dirmi?» le chiese.

Kelli annuì, pur temendo che si sarebbe arrabbiato.

Con sua sorpresa, lui si limitò a baciarle la fronte, poi si sistemò di nuovo al suo fianco.

«Le ho promesso che non vi avrei detto niente. Stava raccogliendo il coraggio per parlargli faccia a faccia. Le ho dato il mio numero di cellulare e quello di Smiley, per ogni evenienza. E lo ha usato quando si è nascosta sul sedile posteriore di Brant. Sei arrabbiato?»

«No. Penso che tu abbia fatto la cosa giusta. Era chiaramente molto abituata a nascondersi, a restare nell'ombra. Fare amicizia con lei è stata una buona idea.»

Kelli si rilassò. «Per la cronaca, non mi piaceva tenertelo nascosto. Ma l'avevo promesso.»

«Lo so.»

«Cosa succederà adesso tra lei e Smiley?»

«Non ne ho idea. Immagino che lui voglia sentire tutta la sua storia. Scoprire chi è il suo ex e a chi l'ha venduta lo stronzo. Poi vorrà rintracciare quel bastardo e fare il possibile per porre fine al suo regno del terrore e smantellare il giro di traffico sessuale collegato a lui.»

«Ehm... sarà così semplice?»

«Niente affatto. Di solito c'è un sistema stratificato nelle organizzazioni che sfruttano le donne. La verità è che la maggior parte di quelle che si ritrovano in situazioni del genere vengono manipolate psicologicamente e indottrinate per mesi; non si tratta solo di rapire delle sconosciute per strada. Quindi, qualunque cosa stia succedendo a Bree, è unica. E unica non significa necessariamente positiva. Ricordo una storia accaduta anni fa di una donna che è stata rapita mentre lei e suo marito si trovavano a Las Vegas, e poi portata fuori dal Paese e trattenuta per un decennio.»

«Oh mio Dio! Ma è stata ritrovata?»

«Sì, da suo marito, che non aveva mai perso la speranza che fosse viva. Ha messo insieme un gruppo di ex militari con lo scopo di rintracciare le vittime della tratta di esseri umani, nella speranza di poter trovare un giorno sua moglie. E ci è riuscito. Ora vivono in Colorado.»

«È incredibile.»

«Sì. Quello che voglio dire è... cos'era?» rifletté Flash.

«Bree.»

«Giusto. La faccenda di Bree sarà complicata perché qualcuno le sta ancora dando la caccia. In realtà sembra sia disperato di trovarla e di portare a termine qualsiasi piano avesse per lei. Il che è... strano. Quindi, qualunque cosa stia succedendo, non promette niente di buono.»

«E Smiley si lascerà coinvolgere completamente» ipotizzò Kelli.

«Già.»

«Be', merda» disse con un sospiro.

Flash sorrise.

«Perché sorridi? Non è divertente.»

«No, non lo è. Ma non mi dispiace che tu sia preoccupata per il mio amico. Che tu ci tenga.»

«Ovvio che ci tengo.»

«Che ne dici di dormire un altro po'? Mancano ancora un paio d'ore all'alba. Potremo salvare il mondo quando sorgerà il sole.»

Kelli alzò gli occhi al cielo. «Flash?»

«Sì, tesoro?»

«Ti amo.»

«Dio, non mi stancherò mai di sentire queste parole uscire dalle tue labbra. Ti amo anch'io.»

Kelli sospirò soddisfatta, ignorando il pulsare della gamba e il leggero fastidio al petto dove Brant le aveva inciso la pelle sopra il cuore. Entrambi i dolori le ricordavano che era viva. E, a quanto pareva, fidanzata.

«Oh!» esclamò sommessamente. «Avrò un anello?»

Flash ridacchiò contro di lei, che sentì il suo respiro caldo accarezzarle il seno. «Certo. Ho già in mente quello che voglio prenderti.»

«Niente di troppo vistoso. Non è il mio stile.»

«Lo so. E non lo sarà.»

«Ok. Flash?»

«Questa è l'ultima cosa, poi devi dormire, Kelli» le disse, cercando di suonare severo, senza riuscirci.

Lei sorrise: «Sei l'uomo che ho sognato per tutta la vita. Il mio supereroe. Il mio Flash Gordon.»

«È una cosa ridicola» protestò. «Ma mi piace. Dormi» le ordinò.

Kelli chiuse gli occhi e si addormentò con un enorme sorriso stampato in faccia.

———

Bree era seduta in silenzio sul divano, mentre Jude borbottava tra sé e sé, camminando avanti e indietro di fronte a lei. L'aveva portata direttamente al suo appartamento dopo che la polizia aveva finalmente finito di parlare con tutti di quello che era successo con Brant Williams quel pomeriggio. Non aveva detto molto durante il tragitto, e quando erano arrivati a casa sua era stato sorprendentemente gentile con lei. Le aveva dato un bicchiere d'acqua e chiesto se voleva qualcosa da mangiare.

Di conseguenza, ora non aveva più paura. Anzi, era sollevata che la sua fuga – almeno da *quell'uomo* – fosse finalmente finita.

Lui, però, non era del tutto felice. Il cipiglio sul suo viso probabilmente avrebbe dovuto spaventarla, farla correre verso la porta, verso il confine, dall'altra parte del *Paese*... ma, a dire la verità, in un certo senso era confortante.

Perché Jude non era incazzato con lei, di per sé – ok, era *un po'* arrabbiato che si fosse nascosta da lui per così tanto tempo – ma era più turbato dal fatto che lei non avesse avuto molte risposte da dargli.

Aveva voluto sapere il nome dell'uomo a cui era stata venduta a Las Vegas.

Ma lei non lo sapeva.

Il nome del suo ex.

Glielo aveva detto, ma poi gli aveva spiegato che era stato trovato morto in un vicolo di Las Vegas non molto tempo dopo che lei e Josie erano state salvate.

Aveva continuato a farle domande, e più lei non aveva saputo rispondere, più lui si era accigliato e più aveva camminato avanti e indietro.

Quello che Bree *sapeva* era che lì, con Jude, avrebbe finalmente potuto dormire sonni tranquilli. Si era guardata alle spalle per troppo tempo, sentendosi osservata, temendo di essere sul punto di venire rapita per poi sparire per sempre.

Ma ora che si era rivelata a Jude, non aveva alcun dubbio che lui non l'avrebbe più persa di vista. Era troppo scioccato che lei fosse riuscita a rimanere nascosta per così tanto tempo, di non essere stato in grado di trovarla. Sapere che sarebbe stato estremamente vigile – se non altro perché così non sarebbe più fuggita – era un conforto.

Era vero che non conosceva il nome dell'uomo che l'aveva comprata, ma era consapevole del fatto che se l'avesse trovata, lei avrebbe desiderato essere morta. Qualunque cosa avesse in serbo per lei, doveva essere orribile.

«Cosa *sai*?» le chiese con un tono esasperato, smettendo

finalmente di camminare per poi sedersi accanto a lei sul divano, con la fronte aggrottata e i capelli scompigliati per averci passato la mano nervosamente.

«Che mi terrai al sicuro» rispose Bree senza esitazione.

Quello sembrò spiazzarlo. La fissò per un lungo istante. «Puoi scommetterci che lo farò» ringhiò, raddrizzandosi. «Ma potrebbe non piacerti come procederò.»

«A fare cosa?»

«A tenerti al sicuro. Ricordati solo che sei stata *tu* a venire da *me*. Ti sei presentata alla mia porta. Magari in quel momento non ero qui, ma questo non cambia il fatto che tu sia venuta a cercare aiuto. E *voglio* aiutarti, Bree. Non sono riuscito a smettere di pensare a te da quando sei scomparsa a Las Vegas. Non ho smesso di preoccuparmi per te. Di chiedermi dove fossi. Se eri al sicuro.»

Le sue parole le fecero quasi girare la testa. Si era sentita sola per così tanto tempo, ed ecco che l'uomo a cui *lei* non riusciva a smettere di pensare, diceva tutte le cose giuste.

«Però non sono un uomo facile» le disse dopo un attimo.

Bree sbuffò.

«Ti chiederò di fare cose che probabilmente ti metteranno a disagio. Che potresti non voler fare. Ma sarà sempre per il tuo bene. Per proteggerti. Ho bisogno che tu lo capisca.»

Lei annuì. Era stanca di fare tutto da sola. Di sentirsi sola, vulnerabile e impotente. Aveva bisogno di aiuto. Era per quello che si trovava lì. «Ho bisogno del tuo aiuto» disse ad alta voce. «È per questo che sono venuta in California. Per qualche ragione mi fido di te, Jude Stark... e credimi, mi fido di pochissime persone. Farò quello che dici. E se riesci a sistemare l'incubo che è la mia vita, sarò per sempre in debito con te.»

«Non voglio la tua gratitudine» replicò, di nuovo con un ringhio.

Bree aprì la bocca per chiedergli cosa *volesse*, ma lui la batté sul tempo. «Ti prendo una maglietta e un paio di boxer da mettere per andare a letto. Dovremo andare a prendere la tua macchina, ovunque tu l'abbia nascosta, e il resto delle tue cose. Puoi usare la lavatrice e l'asciugatrice per i vestiti. Domani andremo anche a comprarti un po' di roba nuova, qualsiasi cosa ti serva.»

Era sopraffatta. Chiaramente faceva sul serio. Non sapeva se dare di matto o cadere in ginocchio ai suoi piedi. Entrambe le reazioni lo avrebbero probabilmente fatto incazzare, quindi si limitò ad annuire.

«Sei stanca» le disse a voce più bassa.

«Sì» confermò.

«Doccia, poi a letto» dichiarò lui, alzandosi di scatto. «Torno subito.» Poi uscì dalla stanza.

Bree in realtà conosceva abbastanza bene la disposizione della casa, dato che la settimana precedente vi aveva trascorso un po' di tempo con Kelli, e immaginò che stesse andando in camera sua.

Jude tornò con degli indumenti in mano. «Dormirai nel mio letto» affermò. «Io starò sul pavimento. Non voglio correre il rischio che te ne vada di nascosto nel cuore della notte, dicendoti che è stato un errore venire da me a chiedere aiuto una volta che avrai avuto un po' di tempo per pensare.»

Avrebbe potuto rassicurarlo che non se ne sarebbe andata di nuovo, ma era ovvio che aveva bisogno di tempo per imparare a fidarsi di lei. Lo capiva.

«Non voglio che tu dorma sul pavimento» gli disse.

«Ho dormito in posti peggiori. Non è un problema» replicò senza battere ciglio.

Sapeva che probabilmente avrebbe dovuto essere cauta. Non capitava tutti i giorni che un uomo le ordinasse di dormire nel suo letto, ma non aveva mentito quando gli aveva detto che si fidava di lui. Inoltre, era allo stremo delle forze. Non aveva letteralmente nessun altro posto dove andare. Nessun altro a cui rivolgersi. Si alzò e si avvicinò a lui per prendere i vestiti, grata di avere qualcosa di pulito da indossare... dopo essersi fatta la doccia, ovviamente.

Ma quando cercò di prenderli, Jude li tenne stretti finché lei non alzò lo sguardo e incontrò il suo.

«Grazie per aver salvato Kelli» disse brusco. «Se fosse morta, Flash ne sarebbe stato devastato.»

Quella fu la conferma che le serviva per consolidare il fatto di aver preso la decisione giusta andando a Riverton, e da Jude Stark. I suoi amici erano chiaramente importanti per lui. E anche se si vedeva che era irritato con lei, aveva comunque fatto ciò che riteneva giusto e l'aveva ringraziata.

«Prego» gli disse con dolcezza. «Tanto per chiarire, quello che ho fatto è stato stupido» ammise. «Salire in macchina è stato piuttosto sconsiderato. E pericoloso. Avrebbe potuto vedermi e uccidermi. Avrei dovuto prendere il numero di targa e venire subito da te. Mi dispiace di non averlo fatto.»

«Anche a me. Non mi piace che tu ti sia messa in quella situazione, ma... mi hai contattato. E sei riuscita a dirmi esattamente dove stava portando Kelli. È molto probabile che non l'avremmo trovata in tempo se non ti fossi comportata così. Sei stata in gamba, Bree. Davvero.»

Le sue parole alleviarono un po' il suo senso di colpa, ma

giurò di non fare mai più una cosa così stupida, di non mettere più a rischio la sua vita come aveva fatto quel giorno.

Stare vicino a quell'uomo era un balsamo per la sua anima malconcia e ferita. Per troppo tempo non era stata nessuno, solo una senzatetto che viveva in macchina. Ignorata. Disprezzata. Un oggetto che qualcuno aveva comprato. Una merce. Ma per Jude, lei era di più. Era di nuovo Bree Haynes. Ed era una sensazione bellissima.

Così si limitò ad annuire.

«Vai a fare la doccia. Cambio le lenzuola e preparo il letto, così sarà pronto quando avrai finito.» Si voltò e si diresse verso la camera da letto.

Senza pensarci oltre, Bree fece come le era stato ordinato. Non aveva mentito. Era stanca, troppo esausta per aver cercato di essere sempre un passo avanti all'uomo che l'aveva comprata. Per aver cercato di passare inosservata agli occhi attenti dei SEAL. Per essere stata terrorizzata dal fatto che una mossa sbagliata l'avrebbe messa in una situazione che non riusciva nemmeno a immaginare.

Aveva bisogno di Jude Stark. E giurò a sé stessa di fare tutto ciò che le avrebbe ordinato. Non era nella sua natura, ma lo avrebbe fatto. Perché era ovvio che la via intrapresa fino a quel momento era stata sbagliata. La verità era che aveva bisogno di un cavaliere dall'armatura scintillante, e sebbene quella di Jude fosse ammaccata e non molto scintillante, non avrebbe voluto nessun altro al suo fianco, mentre cercava di scoprire chi l'avesse comprata dal suo ex e perché voleva ancora così disperatamente metterle le mani addosso.

Mateo Castillo alzò lo sguardo verso il condominio in cui la donna di sua proprietà era entrata quella sera. La cercava da mesi, e aveva quasi esaurito la pazienza quando alla fine l'aveva trovata.

A quanto pareva, che lei fosse lì a Riverton era in realtà una cosa positiva, perché gli offriva un'opportunità che aveva aspettato per due lunghi decenni.

Quando aveva poco più di trent'anni, viveva in Messico e faceva parte di un'organizzazione dedita al traffico sessuale. All'epoca era un socio di basso livello e ci erano voluti degli anni per riguadagnare la sua posizione all'interno dell'organizzazione dopo che avevano sottratto da sotto il loro naso una delle "acquisizioni" più costose.

Lui non si trovava nel sito quando era successo; era l'unico motivo per cui gli era stato permesso di vivere. L'altra dozzina di uomini circa, che si erano ubriacati e avevano perso i sensi, permettendo a un Navy SEAL statunitense di intrufolarsi nell'accampamento e di portare via la donna, più un'altra prigioniera, erano stati tutti eliminati. La figlia del senatore e la donna insignificante per la quale non erano riusciti a trovare un'acquirente dopo tre mesi di ricerche, erano state riportate negli Stati Uniti. Ma Mateo credeva nel destino... ed eccolo lì. A Riverton.

Dove vivevano ora quelle stesse donne.

Erano andate avanti con la loro vita, avevano sposato dei Navy SEAL. Vivevano quella che credevano essere un'esistenza felice, ma presto avrebbero imparato che il passato non spariva mai veramente. Poteva sempre tornare a tormentarti. E Mateo era lì per riprendersi ciò che era suo. Julie Lytle e Fiona Rain Storme erano *sue*. Così come Bree Haynes. Era solo questione di trovare un modo per riprendersele... poi avrebbe ottenuto il massimo da tutte e tre.

Nell'ultimo decennio si era associato con un uomo in Perù di nome del Rio. Gli aveva fornito donne da tutto il mondo per i suoi affari, finché l'organizzazione non era fallita dopo che era stato ucciso da alcuni stronzi dell'Indiana. Ma Mateo aveva volentieri preso il suo posto. Ora viveva in Ecuador e gli attuali disordini nel Paese gli rendevano più facile far entrare e uscire le sue proprietà senza che nessuno lo sapesse. Vendeva donne agli uomini più ricchi del mondo, e nemmeno sapere quanto fossero depravati e decisamente sadici i loro appetiti sessuali lo dissuadeva. Anzi, le loro inclinazioni non facevano altro che rendere quegli uomini disposti a pagare qualsiasi prezzo per avere un nuovo giocattolo consegnato direttamente a casa loro.

Il cerchio si stava chiudendo.

Tutto stava tornando al punto di partenza. Mateo si sarebbe ripreso ciò che gli era stato rubato e avrebbe guadagnato un sacco di soldi. Prendersi gioco degli uomini che lo avevano derubato tanti anni prima sarebbe stato un enorme bonus.

Se gli avessero dato la caccia, questa volta sarebbe stato pronto. Non ci sarebbero state feste alcoliche nella giungla. No, i SEAL sarebbero morti se avessero cercato di riprendersi ciò che era suo. E lo avrebbero fatto, sarebbero andati a cercare le donne. Non aveva dubbi.

Sorridendo, accese il motore della sua Mercedes nera. Sapeva dove si trovava Bree Haynes. Non avrebbe più potuto nascondersi da lui. Avrebbe potuto rapirla quella stessa notte, irrompere nell'appartamento di quello stronzo e riprendersi ciò che gli apparteneva, ciò che aveva comprato onestamente. Ma ora che sapeva che quell'uomo era legato alle altre due donne...

Avrebbe aspettato. Sarebbe stato paziente.

Il suo momento sarebbe arrivato.

Non vedeva l'ora di vedere le espressioni sui volti delle altre quando si sarebbero rese conto che il loro peggior incubo si stava avverando... *di nuovo*.

E quando Bree Haynes avrebbe capito che scappare aveva solo rimandato l'inevitabile...

Sarebbe stata pura beatitudine.

Il terrore che avrebbero provato gli avrebbe fatto diventare il cazzo duro. Forse non aveva la reputazione di del Rio, ma quando si sarebbe sparsa la voce che Julie e Fiona erano state rapite una seconda volta, la gente non avrebbe più potuto negare la sua autorità. Sarebbe diventato l'uomo più potente del Sud America. Rispettato. Venerato. Temuto.

Finalmente.

La Mercedes nera si allontanò senza fare rumore, senza che nessuno se ne accorgesse. Tutti ignari del fatto che il male fosse in agguato, e con esso, una nube nera di terrore stava per calare su Riverton.

———————

Aspettavate la storia di Bree e Smiley da un'eternità e finalmente è arrivata! E sì, l'ho fatto. Sono tornata quasi agli inizi della mia carriera di scrittrice e ho ripescato un cattivo da *"Proteggere Fiona"*...

Tutti andranno fuori di testa quando scopriranno il

collegamento tra l'uomo che sta cercando Bree e l'incubo vissuto da Fiona e Julie. Tutti dovranno unirsi per porre fine a questa nuova minaccia una volta per tutte. Acquistate subito l'ultimo libro della serie Armi & Amori: Alleanza. *Proteggere Bree*!

In cerca di Caryn
In cerca di Finley
In cerca di Heather
In cerca di Khloe

<u>Silverstone</u>
Fidarsi di Skylar
Fidarsi di Taylor
Fidarsi di Molly
Fidarsi di Cassidy

<u>Forze Speciali alle Hawaii</u>
Trovare Elodie
Trovare Lexie
Trovare Kenna
Trovare Monica
Trovare Carly
Trovare Ashlyn
Trovare Jodelle

<u>Delta Duo</u>
La forza di Gillian
La forza di Kinley
La forza di Aspen
La forza di Jayme
La forza di Riley
La forza di Devyn
La forza di Ember
La forza di Sierra

<u>Armi & Amori: verso il futuro</u>

Soccorrere Caite
Soccorrere Brenae
Soccorrere Sidney
Soccorrere Piper
Soccorrere Zoey
Soccorrere Avery
Soccorrere Kalee
Soccorrere Jane

Mercenari di Montagna
Difendere Allye
Difendere Chloe
Difendere Morgan
Difendere Harlow
Difendere Everly
Difendere Zara
Difendere Raven

Delta Force Heroes
Salvare Rayne
Salvare Emily
Salvare Harley
Il Matrimonio di Emily
Salvare Kassie
Salvare Bryn
Salvare Casey
Salvare Sadie
Salvare Wendy
Salvare Mary
Salvare Macie
Salvare Annie

<u>Armi e Amori</u>

Proteggere Caroline
Proteggere Alabama
Proteggere Fiona
Il Matrimonio di Caroline
Proteggere Summer
Proteggere Cheyenne
Proteggere Jessyka
Proteggere Julie
Proteggere Melody
Proteggere il Futuro
Proteggere Kiera
Proteggere i figli di Alabama
Proteggere Dakota
Proteggere Tex

<u>Ace Security</u>

Il riscatto di Grace
Il riscatto di Alexis
Il riscatto di Bailey
Il riscatto di Felicity
Il riscatto di Sarah

<u>Una raccolta di storie brevi</u>

Un momento nel tempo

BIOGRAFIA

L'autrice

Susan Stoker è annoverata da *New York Times*, *USA Today* e *Wall Street Journal* quale scrittrice di successo, le cui collane di libri includono Badge of Honor: Texas Heroes, SEAL of Protection e Delta Force Heroes. Sposata con un sottufficiale dell'esercito in pensione, Stoker ha vissuto in ogni dove negli Stati Uniti - dal Missouri alla California e al Colorado - e attualmente vive sotto i grandi cieli del Texas. Quale vera sostenitrice del "vissero felici e contenti", Stoker ama scrivere romanzi in cui una relazione romantica si trasforma in amore.

Per ulteriori informazioni sull'autrice e il suo lavoro, visita il sito web www.stokeraces.com